KiWi 128

Heinrich Böll

Rendezvous mit Margret

Heinrich Böll

Rendezvous mit Margret

Liebesgeschichten

Kiepenheuer & Witsch

Umschlag Hannes Jähn, Köln
Gesamtherstellung Clausen & Bosse, Leck
ISBN 3 462 01831 0

Inhalt

Ich kann sie nicht vergessen .. 9
Die Liebesnacht .. 15
Wiedersehen in der Allee .. 17
Die Botschaft .. 27
Kumpel mit dem langen Haar .. 33
Die Dachrinne .. 39
An der Brücke .. 42
Abschied .. 45
Aufenthalt in X .. 49
An der Angel .. 60
Aschermittwoch .. 70
Die unsterbliche Theodora .. 77
Die blasse Anna .. 83
So ward Abend und Morgen .. 90
Im Tal der donnernden Hufe .. 99
Keine Träne um Schmeck .. 149
Er kam als Bierfahrer .. 174
Epilog zu Stifters »Nachsommer« .. 182
Bis daß der Tod Euch scheidet .. 191
Rendezvous mit Margret oder: Happy-End .. 202
Nostalgie oder Fettflecken .. 215

Ich kann sie nicht vergessen

Ich kann sie nicht vergessen; immer wieder, wenn ich nur einen Augenblick auftauche aus dem Strudel des alltäglichen Lebens, der mich mit stetigem Druck unter der Oberfläche menschlicher Wirklichkeit zu halten versucht; wenn ich das saugende, nie stillstehende Treiben des tierischen Ernstes, den sie Leben nennen, nur für eine Sekunde verlassen kann und stillstehe, irgendwo, wo mich ihr blödes Geschrei nicht erreicht: Immer ist dann ihr Bild da, so nah und deutlich und verwirrend schön, wie ich es vor Jahren gesehen habe, damals trug sie einen kragenlosen Mantel, der den zarten Hals ganz frei ließ.

Damals hatten sie mich verloren gegeben. Der Hauptmann hatte gesagt, wir sollten einen Gegenstoß machen, und der Leutnant hatte mit uns einen Gegenstoß gemacht. Aber da war nichts zu stoßen. Wir rannten blind einen bewaldeten Hügel hinauf an einem Frühlingsabend, aber auf dem angenommenen Kampffeld herrschte Stille. Wir verharrten auf dem Hügel, blickten in die Ferne und sahen nichts. Dann rannten wir hinunter ins Tal, einen anderen Hügel hinauf und warteten wieder. Nirgendwo war ein Feind zu sehen. Da und dort an Gebüschrändern verlassene Löcher, halbfertige Stellungen der Unsrigen, in denen der sinnlose Plunder des Krieges hastig liegengelassen worden war. Es war immer noch still, unheimliches Schweigen lastete unter dem großen Gewölbe des Frühlingshimmels, der sich langsam mit den dunkleren Schleiern der Dämmerung zuzog. Es war so still, daß die Stimme des Leutnants uns erschreckte: »Weiter!« sagte er.

Aber als wir weitergehen wollten, rauschte plötzlich der Himmel auf uns nieder, und die Erde barst.
Die anderen hatten sich schnell fallen lassen, waren schnell genug in die verlassenen Löcher gesprungen; ich sah noch, daß dem Feldwebel die Pfeife aus dem Mund fiel, dann glaubte ich, sie hätten mir meine Beine unter dem Leib weggeschlagen...
Fünf Mann liefen davon, nachdem die erste Ladung niedergegangen war. Nur der Leutnant blieb mit zwei Mann zurück, die packten mich hastig und rannten mit mir den Abhang hinunter, während oben, wo wir gelegen hatten, eine neue Ladung niederging.
Erst viel später, als alles wieder still war und sie mich auf den Waldboden niederlegten, spürte ich Schmerzen. Der Leutnant wischte sich den Schweiß ab und betrachtete mich, aber ich sah ganz genau, daß er nicht dorthin blickte, wo meine Beine sein mußten. »Laß nur«, sagte er, »wir bringen dich schon zurück.«
Der Leutnant steckte mir eine brennende Zigarette in den Mund, ich weiß noch: Während der Schmerz wieder stärker wurde, spürte ich doch, daß das Leben schön war. Ich lag in der Sohle des Tales auf einem Waldweg, an dem ein kleiner Bach entlang führte; oben zwischen den hohen Fichten war nur ein schmaler Streifen Himmel zu sehen, der jetzt silbern war, fast weiß. Die Vögel sangen, und es herrschte eine unsagbar wohltuende Stille. Ich blies den Rauch der Zigarette in langen blauen Fäden nach oben und fand, daß das Leben schön war, und weinte...
»Sei ruhig«, sagte der Leutnant.
Sie trugen mich weg. Aber es war ein weiter Weg, fast zwei Kilometer bis dahin, wohin der Hauptmann zurückgegangen war, und ich war schwer. Ich glaube, daß alle Verwundeten schwer sind. Der Leutnant trug die Bahre vorne, und die anderen beiden gingen hinten. So kamen wir langsam aus dem

Wald heraus, quer durch Wiesen und Felder, wieder durch einen Wald, und sie mußten absetzen und sich den Schweiß abtrocknen, während der Abend immer tiefer sank. Als wir das Dorf erreichten, war es immer noch still. Sie brachten mich in einen Raum, wo jetzt der Hauptmann war. Links und rechts an den Wänden waren Schulbänke hochgestapelt, und das Pult war mit Handgranaten bedeckt. Als ich reingetragen wurde, verteilten sie gerade die Handgranaten. Der Hauptmann schrie in ein Telefon und drohte jemandem an, daß er ihn erschießen lassen würde. Dann stieß er einen Fluch aus und hing ein. Sie legten mich hinter das Pult, wo noch andere Verwundete lagen. Einer hockte da, dem hatten sie die Hand kaputtgeschossen, der sah sehr zufrieden aus.

Der Leutnant meldete dem Hauptmann den Verlauf des Gegenstoßes, und der Hauptmann schrie den Leutnant an, daß er ihn erschießen lassen würde, und der Leutnant sagte: »Jawohl.« Da schrie der Hauptmann noch mehr, und der Leutnant sagte wieder: »Jawohl«, und der Hauptmann schrie nicht mehr. Sie steckten jetzt große Fackeln in Blumentöpfe und zündeten sie an. Es war dunkel geworden, und elektrischer Strom schien keiner da zu sein. Als die Handgranaten verteilt waren, leerte sich der Raum. Da waren nur noch zwei Feldwebel, ein Schreiber, der Leutnant und der Hauptmann. Der Hauptmann sagte zum Leutnant: »Lassen Sie rings um das Nest Sicherungsposten aufziehen, wir wollen versuchen, ein paar Stunden zu schlafen. Morgen geht es früh weiter.«

»Zurück?« fragte der Leutnant leise.

»Raus!« schrie der Hauptmann, und der Leutnant ging. Als der Leutnant gegangen war, blickte ich zum erstenmal auf meine Beine und sah, daß sie voller Blut waren, und ich spürte sie nicht, ich spürte nur Schmerz, da, wo sonst meine Beine zu spüren gewesen waren. Ich fror jetzt. Neben mir lag einer, der hatte wohl einen Bauchschuß, der war ganz still und bleich und rührte sich kaum, strich nur manchmal ganz still und vorsichtig über die Decke, die auf seinem Bauch lag. Keiner kümmerte sich um uns. Ich glaube, bei den fünfen, die fortgelaufen waren, war auch der Sani gewesen. Plötzlich kam der Schmerz in meinen Bauch und kroch ganz schnell höher, es kam wie flüssiges Blei heraufgeflossen bis an mein Herz, und ich glaube, ich fing an zu schreien und wurde ohnmächtig...

Ich wurde wach und hörte zuerst Musik. Ich lag auf der Seite und blickte in das Gesicht des Kumpels mit dem Bauchschuß und sah, daß er tot war. Die Decke war ganz schwarz von geronnenem Blut. Und ich hörte Musik, sie mußten irgendwo einen Radioapparat gefunden haben. Sie spielten etwas ganz Modernes, das mußte aus dem Ausland sein, dann wurde diese Musik ausgeputzt wie von einem nassen Lappen, und sie spielten Marschmusik, dann kam etwas Klassisches, und sie ließen diese Musik weiterspielen. Dann sagte eine Stimme über mir ganz leise: »Mozart«, und ich blickte auf und sah ihr Gesicht und hörte im gleichen Augenblick, daß das nicht Mozart sein konnte, und ich sagte zu diesem Gesicht: »Nein, das ist nicht Mozart.«

Sie beugte sich über mich, und ich sah jetzt, daß sie eine Ärztin war oder eine Medizinstudentin, sie sah so jung aus, hatte aber ein Hörrohr in der Hand. Jetzt sah ich nur ihre lose, sanfte, braune Haarkrone, denn sie bückte sich über meine Beine und schob die Decke hoch, so daß ich nichts sehen konnte. Dann hob sie den Kopf, sah mich an und sagte: »Doch Mozart.« Sie faßte meinen Ärmel und streifte ihn hoch, und ich sagte leise: »Nein, unmöglich Mozart.«

Die Musik spielte immer noch weiter, und ich wußte jetzt ganz sicher, daß es niemals Mozart sein konnte. Manches hörte sich wie richtiger Mozart an, aber es waren Passagen drin, die konnten unmöglich Mozart sein.

Mein Arm war ganz weiß. Sie fühlte mit sanften Fingern meinen Puls, dann pikte sie mich plötzlich und spritzte mir etwas in den Arm.

Dabei kam ihr Kopf ganz nah, und ich flüsterte ihr zu: »Gib mir einen Kuß.« Sie wurde ganz rot, zog die Nadel heraus, und im gleichen Augenblick sagte eine Stimme im Radio: »Dittersdorf.« Sie lächelte plötzlich, und auch ich lächelte, denn ich sah sie jetzt richtig und ganz, weil die einzige Fackel, die übrig geblieben war, hinter ihr auf dem Pult stand. »Schnell«, sagte ich lauter, »gib mir einen Kuß.« Sie wurde wieder rot und sah noch schöner aus; das Licht der Fackel beleuchtete die Decke oben und verteilte sich wie ein kreisendes Rot unruhig und wild rings an den Wänden. Sie blickte sich schnell um, dann beugte sie sich über mich und gab mir einen Kuß, und ich sah für diesen Augenblick ihre geschlossenen Lider ganz nah und spürte die sehr sanften Lippen, während die Fackel ihr unruhiges Licht rundschleuderte und die Stimme des Hauptmanns wieder ins Telefon brüllte und nun andere Musik aus dem Trichter herausgepreßt wurde. Dann schrie eine Stimme etwas, irgendeiner schnappte mich und trug mich hinaus in die Nacht auf ein kaltes Auto, und ich sah nur noch, daß sie dort stand und mir nachblickte im Schein der Fackel, zwischen den vielen Schulbänken, die aufgestapelt waren wie die lächerlichen Trümmer einer untergehenden Welt.

Ich glaube, nun sind sie alle wieder in ihren richtigen Berufen, der Hauptmann ist Turnlehrer, der Leutnant ist tot, und von den anderen weiß ich nichts; ich kannte sie ja erst ein paar Stunden. Gewiß sind die Schulbänke wieder an ihrem Platz, das elektrische Licht brennt wieder, und Fackeln werden nur zu ganz besonders romantischen Anlässen angebrannt, und der Hauptmann brüllt jetzt statt: »Ich lasse Sie erschießen!« etwas Harmloseres, vielleicht: »Sie Dummkopf!« oder: »Du Feigling!« – wenn einer die Riesenwelle nicht machen kann. Meine Beine sind wieder geheilt, und ich kann ganz gut gehen, und sie sagen auf den Ämtern, ich müßte arbeiten; aber ich habe eine andere, viel wichtigere Beschäftigung: Ich suche sie. Ich kann sie nicht vergessen. Die Leute sagen, daß ich verrückt bin, weil ich keine Anstrengungen mache, eine Riesenwelle in die Luft zu hauen und mit meinen Beinen ein braves staatsbürgerliches Getrampel zu veranstalten und danach, voll Eifer und ungeduldig auf ein Lob hoffend, in der Riege zu stehen.

Zum Glück sind sie verpflichtet, mir eine Rente zu geben, und ich kann es mir leisten, zu warten und zu suchen, denn ich weiß, daß ich sie finden werde...

(1948)

Die Liebesnacht

Er sah ihren Scheitel unter sich, die schmale weiße Straße ihres Scheitels, spürte ihre Brüste an seiner Haut, ihren warmen Atem im Gesicht, und seine Augen fielen unendlich weit in die schmale weiße Straße ihres Scheitels hinein. Irgendwo auf dem Teppich lag sein Koppel mit der deutlich sichtbaren, erhabenen Aufschrift: *Gott mit uns*, daneben seine Feldbluse, deren Kragenbund schmutzig war, und irgendwo tickte eine Uhr.

Das Fenster stand offen, und draußen auf einer Terrasse hörte er das sanfte Klirren kostbarer Gläser, hörte Männer leise lachen und Frauen kichern, der Himmel war sanftblau, eine herrliche Sommernacht.

Und er hörte ihr Herz schlagen, ganz nah an seiner Brust, immer wieder fiel sein Blick in die schmale weiße Straße ihres Scheitels hinein.

Es war dunkel, aber der Himmel hatte noch diese sanfte sommerliche Helligkeit, und er wußte, daß er ihr so nah war, wie er ihr näher nicht hätte sein können, und doch unendlich weit entfernt. Sie sprachen kein Wort miteinander. Er spürte, daß die Uhr ihn forttickte, das Ticken der Uhr war stärker als der Herzschlag an seiner Brust, von dem er nicht wußte, ob es ihrer oder seiner war. Alles das hieß: Urlaub bis zum Wecken. Es hieß: schlaf noch mal bei einer, aber schlaf richtig bei ihr. Er hatte sogar eine Flasche Wein bekommen.

Er sah die Flasche ganz deutlich, sie stand auf der Kommode und war nur ein schmaler, heller Streifen Licht. Das war die Flasche, ein heller Streifen Licht im Dunkeln. Sie war leer.

Auf dem Teppich, wo Feldbluse, Hose und Koppel lagen, mußte auch der Korken liegen.
Sie hatte an seiner Brust gelegen, er hatte den Arm um sie geschlungen und mit der freien Hand geraucht; sie hatten kein Wort gesprochen. Alle ihre Zusammenkünfte zeichneten sich durch Stummheit aus. Er hatte immer gedacht, daß man mal mit einer würde sprechen können, aber sie sprach nicht.
Der Himmel draußen wurde dunkler, das leise Kurgastlachen erlosch auf der Terrasse, das Kichern der Frauen wurde zum Gähnen, und später hörte er den Kellner, der die Gläser heftiger zum Klirren brachte, wenn er vier oder fünf in einer Hand zusammenpackte, um sie wegzutragen. Dann wurden auch die Flaschen weggetragen, es klang voller, und zuletzt die Stühle aufeinandergestellt, Tische gerückt, und er hörte eine Frau lange und innig und sehr sorgfältig fegen: Die ganze Nacht schien nur aus diesem Kehren zu bestehen. Sie machte es ruhig, sehr regelmäßig und sanft. Er hörte das Fegen des Besens und die Schritte der Frau von einem Ende der Terrasse zum anderen, dann kam eine müde, fette Stimme, die zur Tür hinausfragte: »Noch nich' fertig?« und die Frau antwortete ebenso müde: »Doch – gleich.«
Kurz danach war es ganz still draußen, der Himmel war dunkelblau geworden. Ruhig und sehr weit entfernt kam noch Musik hinter den schweren Vorhängen eines Nachtlokals hervor. So lagen sie nebeneinander, bis die Rotweinflasche langsam aus der Finsternis herausstieg, ein Lichtstreifen, der immer breiter und heller wurde, sich vollendete zur plastischen Rundung, dunkelgrün und leer, und die Feldbluse auf dem Boden mit der eingeknöpften schmutzigen Kragenbinde wurde sichtbar und das Koppel mit der erhabenen Aufschrift: »Gott mit uns!«
(1948)

Wiedersehen in der Allee

Manchmal, wenn es wirklich still wurde, wenn das heisere Knurren der Maschinengewehre erloschen war und jene gräßlich spröden Geräusche schwiegen, die den Abschuß der Granatwerfer anzeigten, wenn über den Linien etwas für uns Unnennbares schwebte, was unsere Väter vielleicht Frieden genannt hätten, in jenen Stunden unterbrachen wir das Läuseknacken oder unseren schwachen Schlaf, und Leutnant Hecker fingerte mit seinen langen Händen am Verschluß jener Munitionskiste, die in die Wand unseres Erdloches eingelassen war und die wir unseren Barschrank nannten; er zog an dem Lederstückchen, so daß der Nagel der Schnalle aus seinem Loch flutschte und sich unseren Blicken die Herrlichkeit unseres Besitzes bot: links standen des Leutnants und rechts meine Flaschen, und in der Mitte war ein gemeinsamer, besonders köstlicher Besitz, der jenen Stunden vorbehalten war, wo es wirklich still wurde...
Zwischen den dunkelweißen Pullen mit Kartoffelschnaps standen zwei Flaschen echten französischen Kognaks, des prächtigsten, den wir je tranken. Auf eine wahrhaft geheimnisvolle Weise, durch vieltausendfache Möglichkeiten der Unterschlagung, hindurch durch den Dschungel der Korruption, kam in gewissen Abständen wirklicher Hennessy in unsere Löcher vorne, wo wir gegen Dreck, Läuse und Hoffnungslosigkeit zu kämpfen hatten. Wir pflegten die jungen Burschen, die sich vor Schnaps aller Art schüttelten und mit dem Heißhunger bleicher Kinder nach Süßigkeiten verlangten, ihren Anteil an diesem köstlichen gelben Getränk in

Schokolade und Bonbons zu vergüten, und wohl selten wurde ein Tauschhandel geschlossen, der beide Partner mehr beglückte.
»Komm«, pflegte Hecker zu sagen, nachdem er möglichst eine saubere Kragenbinde eingeknöpft hatte und sich wohlig über sein rasiertes Kinn gefahren war. Ich richtete mich langsam aus dem düsteren Hintergrund unseres Loches auf, streifte mit matten Handbewegungen die Strohflusen von meiner Uniform und beschränkte mich auf die einzige Zeremonie, zu der ich noch Kraft fand: Ich kämmte mich und wusch mir in Heckers Rasierwasser – einem Kaffeerest in einer Blechbüchse – meine Hände lange und mit einer fast perversen Innigkeit. Hecker wartete geduldig, bis ich auch meine Nägel gesäubert hatte, baute unterdessen einen Munitionskasten als eine Art Tisch zwischen uns auf und rieb mit einem Taschentuch unsere beiden Schnapsgläser sauber: dickwandige stabile Dinger, die wir ebenso wohl zu behüten pflegten wie unseren Tabak. Wenn er dann die große Schachtel Zigaretten aus den Hintergründen seiner Tasche hervorgesucht hatte, war auch ich mit meinen Vorbereitungen fertig.
Meist war es nachmittags, und wir hatten die Decke vor unserem Loch beiseite geschoben, und manchmal wärmte eine bescheidene Sonne unsere Füße...
Wir blickten uns an, stießen die Gläser gegeneinander, tranken und rauchten. In unserem Schweigen war etwas herrlich Feierliches. Das einzige feindliche Geräusch war der Einschlag eines Scharfschützengeschosses, das mit minutiöser Pünktlichkeit in gewissen Abständen genau vor den Balken schlug, der die Böschung am Eingang unseres Bunkers stützte. Mit einem kleinen und fast liebevollen »Flapp« raschelte das Geschoß in die spröde Erde. Es erinnerte mich oft an das bescheidene und fast lautlose Huschen einer Feldmaus, die an einem stillen Nachmittag über den Weg läuft. Dieses Ge-

räusch hatte etwas Beruhigendes, denn es vergewisserte uns, daß die köstliche Stunde, die nun anbrach, nicht Traum war, nichts Unwirkliches, sondern ein Stück unseres wahrhaften Lebens.

Nach dem vierten oder fünften Glase erst fingen wir zu sprechen an. Unter dem müden Geröll unseres Herzens wurde von diesem wunderbaren Getränk etwas seltsam Kostbares geweckt, das unsere Väter vielleicht Sehnsucht genannt hätten.

Über den Krieg, unsere Gegenwart, hatten wir kein Wort mehr zu verlieren. Zu oft und zu innig hatten wir seine zähnefletschende Fratze gesehen, und sein grauenhafter Atem, wenn die Verwundeten in dunklen Nächten in zwei verschiedenen Sprachen zwischen den Linien klagten, hatte uns zu oft das Herz erzittern gemacht. Wir haßten ihn zu sehr, als daß wir noch glauben mochten an die Seifenblasen der Phrasen, die das Gesindel hüben und drüben aufsteigen ließ, um ihm den Wert einer »Sendung« zu geben.

Auch die Zukunft konnte nicht Gegenstand dieser Gespräche sein. Sie war ein schwarzer Tunnel voll spitzer Ecken, an denen wir uns stoßen würden, und wir hatten Furcht vor ihr, denn das grauenhafte Dasein, Soldat zu sein und wünschen zu müssen, daß der Krieg verlorengeht, hatte unser Herz ausgehöhlt.

Wir sprachen von der Vergangenheit; von jener kümmerlichen Andeutung dessen, was unsere Väter vielleicht Leben genannt hätten. Jener allzu kleinen einzigen Spanne menschlicher Erinnerungen, die gleichsam eingeklemmt gewesen war zwischen dem verfaulenden Kadaver der Republik und jenem aufgeblähten Ungeheuer Staat, dessen Sold wir einstecken mußten.

»Denk dir ein kleines Café«, sagte Hecker, »vielleicht gar unter Bäumen, im Herbst. Der Geruch von Feuchtigkeit und Fäulnis ist in der Luft, und du übersetzt ein Gedicht von Verlaine; du hast ganz leichte Schuhe an den Füßen, und später, wenn der Dämmer in dichten Wolken niedersinkt, gehst du schlurfend nach Hause, schlurfend, verstehst du; du läßt deine Füße durch das nasse Laub schleifen und siehst den Mädchen ins Gesicht, die dir entgegenkommen...« Er goß die Gläser voll, mit ruhigen Händen wie ein liebevoller Arzt, der ein Kind operiert, stieß mit mir an, und wir tranken... »Vielleicht lächelt dich eine an, und du lächelst zurück, und ihr geht beide weiter, ohne euch umzuwenden. Dieses kleine Lächeln, das ihr getauscht habt, wird nie sterben, niemals, sage ich dir... es wird vielleicht euer Erkennungszeichen sein, wenn ihr euch in einem anderen Leben wiederseht... ein lächerliches kleines Lächeln...«

Es kam etwas wunderbar Junges in seine Augen, er blickte mich lachend an, und auch ich lächelte, ich ergriff die Flasche und goß ein. Dann tranken wir drei oder vier hintereinander, und kein Tabak schmeckte köstlicher als jener, der sich mit dem kostbaren Aroma des Kognaks mischte.

Zwischendurch mahnte uns das Scharfschützengeschoß, daß die Zeit unbarmherzig vertropfte; und hinter unserer Freude und dem Genuß der Stunde drohte wieder die Unerbittlichkeit unseres Lebens, die durch eine plötzlich einschlagende Granate, durch den Alarmruf eines Postens, Angriffs- oder Rückzugsbefehl uns zerreißen würde. Wir begannen hastiger zu trinken, wildere Worte zu wechseln, und in die sanfte Freude unserer Augen mischten sich Lust und Haß; und wenn sich unweigerlich der Boden der Flasche zeigte, wurde Hecker unsagbar traurig, seine Augen wandten sich wie verschwimmende Scheiben mir zu, und er begann leise und fast irr zu flüstern: »Das Mädchen, weißt du, wohnte am Ende einer Allee, und als ich zuletzt in Urlaub war...«

Das war für mich das Zeichen, daß ich Schluß zu machen hatte. »Leutnant«, sagte ich kalt und scharf, »sei still, hörst du?« So hatte er selbst mir gesagt: »Wenn ich anfange, von

einem Mädchen zu sprechen, das am Ende einer Allee wohnte, dann mußt du mir sagen, daß ich die Schnauze halten soll, verstehst du mich, du mußt, du mußt!«
Und ich folgte diesem Befehl, wenn es mir auch schwerfiel, ihn auszuführen, denn Hecker erlosch gleichsam, wenn ich mahnte; seine Augen wurden hart und nüchtern, und um seinen Mund kam die alte Farbe der Bitterkeit...
An jenem Tage aber, von dem ich erzählen will, war alles anders als sonst. Wir hatten Wäsche bekommen, ganz neue Wäsche, neuen Kognak; ich hatte mich rasiert und mir anschließend sogar die Füße gewaschen in der Blechbüchse; ja, eine Art Bad hatte ich genommen, denn sogar neue Strümpfe hatte man uns geschickt, Strümpfe, an denen die weißen Ringe wirklich noch weiß waren...
Hecker lag zurückgelehnt auf unserer Liegestatt, rauchte und sah mir zu, wie ich mich wusch. Es war ganz still draußen, aber diese Stille war bösartig und lähmend, es war eine drohende Stille, und ich sah es an Heckers Händen, wenn er eine neue Zigarette an der alten entzündete, daß er erregt war und Angst hatte, denn wir hatten Angst, alle, die noch menschlich waren, hatten Angst.
Plötzlich hörten wir das leise Huschen, mit dem das Geschoß des Scharfschützen in die Böschung zu schlagen pflegte, und dieses sanfte Geräusch nahm der Stille alles Beängstigende, und wie in einem Atemzug lachten wir beide auf; Hecker sprang hoch, stapfte ein wenig mit den Füßen und rief laut und kindlich: »Hurra, hurra, jetzt wird gesoffen, gesoffen auf das Wohl des Kameraden, der immer in dieselbe Stelle schießt und immer verkehrt!«
Er öffnete den Verschluß, klopfte mir auf die Schulter und wartete geduldig, bis ich meine Stiefel wieder angezogen und mich zu unserem Trunke bereitgesetzt hatte. Hecker breitete ein neues Taschentuch über die Kiste und zog zwei prachtvolle lange, hellbraune Zigarren aus seiner Brusttasche.

»Das ist was ganz Feines«, rief er lachend, »Kognak und eine gute Zigarre.« Wir stießen an, tranken und rauchten in langsamen, genußvollen Zügen.
»Erzähl mir was«, rief Hecker, »du mußt mal was erzählen, los«, er blickte mich ernst an. »Mensch, nie hast du was erzählt, immer hast du mich quatschen lassen.«
»Ich kann nicht viel sagen«, warf ich leise hin, und nun blickte ich ihn an, goß ein und trank erst mit ihm, und es war wunderbar, wie das kühle, uns so köstlich wärmende Getränk dunkelgelb in uns hineinfloß. »Weißt du«, fing ich zaghaft an, »ich bin jünger als du und ein wenig älter. Ich bin immer sitzengeblieben in der Schule, dann mußte ich in eine Lehre, ich sollte Schreiner werden. Das war erst bitter, aber später, so nach einem Jahr, gewann ich Freude an der Arbeit. Es ist was Herrliches, so mit Holz zu arbeiten. Du machst dir eine Zeichnung auf schönes Papier, richtest dein Holz zurecht, saubere, feingemaserte Bretter, die du liebevoll hobelst, während dir der Geruch von Holz in die Nase steigt. Ich glaube, ich wäre ein ganz guter Schreiner geworden, aber als ich neunzehn wurde, mußte ich zum Kommiß, und ich habe den ersten Schrecken, nachdem ich durchs Kasernentor gegangen war, nie überwunden, in sechs Jahren nicht, deshalb sprech' ich nicht viel... bei euch ist das etwas anderes...« Ich errötete, denn noch nie im Leben hatte ich so viel gesprochen. Hecker sah mich nachdenklich an. »So«, sagte er, »ich glaub', das ist schön, Schreiner.«
»Aber hast du nie ein Mädchen gehabt?« fing er plötzlich lauter an, und ich spürte schon, daß ich bald wieder Schluß machen mußte. »Nie? Nie? Hast du nie deinen Kopf auf eine sanfte Schulter gelegt und gerochen, ihr Haar gerochen... nie?« Diesmal schenkte er wieder ein, und die Flasche war leer mit diesen beiden letzten Schnäpsen. Hecker blickte mit einer schaurigen Trauer um sich. »Keine Wand hier, an der man die Pulle kaputtschlagen könnte, was?« – »Halt«, rief er

plötzlich und lachte wild auf, »der Kamerad soll auch was haben, er soll sie kaputtschießen.«
Er trat einen Schritt vor und stellte die Flasche an jene Stelle, wo die Geschosse des Scharfschützen einzuschlagen pflegten, und ehe ich es verhindern konnte, hatte er die nächste Flasche aus unserem Schrank genommen, sie geöffnet und eingeschenkt. Wir stießen an, und im gleichen Augenblick ertönte draußen auf der Böschung ein sanftes »Pong«, wir blickten erschreckt hoch und sahen, daß die Flasche einen Augenblick nachher noch fest stand, fast starr, dann aber glitt ihr oberer Teil herab, während die untere Hälfte stehenblieb. Die große Scherbe rollte in den Graben, fast bis vor unsere Füße, und ich weiß nur noch, daß ich Angst hatte, Angst von dem Augenblick an, in dem die Flasche zerbrochen war...
Zugleich ergriff mich eine tiefe Gleichgültigkeit, während ich so schnell, wie Hecker eingoß, half, die zweite Flasche zu leeren. Ja, Angst und Gleichgültigkeit zugleich. Auch Hecker hatte Angst, ich sah es; wir blickten gequält aneinander vorbei, und an jenem Tage brachte ich nicht die Kraft auf, ihn zu unterbrechen, als er wieder von dem Mädchen anfing...
»Weißt du«, sagte er hastig, an mir vorbeiblickend, »sie wohnte am Ende einer Allee, und als ich zuletzt in Urlaub war, da war Herbst, richtiger Herbst, ein später Nachmittag, und ich kann dir gar nicht beschreiben, wie schön die Allee war – –«, ein wildes, köstliches und doch irgendwie irres Glück tauchte in seinen Augen auf, und um dieses Glückes willen war ich froh, ihn nicht unterbrochen zu haben; er rang im Weitersprechen die Hände, wie jemand, der etwas formen will und weiß nicht wie, und ich spürte, daß er nach den richtigen Ausdrücken suchte, um mir die Allee zu beschreiben. Ich schenkte ein, wir tranken schnell aus, und ich schenkte wieder ein, und wir kippten die Gläser hinunter...
»Die Allee«, sagte er heiser, fast stammelnd, »die Allee war ganz golden, das ist kein Quatsch, du, sie war einfach golden,

schwarze Bäume mit Gold, und graublaue Schimmer darin – ich war irrsinnig glücklich, während ich langsam in ihr hinabschritt bis zu jenem Haus, ich fühlte mich eingesponnen von dieser kostbaren Schönheit, und ich saugte die rauschhafte Vergänglichkeit unseres menschlichen Glückes in mich hinein. Verstehst du? Diese zauberhafte Gewißheit ergriff mich namenlos ... und ... und ...«
Hecker schwieg eine Weile, während er wieder nach Worten zu suchen schien, ich goß die Gläser wieder voll, stieß mit ihm an, und wir tranken: In diesem Augenblick zerschellte auch der untere Teil der Flasche auf der Böschung, und mit einer aufreizenden Langsamkeit purzelten die Scherben eine nach der anderen in den Graben.
Ich erschrak, als Hecker plötzlich aufstand, sich bückte und die Decke ganz beiseite schob; ich hielt ihn am Rockärmel zurück, und nun wußte ich, warum ich die ganze Zeit über Angst gehabt hatte. »Laß mich«, schrie er, »laß mich ... ich geh', ich geh' in die Allee ...« Draußen stand ich neben ihm, die Flasche in meiner Hand. »Ich geh'«, flüsterte Hecker, »ich geh' ganz hinein bis ans Ende, wo das Haus steht! Es ist ein braunes Eisengitter davor und sie wohnt oben und ...« Ich bückte mich erschreckt, denn ein Geschoß pfiff an mir vorbei in die Böschung, genau an die Stelle, wo die Flasche gestanden hatte.
Hecker flüsterte stammelnd sinnlose Worte, ein inniges, jetzt ganz sanftes Glück war auf seinen Zügen, und vielleicht wäre noch Zeit gewesen, ihn zurückzurufen, so wie er mir befohlen hatte. In seinen sinnlosen Worten erkannte ich nur immer die einen: »Ich geh' – – ich geh' einfach dorthin, wo mein Mädchen wohnt ...«
Ich kam mir sehr feige vor, wie ich unten auf dem Boden hockte, die Flasche mit dem Kognak in der Hand, und ich fühlte es wie eine Schuld, daß ich nüchtern war, grausam nüchtern, während auf Heckers Gesicht eine unbeschreiblich

süße und innige Trunkenheit lag; er blickte starr gegen die feindlichen Linien zwischen schwarzen Sonnenblumenstengeln und zerschossenen Gehöften, ich beobachtete ihn scharf; er rauchte eine Zigarette. »Leutnant«, rief ich leise, »trink, komm, trink«, und ich hielt ihm die Flasche entgegen, und als ich mich aufrichten wollte, spürte ich, daß auch ich betrunken war, und zu tiefinnerst verfluchte ich mich, daß ich ihn nicht früh genug zurückgerufen hatte, denn jetzt schien es zu spät zu sein; er hatte meinen Ruf nicht gehört, und eben, als ich den Mund öffnen wollte, noch einmal zu rufen, um ihn wenigstens mit der Flasche aus der Gefahr oben zurückzuholen, hörte ich ein ganz helles und feines »Ping« von einem Explosivgeschoß. Hecker wandte sich mit einer erschreckenden Plötzlichkeit um, lächelte mich kurz und selig an, dann legte er seine Zigarette auf die Böschung und sank in sich zusammen, ganz langsam fiel er hintenüber – – es griff mir eiskalt ans Herz, die Flasche entglitt meinen Händen, und ich blickte erschreckt auf den Kognak, der ihr mit leisem Glucksen entfloß und eine kleine Pfütze bildete. Wieder war es sehr still, und die Stille war drohend...

Endlich wagte ich aufzublicken in Heckers Gesicht: Seine Wangen waren eingefallen, die Augen schwarz und starr, und doch war auf seinem Gesicht noch ein Schimmer jenes Lächelns, das auf ihm geblüht hatte, während er irre Worte flüsterte. Ich wußte, daß er tot war. Aber dann schrie ich plötzlich, schrie wie ein Wahnsinniger, beugte mich, alle Vorsicht vergessend, über die Böschung und schrie zum nächsten Loch: »Hein! Hilf! Hein, Hecker ist tot!« und ohne eine Antwort abzuwarten, sank ich schluchzend zu Boden, von einem gräßlichen Grauen gepackt, denn Heckers Kopf hatte sich ein wenig gehoben, kaum merklich, aber sichtbar, und es quoll Blut heraus und eine fürchterliche, gelblichweiße Masse, von der ich glauben mußte, daß es sein Gehirn war; es floß und floß, und ich dachte mit starrem Schrecken nur: woher

kommt diese unendliche Masse Blut, aus seinem Kopf allein?
Der ganze Boden unseres Loches bedeckte sich mit Blut, die lehmige Erde sog schlecht, und das Blut erreichte den Fleck, wo ich neben der leeren Flasche kniete...
Ich war ganz allein auf der Welt mit Heckers Blut, denn Hein antwortete nicht, und das sanfte Schlurfen des Scharfschützengeschosses war nicht mehr zu hören...
Plötzlich aber barst die Stille mit einem Knall, ich zappelte erschreckt hoch und erhielt im gleichen Augenblick einen Schlag gegen den Rücken, der seltsamerweise gar nicht schmerzte; ich sank nach vorne mit dem Kopf auf Heckers Brust, und während der Lärm rings um mich her erwachte, das wilde Bellen des Maschinengewehrs aus Heins Loch und die grauenhaften Einschläge jener Werfer, die wir Orgeln nannten, wurde ich ganz ruhig: denn mit Heckers dunklem Blut, das immer noch auf der Sohle des Loches stand, mischte sich ein helles, ein wunderbares helles Blut, von dem ich wußte, daß es warm und mein eigenes war; und ich sank immer, immer tiefer, bis ich mich glücklich lächelnd am Eingang jener Allee fand, die Hecker nicht hatte beschreiben können, denn die Bäume waren kahl, Einsamkeit und Öde nisteten zwischen fahlen Schatten, und die Hoffnung starb in meinem Herzen, während ich ferne, unsagbar weit, Heckers winkende Silhouette gegen ein sanftes, goldenes Licht sah...
(1948)

Die Botschaft

Kennen Sie jene Drecknester, wo man sich vergebens fragt, warum die Eisenbahn dort eine Station errichtet hat; wo die Unendlichkeit über ein paar schmutzigen Häusern und einer halbverfallenen Fabrik erstarrt scheint; ringsum Felder, die zur ewigen Unfruchtbarkeit verdammt sind; wo man mit einem Male spürt, daß sie trostlos sind, weil kein Baum und nicht einmal ein Kirchturm zu sehen ist? Der Mann mit der roten Mütze, der den Zug endlich, endlich wieder abfahren läßt, verschwindet unter einem großen Schild mit hochtönendem Namen, und man glaubt, daß er nur bezahlt wird, um zwölf Stunden am Tage mit Langeweile zugedeckt zu schlafen. Ein grauverhangener Horizont über öden Äckern, die niemand bestellt.

Trotzdem war ich nicht der einzige, der ausstieg; eine alte Frau mit einem großen braunen Paket entstieg dem Abteil neben mir, aber als ich den kleinen, schmuddeligen Bahnhof verlassen hatte, war sie wie von der Erde verschluckt, und ich war einen Augenblick ratlos, denn ich wußte nun nicht, wen ich nach dem Wege fragen sollte. Die wenigen Backsteinhäuser mit ihren toten Fenstern und gelblichgrünen Gardinen sahen aus, als könnten sie unmöglich bewohnt sein, und quer zu dieser Andeutung einer Straße verlief eine schwarze Mauer, die zusammenzubrechen schien. Ich ging auf die finstere Mauer zu, denn ich fürchtete mich, an eins dieser Totenhäuser zu klopfen. Dann bog ich um die Ecke und las gleich neben dem schmierigen und kaum lesbaren Schild »Wirtschaft« deutlich und klar mit weißen Buchstaben auf blauem

Grund »Hauptstraße«. Wieder ein paar Häuser, die eine schiefe Front bildeten, zerbröckelnder Verputz, und gegenüber, lang und fensterlos, die düstere Fabrikmauer wie eine Barriere ins Reich der Trostlosigkeit. Einfach meinem Gefühl nach ging ich links herum, aber da war der Ort plötzlich zu Ende; etwa zehn Meter weit lief noch die Mauer, dann begann ein flaches, grauschwarzes Feld mit einem kaum sichtbaren grünen Schimmer, das irgendwo mit dem grauen himmelhohen Horizont zusammenlief, und ich hatte das schreckliche Gefühl, am Ende der Welt wie vor einem unendlichen Abgrund zu stehen, als sei ich verdammt, hineingezogen zu werden in diese unheimlich lockende, schweigende Brandung der völligen Hoffnungslosigkeit.

Links stand ein kleines, wie plattgedrücktes Haus, wie es sich Arbeiter nach Feierabend bauen; wankend, fast taumelnd bewegte ich mich darauf zu. Nachdem ich eine ärmliche und rührende Pforte durchschritten hatte, die von einem kahlen Heckenrosenstrauch überwachsen war, sah ich die Nummer, und ich wußte, daß ich am rechten Haus war.

Die grünlichen Läden, deren Anstrich längst verwaschen war, waren fest geschlossen, wie zugeklebt; das niedrige Dach, dessen Traufe ich mit der Hand erreichen konnte, war mit rostigen Blechplatten geflickt. Es war unsagbar still, jene Stunde, wo die Dämmerung noch eine Atempause macht, ehe sie grau und unaufhaltsam über den Rand der Ferne quillt. Ich stockte einen Augenblick lang vor der Haustür, und ich wünschte mir, ich wäre gestorben, damals ... anstatt nun hier zu stehen, um in dieses Haus zu treten. Als ich dann die Hand heben wollte, um zu klopfen, hörte ich drinnen ein girrendes Frauenlachen; dieses rätselhafte Lachen, das ungreifbar ist und je nach unserer Stimmung uns erleichtert oder uns das Herz zuschnürt. Jedenfalls konnte so nur eine Frau lachen, die nicht allein war, und wieder stockte ich, und das brennende, zerreißende Verlangen quoll in mir auf, mich hinein-

stürzen zu lassen in die graue Unendlichkeit des sinkenden Dämmers, die nun über dem weiten Feld hing und mich lockte, lockte... und mit meiner allerletzten Kraft pochte ich heftig gegen die Tür.
Erst war Schweigen, dann Flüstern – und Schritte, leise Schritte von Pantoffeln, und dann öffnete sich die Tür, und ich sah eine blonde, rosige Frau, die auf mich wirkte wie eins jener unbeschreiblichen Lichter, die die düsteren Bilder Rembrandts erhellen bis in den letzten Winkel. Golden-rötlich brannte sie wie ein Licht vor mir auf in dieser Ewigkeit von Grau und Schwarz. Sie wich mit einem leisen Schrei zurück und hielt mit zitternden Händen die Tür, aber als ich meine Soldatenmütze abgenommen und mit heiserer Stimme gesagt hatte: »'n Abend«, löste sich der Krampf des Schreckens aus diesem merkwürdig formlosen Gesicht, und sie lächelte beklommen und sagte »Ja«. Im Hintergrund tauchte eine muskulöse, im Dämmer des kleinen Flures verschwimmende Männergestalt auf. »Ich möchte zu Frau Brink«, sagte ich leise. »Ja«, sagte wieder diese tonlose Stimme, die Frau stieß nervös eine Tür auf. Die Männergestalt verschwand im Dunkeln. Ich betrat eine enge Stube, die mit ärmlichen Möbeln vollgepfropft war und worin der Geruch von schlechtem Essen und sehr guten Zigaretten sich festgesetzt hatte. Ihre weiße Hand huschte zum Schalter, und als nun das Licht auf sie fiel, wirkte sie bleich und zerflossen, fast leichenhaft, nur das helle rötliche Haar war lebendig und warm. Mit immer noch zitternden Händen hielt sie das dunkelrote Kleid über den schweren Brüsten krampfhaft zusammen, obwohl es fest zugeknöpft war – fast als fürchte sie, ich könne sie erdolchen. Der Blick ihrer wäßrigen blauen Augen war ängstlich und schreckhaft, als stehe sie, eines furchtbaren Urteils gewiß, vor Gericht. Selbst die billigen Drucke an den Wänden, diese süßlichen Bilder, waren wie ausgehängte Anklagen.
»Erschrecken Sie nicht«, sagte ich gepreßt, und ich wußte im

gleichen Augenblick, daß das der schlechteste Anfang war, den ich hatte wählen können, aber bevor ich fortfahren konnte, sagte sie seltsam ruhig: »Ich weiß alles, er ist tot... tot.« Ich konnte nur nicken. Dann griff ich in meine Tasche, um ihr die letzten Habseligkeiten zu überreichen, aber im Flur rief eine brutale Stimme: »Gitta!« Sie blickte mich verzweifelt an, dann riß sie die Tür auf und rief kreischend: »Warte fünf Minuten – verdammt – «, und krachend schlug die Tür wieder zu, und ich glaubte mir vorstellen zu können, wie sich der Mann feige hinter dem Ofen verkroch. Ihre Augen sahen trotzig, fast triumphierend zu mir auf.

Ich legte langsam den Trauring, die Uhr und das Soldbuch mit den verschlissenen Fotos auf die grüne, samtene Tischdecke. Da schluchzte sie plötzlich wild und schrecklich wie ein Tier. Die Linien ihres Gesichtes waren völlig verwischt, schnekkenhaft weich und formlos, und helle, kleine Tränen purzelten zwischen ihren kurzen, fleischigen Fingern hervor. Sie rutschte auf das Sofa und stützte sich mit der Rechten auf den Tisch, während ihre Linke mit den ärmlichen Dingen spielte. Die Erinnerung schien sie wie mit tausend Schwertern zu durchschneiden. Da wußte ich, daß der Krieg niemals zu Ende sein würde, niemals, solange noch irgendwo eine Wunde blutete, die er geschlagen hat.

Ich warf alles, Ekel, Furcht und Trostlosigkeit, von mir ab wie eine lächerliche Bürde und legte meine Hand auf die zuckende üppige Schulter, und als sie nun das erstaunte Gesicht zu mir wandte, sah ich zum ersten Male in ihren Zügen Ähnlichkeit mit jenem Foto eines hübschen, liebevollen Mädchens, das ich wohl viele hundert Male hatte ansehen müssen, damals...

»Wo war es – setzen Sie sich doch –, im Osten?« Ich sah es ihr an, daß sie jeden Augenblick wieder in Tränen ausbrechen würde. »Nein... im Westen, in der Gefangenschaft... wir waren mehr als hunderttausend...«

»Und wann?« Ihr Blick war gespannt und wach und unheimlich lebendig, und ihr ganzes Gesicht war gestrafft und jung – als hinge ihr Leben an meiner Antwort. »Im Juli fünfundvierzig«, sagte ich leise.

Sie schien einen Augenblick zu überlegen, und dann lächelte sie – ganz rein und unschuldig, und ich erriet, warum sie lächelte. Aber plötzlich war mir, als drohe das Haus über mir zusammenzubrechen, ich stand auf. Sie öffnete mir, ohne ein Wort zu sagen, die Tür und wollte sie mir aufhalten, aber ich wartete beharrlich, bis sie vor mir hinausgegangen war; und als sie mir ihre kleine, etwas feiste Hand gab, sagte sie mit einem trockenen Schluchzen: »Ich wußte es, ich wußte es, als ich ihn damals – es ist fast drei Jahre her – zum Bahnhof brachte«, und dann setzte sie ganz leise hinzu: »Verachten Sie mich nicht.«

Ich erschrak vor diesen Worten bis ins Herz – mein Gott, sah ich denn wie ein Richter aus? Und ehe sie es verhindern konnte, hatte ich diese kleine, weiche Hand geküßt, und es war das erste Mal in meinem Leben, daß ich einer Frau die Hand küßte.

Draußen war es dunkel geworden, und wie in Angst gebannt wartete ich noch einen Augenblick vor der verschlossenen Tür. Da hörte ich sie drinnen schluchzen, laut und wild, sie war an die Haustür gelehnt, nur durch die Dicke des Holzes von mir getrennt, und in diesem Augenblick wünschte ich wirklich, daß das Haus über ihr zusammenbrechen und sie begraben möchte.

Dann tastete ich mich langsam und unheimlich vorsichtig, denn ich fürchtete jeden Augenblick in einem Abgrund zu versinken, bis zum Bahnhof zurück. Kleine Lichter brannten in den Totenhäusern, und das ganze Nest schien weit, weit vergrößert. Selbst hinter der schwarzen Mauer sah ich kleine Lampen, die unendlich große Höfe zu beleuchten schienen. Dicht und schwer war der Dämmer geworden, nebelhaft dunstig und undurchdringlich.

In der zugigen, winzigen Wartehalle stand außer mir noch ein älteres Paar, fröstelnd in eine Ecke gedrückt. Ich wartete lange, die Hände in den Taschen und die Mütze über die Ohren gezogen, denn es zog kalt von den Schienen her, und immer, immer tiefer sank die Nacht wie ein ungeheures Gewicht.

»Hätte man nur etwas mehr Brot und ein bißchen Tabak«, murmelte hinter mir der Mann. Und immer wieder beugte ich mich vor, um in die sich ferne zwischen matten Lichtern verengende Parallele der Schienen zu blicken.

Aber dann wurde die Tür jäh aufgerissen, und der Mann mit der roten Mütze, diensteifrigen Gesichts, schrie, als ob er es in die Wartehalle eines großen Bahnhofs rufen müsse: »Personenzug nach Köln, fünfundneunzig Minuten Verspätung!«

Da war mir, als sei ich für mein ganzes Leben in Gefangenschaft geraten.

(1947)

Kumpel mit dem langen Haar

Es war merkwürdig: Genau fünf Minuten, bevor die Razzia losging, beschlich mich ein Gefühl der Unsicherheit... ich blickte scheu um mich, ging dann langsam am Rhein vorbei auf den Bahnhof zu, und ich war gar nicht erstaunt, als ich auch schon die kleinen Flitzer mit den rotbemützten Polizisten heranrasen sah, die das Häuserviertel umstellten, absperrten und zu untersuchen begannen. Es ging unheimlich schnell. Ich stand gerade außerhalb des Kreises und steckte mir ruhig eine Zigarette an. Es ging alles so lautlos. Viele Zigaretten flogen auf die Erde. Schade... dachte ich und machte unwillkürlich einen kleinen Überschlag, wieviel bares Geld da wohl auf der Erde lag. Der Lastwagen füllte sich schnell mit denen, die sie geschnappt hatten. Franz war auch dabei... er machte mir von weitem eine hoffnungslose Geste, die soviel bedeuten sollte wie: Schicksal. Einer der Polizisten drehte sich nach mir um. Da ging ich weg. Aber langsam, ganz langsam. Mein Gott, sollten sie mich doch mitnehmen! Ich hatte keine Lust mehr, auf meine Bude zu gehen, so schlenderte ich langsam weiter zum Bahnhof. Ich schlug mit meinem Stock ein kleines Steinchen aus dem Weg. Die Sonne schien warm, und vom Rhein her kam ein kühler, sanfter Wind.

Im Wartesaal gab ich Fritz, dem Kellner, die zweihundert Zigaretten und steckte das Geld in die hintere Tasche. Nun war ich ganz ohne Ware, nur eine Packung für mich hatte ich noch. Dann fand ich im Gedränge schließlich doch noch einen Platz und bestellte mir Fleischbrühe und etwas Brot.

Und wieder sah ich von weitem Fritz winken, aber ich hatte keine Lust aufzustehen. Da kam er eilig auf mich zu. Hinter ihm sah ich den kleinen Mausbach, den Schlepper; sie schienen beide ziemlich aufgeregt zu sein. »Mensch, hast du eine Ruhe«, murmelte Fritz, dann ging er kopfschüttelnd weg und machte dem kleinen Mausbach Platz. Der war ganz außer Atem. »Du«, stotterte er, »du... mußt verduften... sie haben deine Bude untersucht und den Koks gefunden... Mensch!« Er verschluckte sich fast. Ich klopfte ihm beruhigend auf die Schulter und gab ihm zwanzig Mark. »Es ist gut«, sagte ich – und er trollte davon. Da aber fiel mir noch etwas ein, und ich rief ihn zurück. »Hör mal, Heini«, sagte ich, »wenn du die Bücher und den Mantel, die in meiner Bude sind, irgendwo sicherstellen könntest... ich komme in vierzehn Tagen mal wieder vorbei, ja?... was sonst noch von mir ist, kannst du behalten.« Er nickte. Ich würde mich auf ihn verlassen können. Das wußte ich.

Schade... dachte ich wieder... achttausend Mark zum Teufel... nirgendwo, nirgendwo war man sicher...

Ein paar neugierige Blicke streiften mich, während ich mich langsam wieder hinsetzte und gleichgültig nach meiner Tasche griff. Dann schlug das Summen der Menge um mich zusammen, und ich wußte, nirgendwo hätte ich so wunderbar allein sein können mit meinen Gedanken wie hier, mitten im Gedränge und im kreisenden Trubel des Wartesaales.

Mit einem Male spürte ich, daß meine Augen, die, ohne irgend etwas zu sehen, fast automatisch rundgingen, immer am gleichen Fleck haftenblieben, als würden sie gegen meinen Willen dort gebannt. Immer wieder im Kreisen meines gleichgültigen Blickes war da eine Stelle, wo sie stockten und dann hastig weiterglitten. Ich erwachte wie aus einem tiefen Schlaf und blickte nun sehend dorthin. Zwei Tische von mir entfernt saß ein junges Mädchen in einem hellen Mantel, mit einer gelblichbraunen Mütze auf dem schwarzen Haar, und las in einer Zeitung. Ich sah nur ihre etwas zusammengekrümmte hockende Gestalt, ein winziges Stück ihrer Nase und die schmalen, ganz ruhigen Hände. Auch die Beine sah ich, schöne, schlanke und... ja, saubere Beine. Ich weiß nicht, wie lange ich sie angestarrt habe, manchmal sah ich flüchtig die schmale Scheibe ihres Gesichts, wenn sie ein Blatt wendete. Plötzlich hob sie den Kopf und sah mich einen Augenblick voll an, mit großen grauen Augen, ernst und gleichgültig, dann las sie weiter.

Dieser kurze Blick hatte mich getroffen.

Geduldig und doch mit klopfendem Herzen hielt ich sie mit meinen Augen fest, bis sie endlich die Zeitung ausgelesen hatte, sich auf den Tisch stützte und mit einer merkwürdig verzweifelten Geste an ihrem Bierglas nippte.

Nun konnte ich auch ihr ganzes Gesicht sehen. Blaß war sie, ganz blaß, ein schmaler, kleiner Mund und eine gerade, edle Nase... aber die Augen, diese großen, ernsten, grauen Augen! Wie ein Vorhang der Trauer hing ihr das schwarze Haar in langen Locken auf die Schulter.

Ich weiß nicht, wie lange ich sie anstarrte, waren es zwanzig Minuten, eine Stunde oder mehr. Während sie immer unruhiger, immer kürzer mein Gesicht mit ihrem traurigen Blick streifte, war nicht diese Empörung in ihrem Gesicht, die man sonst bei jungen Mädchen in solchen Fällen findet. Unruhe ja... und Angst.

Ach, ich wollte sie ja gar nicht unruhig und ängstlich machen, aber ich konnte meinen Blick nicht von ihr lassen.

Sie stand schließlich hastig auf, hängte sich einen alten Brotbeutel um und verließ schnell den Wartesaal. Ich folgte ihr. Ohne sich umzuwenden, ging sie die Treppe hinauf auf die Sperre zu. Ich hielt sie fest, fest in der Linie meines Blickes, während ich schnell im Vorübergehen eine Bahnsteigkarte löste. Sie hatte einen großen Vorsprung gewonnen, und ich mußte meinen Stock unter den Arm klemmen und ein wenig zu laufen versuchen. Fast hätte ich sie verloren in dem düsteren Schacht, der zum Bahnsteig hochführte. Ich fand sie oben gegen die Reste eines zertrümmerten Wartehäuschens gelehnt. Starr sah sie auf die Schienen. Nicht *ein* Mal wandte sie sich um.

Vom Rhein her fuhr ein kühler Wind quer in die Halle. Der Abend kam. Viele Leute mit Packen und Rucksäcken, Kisten und Koffern standen mit gehetzten Gesichtern auf dem Bahnsteig. Sie wandten erschreckt die Köpfe in die Richtung, woher der Wind kam, und fröstelten. Dunkelblau und ruhig gähnte vorne der große Halbkreis des Himmels, vom eisernen Gitterwerk der Halle durchstoßen.

Langsam humpelte ich auf und ab, manchmal mit einem Blick mich der Gegenwart des Mädchens vergewissernd. Aber immer, immer stand sie so da, mit durchgedrückten Beinen an den Mauerrest gestützt, die Augen auf die flache, schwarze Mulde gerichtet, in der der blanke Schienenstrang verlief.

Endlich kroch der Zug langsam rückwärts in die Halle. Während ich der Lokomotive entgegensah, war das Mädchen auf den einfahrenden Zug gesprungen und in einem Abteil verschwunden. Ich sah sie für Minuten nicht mehr in all den Knäueln von drängenden Menschen vor den Abteilen. Bald jedoch entdeckte ich die gelbliche Mütze im letzten Waggon. Ich stieg ein und setzte mich ihr gerade gegenüber, so nahe, daß unsere Knie sich fast berührten. Als sie mich anblickte, ganz ernst und ruhig, nur die Brauen etwas zusammengezogen, da las ich es in ihren großen grauen Augen: Sie wußte, daß ich die ganze Zeit über hinter ihr gewesen war. Immer wieder hingen meine Blicke hilflos an ihrem Gesicht, während der Zug in den sinkenden Abend fuhr. Ich brachte kein Wort über meine Lippen. Die Felder versanken, und die Dörfer wurden von der Nacht allmählich eingehüllt. Ich fror. Wo würde ich diese Nacht schlafen, dachte ich... wo einmal wieder etwas zur Ruhe kommen.

Ach, könnte ich doch mein Gesicht in diesen schwarzen Haaren verbergen. Nichts, sonst nichts, nichts... Ich zündete mir eine Zigarette an. Da warf sie einen flüchtigen, aber merkwürdig wachen Blick auf die Packung. Ich hielt sie ihr einfach hin und sagte mit rauher Stimme: »Bitte«, und es schien mir, als müsse mein Herz aus dem Halse springen. Sie zögerte eine halbe Sekunde, und ich sah trotz der Dunkelheit, daß sie flüchtig errötete. Dann griff sie zu. Sie rauchte mit tiefen, hungrigen Zügen.

»Sie sind sehr großzügig«, ihre Stimme war dunkel und spröde. Als dann der Schaffner im Nebenabteil zu hören war, warfen wir uns wie auf Kommando zurück und stellten uns schlafend in unseren Ecken. Ich sah jedoch durch meine Lider, daß sie lachte. Ich beobachtete den Schaffner, der mit seiner grellen Lampe die Fahrkarten beleuchtete und zeichnete. Und dann fiel der Schein mir mitten ins Gesicht. Ich spürte an dem Zittern des Lichtes, daß er zögerte. Dann fiel der Schein auf sie. Ach, wie blaß sie war und wie traurig die weiße Fläche ihrer Stirn.

Eine dicke Frau, die neben mir saß, zupfte den Schaffner am Ärmel und flüsterte ihm etwas ins Ohr, von dem ich verstand: »Ami-Zigaretten... schwarzfahren...« Da stieß mich der Schaffner böse in die Seite.

Es war ganz still im Abteil, als ich sie leise fragte, wohin sie fahren wollte. Sie nannte einen Ort. Ich löste zwei Fahrkarten dorthin und zahlte die Strafe. Eisig und verächtlich war das Schweigen der Leute, als der Schaffner gegangen war. Ihre Stimme aber war so seltsam, warm und doch spöttisch, als sie mich fragte: »Wollen Sie denn auch dorthin?«

»Oh, ich kann ganz gut dorthin fahren. Ich habe ein paar Freunde dort. Eine feste Bleibe habe ich nicht...«

»So«, sagte sie nur... dann sank sie zurück, und in der tiefen Dunkelheit sah ich nur manchmal ihr Gesicht, wenn draußen eine Lampe vorüberhuschte.

Es war ganz finster geworden, als wir ausstiegen. Dunkel und warm. Und als wir aus dem Bahnhof traten, schlief das kleine Städtchen schon fest. Ruhig und geborgen atmeten die kleinen Häuser unter den sanften Bäumen. »Ich begleite Sie«, sagte ich heiser, »es ist so furchtbar finster...«
Da blieb sie plötzlich stehen. Es war unter einer Lampe. Sie blickte mich ganz starr an und sagte mit gepreßtem Mund: »Wüßte ich nur, wohin?« Ihr Gesicht bewegte sich leise wie ein Tuch, worüber der Wind streicht. Nein, wir küßten uns nicht... Wir gingen langsam aus der Stadt hinaus und krochen schließlich in einen Heuschober. Ach, ich hatte keine Freunde in dieser stillen Stadt, die mir so fremd war wie alle anderen. Als es kühl wurde, gegen Morgen, kroch ich ganz nahe zu ihr, und sie deckte einen Teil ihres dünnen Mäntelchens über mich. So wärmten wir uns mit unserem Atem und unserem Blut.
Seitdem sind wir zusammen – in dieser Zeit.
(1947)

Die Dachrinne

Sie lagen lange wach und rauchten, während der Wind durchs Haus fuhr, Brocken löste und Steine stürzen ließ; Putzstücke segelten mit lautem Krach von den oberen Stockwerken herunter, sie zerplatzten unten und verteilten sich wie Geröll. Er sah nur einen Schimmer von ihr, einen warmen, rötlichen Hauch, wenn die Zigaretten aufglühten: die sanften Umrisse der Brüste unter dem Hemd und ihr ruhiges Profil. Beim Anblick der festgeschlossenen schmalen Kerbe ihrer Lippen, diesem kleinen Tal in ihrem Gesicht, erfüllte ihn Zärtlichkeit. Sie steckten die Decken an den Seiten fest, schmiegten sich aneinander und wußten, daß sie die ganze Nacht warm liegen würden; die Läden klapperten, und es pfiff durch die zerfransten Löcher in den Scheiben; oben heulte es in den Resten des Dachstuhls, und irgendwo klatschte etwas heftig und stetig gegen eine Wand, etwas Hartes, Metallisches, und sie sagte neben ihm leise: »Das ist die Dachrinne, sie ist schon lange defekt.« Sie schwieg einen Augenblick, faßte seine Hand und fuhr leise fort: »Es war noch nicht Krieg, da wohnte ich schon hier, und wenn ich nach Hause kam, sah ich das Stück Dachrinne dort hängen und dachte: Sie müssen es reparieren lassen, aber sie haben es nicht repariert. Es hing schief, eine der Klammern hatte sich gelöst, und es schien immer zu stürzen, jeden Augenblick. Ich hörte es immer, wenn Wind war; jede Nacht, wenn es stürmte und ich hier lag. Auch als der Krieg kam, hing es noch da. An der grauen Hausmauer sah man deutlich die Spuren des Wassers, das nach jedem Regen schräg in die Wand hineingeflossen war: eine weiße, dunkelgrau um-

randete Bahn, die an dem Fenster vorbei nach unten führte, rechts und links davon große, kreisrunde Flecken, deren Kern weiß war, von dunkleren grauen Ringen umgeben. Später bin ich weit weg gewesen, ich mußte in Thüringen arbeiten und in Berlin, und als der Krieg zu Ende war, bin ich wieder hierhin gekommen, und die Rinne hing immer noch da: Das halbe Haus war eingestürzt – ich war weit weg gewesen, sehr weit weg, und hatte viel Schmerz gesehen, Tod und Blut, sie hatten auf mich geschossen mit Maschinengewehren aus Flugzeugen, und ich hatte Angst gehabt, große Angst – und die ganze Zeit über hat dieses Stück Zinkblech hier gehangen, hatte den Regen nun ins Leere gelenkt, weil die Mauer darunter fast ganz weg war. Die Dachpfannen waren heruntergefallen, Bäume waren umgelegt worden, Putz war heruntergebröckelt, Bomben waren gefallen, viele Bomben, aber dieses Stück Zinkblech hatte immer an dieser einen Klammer gehangen, niemals war es getroffen worden oder hatte durch den Luftdruck seine schiefe Lage aufgegeben.«
Ihre Stimme wurde noch leiser, fast singend, sie drückte seine Hand. »Viel Regen hat es geregnet«, sagte sie, »in diesen sechs Jahren, viele Tode sind gestorben worden, Dome zerstört, aber die Dachrinne hing noch da, als ich kam. Ich hörte sie wieder nachts klappern, wenn Wind war. Glaubst du, daß ich glücklich war?«
»Ja«, sagte er.
Der Wind hatte sich gelegt, es wurde ruhig, und die Kälte kroch näher. Sie zogen die Decken höher und verbargen auch die Hände darunter. In der Dunkelheit war nichts mehr zu erkennen, nicht einmal ihr Profil sah er, obwohl sie so nahe lag, daß er ihren Atem spürte: die warmen, kurzen Stöße trafen ihn ruhig und regelmäßig, und er dachte, sie schliefe schon. Aber plötzlich hörte er ihren Atem nicht mehr und tastete nach ihren Händen. Sie nahm ihre Hand oben weg und ergriff seine Hand und hielt sie fest, und er wußte, daß es

warm war und er die ganze Nacht nicht würde frieren müssen.
Plötzlich spürte er, daß sie weinte. Es war nichts zu hören, er entnahm nur den Bewegungen des Bettes, daß sie mit der linken Hand im Gesicht herumwischte, aber auch das war nicht klar, und doch wußte er, daß sie weinte. Er setzte sich auf, beugte sich über sie und spürte ihren Atem wieder, der sich auf seinem Gesicht wie ein Strom zu verbreitern und milde an ihm vorbeizufließen schien. Auch als seine Nase ihre kalte Wange berührte, sah er noch nichts.
»Leg dich«, sagte sie leise, »du erkältest dich.«
Er blieb über ihr, er wollte sie sehen, aber er sah nichts, bis sie plötzlich ihre Augen aufschlug: Er sah den Glanz ihrer Augen im Dunkeln, die schimmernden Tränen.
Sie weinte lange. Er nahm ihre Hand, hielt sie und steckte die Decke wieder fest. Er hielt ihre Hand lange fest, bis ihr Druck nachließ, sie sich langsam aus seiner löste – er legte seinen Arm um ihre Schulter, zog sie nahe zu sich heran, und auch er schlief ein, und im Schlaf wechselten ihre Atemstöße wie Zärtlichkeiten...
(1948)

An der Brücke

Die haben mir meine Beine geflickt und haben mir einen Posten gegeben, wo ich sitzen kann: Ich zähle die Leute, die über die neue Brücke gehen. Es macht ihnen ja Spaß, sich ihre Tüchtigkeit mit Zahlen zu belegen, sie berauschen sich an diesem sinnlosen Nichts aus ein paar Ziffern, und den ganzen Tag, den ganzen Tag geht mein stummer Mund wie ein Uhrwerk, indem ich Nummer auf Nummer häufe, um ihnen abends den Triumph einer Zahl zu schenken.

Ihre Gesichter strahlen, wenn ich ihnen das Ergebnis meiner Schicht mitteile, je höher die Zahl, um so mehr strahlen sie, und sie haben Grund, sich befriedigt ins Bett zu legen, denn viele Tausende gehen täglich über ihre neue Brücke...

Aber ihre Statistik stimmt nicht. Es tut mir leid, aber sie stimmt nicht. Ich bin ein unzuverlässiger Mensch, obwohl ich es verstehe, den Eindruck von Biederkeit zu erwecken.

Insgeheim macht es mir Freude, manchmal einen zu unterschlagen und dann wieder, wenn ich Mitleid empfinde, ihnen ein paar zu schenken. Ihr Glück liegt in meiner Hand. Wenn ich wütend bin, wenn ich nichts zu rauchen habe, gebe ich nur den Durchschnitt an, manchmal unter dem Durchschnitt, und wenn mein Herz aufschlägt, wenn ich froh bin, lasse ich meine Großzügigkeit in einer fünfstelligen Zahl verströmen. Sie sind ja so glücklich! Sie reißen mir förmlich das Ergebnis jedesmal aus der Hand, und ihre Augen leuchten auf, und sie klopfen mir auf die Schulter. Sie ahnen ja nichts! Und dann fangen sie an zu multiplizieren, zu dividieren, zu prozentualisieren, ich weiß nicht was. Sie rechnen aus, wieviel heute jede Minute über die Brücke gehen und wieviel in zehn Jahren über die Brücke gegangen sein werden. Sie lieben das zweite Futur, das zweite Futur ist ihre Spezialität – und doch, es tut mir leid, daß alles nicht stimmt...

Wenn meine kleine Geliebte über die Brücke kommt – und sie kommt zweimal am Tage –, dann bleibt mein Herz einfach stehen. Das unermüdliche Ticken meines Herzens setzt einfach aus, bis sie in die Allee eingebogen und verschwunden ist. Und alle, die in dieser Zeit passieren, verschweige ich ihnen. Diese zwei Minuten gehören mir, mir ganz allein, und ich lasse sie mir nicht nehmen. Und auch wenn sie abends wieder zurückkommt aus ihrer Eisdiele, wenn sie auf der anderen Seite des Gehsteiges meinen stummen Mund passiert, der zählen, zählen muß, dann setzt mein Herz wieder aus, und ich fange erst wieder an zu zählen, wenn sie nicht mehr zu sehen ist. Und alle, die das Glück haben, in diesen Minuten vor meinen blinden Augen zu defilieren, gehen nicht in die Ewigkeit der Statistik ein: Schattenmänner und Schattenfrauen, nichtige Wesen, die im zweiten Futur der Statistik nicht mitmarschieren werden...

Es ist klar, daß ich sie liebe. Aber sie weiß nichts davon, und ich möchte auch nicht, daß sie es erfährt. Sie soll nicht ahnen, auf welche ungeheure Weise sie alle Berechnungen über den Haufen wirft, und ahnungslos und unschuldig soll sie mit ihren langen braunen Haaren und den zarten Füßen in ihre Eisdiele marschieren, und sie soll viel Trinkgeld bekommen. Ich liebe sie. Es ist ganz klar, daß ich sie liebe.

Neulich haben sie mich kontrolliert. Der Kumpel, der auf der anderen Seite sitzt und die Autos zählen muß, hat mich früh genug gewarnt, und ich habe höllisch aufgepaßt. Ich habe gezählt wie verrückt, ein Kilometerzähler kann nicht besser zählen. Der Oberstatistiker selbst hat sich drüben auf die andere Seite gestellt und hat später das Ergebnis einer Stunde mit meinem Stundenplan verglichen. Ich hatte nur einen weniger als er. Meine kleine Geliebte war vorbeigekommen, und niemals im Leben werde ich dieses hübsche Kind ins zweite Futur transponieren lassen, diese meine kleine Geliebte soll nicht multipliziert und dividiert und in ein prozentuales Nichts verwandelt werden. Mein Herz hat mir geblutet, daß ich zählen mußte, ohne ihr nachsehen zu können, und dem Kumpel drüben, der die Autos zählen muß, bin ich sehr dankbar gewesen. Es ging ja glatt um meine Existenz.

Der Oberstatistiker hat mir auf die Schulter geklopft und hat gesagt, daß ich gut bin, zuverlässig und treu. »Eins in der Stunde verzählt«, hat er gesagt, »macht nicht viel. Wir zählen sowieso einen gewissen prozentualen Verschleiß hinzu. Ich werde beantragen, daß Sie zu den Pferdewagen versetzt werden.«

Pferdewagen ist natürlich die Masche. Pferdewagen ist ein Lenz wie nie zuvor. Pferdewagen gibt es höchstens fünfundzwanzig am Tage, und alle halbe Stunde einmal in seinem Gehirn die nächste Nummer fallen zu lassen, das ist ein Lenz!

Pferdewagen wäre herrlich. Zwischen vier und acht dürfen überhaupt keine Pferdewagen über die Brücke, und ich könnte spazierengehen oder in die Eisdiele, könnte sie mir lange anschauen oder sie vielleicht ein Stück nach Hause bringen, meine kleine, ungezählte Geliebte...

(1949)

Abschied

Wir waren in jener gräßlichen Stimmung, wo man schon lange Abschied genommen hat, sich aber noch nicht zu trennen vermag, weil der Zug noch nicht abgefahren ist. Die Bahnhofshalle war wie alle Bahnhofshallen, schmutzig und zugig, erfüllt von dem Dunst der Abdämpfe und vom Lärm, Lärm von Stimmen und Wagen.

Charlotte stand am Fenster des langen Flurs, und sie wurde dauernd von hinten gestoßen und beiseite gedrängt, und es wurde viel über sie geflucht, aber wir konnten uns doch diese letzten Minuten, diese kostbaren, letzten, gemeinsamen unseres Lebens nicht durch Winkzeichen aus einem überfüllten Abteil heraus verständigen...

»Nett«, sagte sie schon zum drittenmal, »wirklich nett, daß du bei mir vorbeigekommen bist.«

»Ich bitte dich, wo wir uns schon so lange kennen. Fünfzehn Jahre.«

»Ja, ja, wir sind jetzt dreißig, immerhin... kein Grund...«

»Hör auf, ich bitte dich. Ja, wir sind jetzt dreißig. So alt wie die russische Revolution...«

»So alt wie der Dreck und der Hunger...«

»Ein bißchen jünger...«

»Du hast recht, wir sind furchtbar jung.« Sie lachte.

»Sagtest du etwas?« fragte sie nervös, denn sie war von hinten mit einem schweren Koffer gestoßen worden...

»Nein, es war mein Bein.«

»Du mußt was dran tun.«

»Ja, ich tu was dran, es redet wirklich zu viel...«

»Kannst du überhaupt noch stehen?«
»Ja...«, und ich wollte ihr eigentlich sagen, daß ich sie liebte, aber ich kam nicht dazu, schon seit fünfzehn Jahren...
»Was?«
»Nichts... Schweden, du fährst also nach Schweden...«
»Ja, ich schäme mich ein bißchen... eigentlich gehört das doch zu unserem Leben, Dreck und Lumpen und Trümmer, und ich schäme mich ein bißchen. Ich komme mir scheußlich vor...«
»Unsinn, du gehörst doch dahin, freu dich auf Schweden...«
»Manchmal freu' ich mich auch, weißt du, das Essen, das muß herrlich sein, und nichts, gar nichts kaputt. Er schreibt ganz begeistert...«
Die Stimme, die immer sagt, wann die Züge abfahren, erklang jetzt einen Bahnsteig näher, und ich erschrak, aber es war noch nicht unser Bahnsteig. Die Stimme kündigte nur einen internationalen Zug von Rotterdam nach Basel an, und während ich Charlottes kleines, zartes Gesicht betrachtete, kam der Geruch von Seife und Kaffee mir in den Sinn, und ich fühlte mich scheußlich elend.
Einen Augenblick lang fühlte ich den verzweifelten Mut, diese kleine Person einfach aus dem Fenster zu zerren und hier zu behalten, sie gehörte mir doch, ich liebte sie ja...
»Was ist?«
»Nichts«, sagte ich, »freu dich auf Schweden...«
»Ja. Er hat eine tolle Energie, findest du nicht? Drei Jahre gefangen in Rußland, abenteuerliche Flucht, und jetzt liest er da schon über Rubens.«
»Toll, wirklich toll...«
»Du mußt auch was tun, promovier doch wenigstens...«
»Halt die Schnauze!«
»Was?« fragte sie entsetzt. »Was?« Sie war ganz bleich geworden.

»Verzeih«, flüsterte ich, »ich meine nur das Bein, ich rede manchmal mit ihm...«
Sie sah absolut nicht nach Rubens aus, sie sah eher nach Picasso aus, und ich fragte mich dauernd, warum er sie bloß geheiratet haben mochte, sie war nicht einmal hübsch, und ich liebte sie.
Auf dem Bahnsteig war es ruhiger geworden, alle waren untergebracht, und nur noch ein paar Abschiedsleute standen herum. Jeden Augenblick würde die Stimme sagen, daß der Zug abfahren soll. Jeder Augenblick konnte der letzte sein...
»Du mußt doch etwas tun, irgend etwas tun, es geht so nicht.«
»Nein«, sagte ich.
Sie war das Gegenteil von Rubens: schlank, hochbeinig, nervös, und sie war so alt wie die russische Revolution, so alt wie der Hunger und der Dreck in Europa und der Krieg...
»Ich kann's gar nicht glauben... Schweden... es ist wie ein Traum...«
»Es ist ja alles ein Traum.«
»Meinst du?«
»Gewiß. Fünfzehn Jahre. Dreißig Jahre... Noch dreißig Jahre. Warum promovieren, lohnt sich nicht. Sei still, verdammt!«
»Redest du mit dem Bein?«
»Ja.«
»Was sagt es denn?«
»Horch.«
Wir waren ganz still und blickten uns an und lächelten, und wir sagten es uns, ohne ein Wort zu sprechen.
Sie lächelte mir zu: »Verstehst du jetzt, ist es gut?«
»Ja... ja.«
»Wirklich?«
»Ja, ja.«

»Siehst du«, fuhr sie leise fort, »das ist es ja gar nicht, daß man zusammen ist und alles. Das ist es ja gar nicht, nicht wahr?«
Die Stimme, die sagt, wann die Züge abfahren, war jetzt ganz genau über mir, amtlich und sauber, und ich zuckte zusammen, als schwinge sich eine große, graue, behördliche Peitsche durch die Halle.
»Auf Wiedersehen!«
»Auf Wiedersehen!«
Ganz langsam fuhr der Zug an und entfernte sich im Dunkel der großen Halle...
(1950)

Aufenthalt in X

Als ich wach wurde, erfüllte mich das Bewußtsein fast vollkommener Verlorenheit; ich schien in der Dunkelheit zu schwimmen wie in einem träge fließenden Gewässer, dessen Strömung ohne Ziel war; wie ein Leichnam, den die Welle endgültig an die unbarmherzige Oberfläche gespült hat, trudelte ich leise schwankend hin und her in dieser Finsternis, die ohne Halt war. Meine Glieder spürte ich nicht, sie waren ohne Zusammenhang mit mir, auch meine Sinne waren erloschen; es war nichts zu sehen, nichts zu hören, kein Geruch bot mir Anhalt; einzig die sanfte Berührung des Kissens an meinem Kopf gab mir Zusammenhang mit der Wirklichkeit; ich war mir nur meines Kopfes bewußt; die Gedanken waren eisklar, leise nur getrübt von jenem peinvollen Kopfschmerz, den schlechter Wein verursacht.

Nicht einmal ihren Atem hörte ich neben mir; sie schlief so leicht wie ein Kind, und doch mußte ich glauben, daß sie neben mir lag. Es wäre sinnlos gewesen, die Hände auszustrekken und nach ihrem Gesicht oder den sanften Haaren zu tasten, ich hatte keine Hände mehr; die Erinnerung war einzig eine Erinnerung der Gedanken, ein blutloses Gefüge, das keine Spur an meinem Körper hinterlassen hatte.

So war ich oft am Rande der Wirklichkeit einhergegangen mit der Sicherheit eines Trunkenen, der auf der schmalen Kante eines Abgrundes seinen Weg macht, in unerklärlichem Gleichgewicht einem Ziele zutaumelnd, dessen Schönheit auf seinem Munde zu lesen ist; Alleen war ich entlanggeschritten, die nur von spärlichen grauen Lichtern erhellt waren, bleiernen Lichtern, die die Wirklichkeit nur anzudeuten schienen, um sie besser leugnen zu können; blinden Auges war ich in schwarze Straßen hineingesunken, die von Menschen wimmelten, während ich wußte, daß ich allein war, allein.

Allein mit meinem Kopf, nicht einmal mit meinem ganzen Kopf; Mund, Nase, Augen und Ohren waren tot; allein nur mit meinem Gehirn, das sich bemühte, die Erinnerung wiederherzustellen, so wie ein Kind aus scheinbar sinnlosen Stäbchen scheinbar sinnlose Gebilde errichtet.

Sie mußte neben mir liegen, obwohl ich nichts von ihr spürte.

Tags zuvor war ich dem Zuge entstiegen, der weiterfuhr den Balkan hinunter bis nach Athen, während ich an dieser kleinen Station umzusteigen und auf einen Zug zu warten hatte, der mich den Karpatenpässen näher bringen sollte. Als ich über den Bahnsteig stolperte, ungewiß des Namens der Station, wankte mir ein Betrunkener entgegen, einsam in seiner grauen Uniform unter den buntgekleideten ungarischen Zivilisten; der Kumpel stieß laute Drohungen aus, die sich mir einprägten wie Ohrfeigen, deren brennendes Mal man sein Leben lang auf der Wange trägt.

»Hurenbande«, schrie er. »Schweine, die ganze Horde, ich hab den Kram satt.« Das schrie er ganz deutlich den töricht lächelnden Ungarn entgegen, während er mit einem schweren Tornister auf den Zug losging, dem ich entstiegen war.

Schon rief ein finster bestahlhelmter Kopf aus einem Abteil: »Sie da! He! Sie da!« Der Betrunkene zog die Pistole, zielte auf den Stahlhelm, die Leute schrien, ich fiel dem Kumpel in den Arm, entzog ihm die Waffe und verbarg sie, während ich den eifrig sich Wehrenden mit einem geschickten Griff umfaßt hielt. Der Stahlhelm schrie, die Leute schrien, der Kumpel schrie, doch der Zug fuhr ab, und gegen einen fahrenden Zug ist in den meisten Fällen sogar ein Stahlhelm machtlos. Ich ließ den Kumpel los, gab ihm die Pistole zurück und drängte den Verdutzten zum Ausgang.

Das kleine Nest sah öde aus. Die Leute hatten sich schnell verzogen, der Bahnhofsvorplatz war leer, ein müder und schmutziger Beamter wies uns in eine winzige Kneipe, die jenseits des verstaubten Platzes unter niedrigen Bäumen lag.
Wir legten unser Gepäck nieder, und ich bestellte Wein, jenen schlechten, die Ursache der Übelkeit, die mich nun nach dem Erwachen quälte. Der Kumpel saß stumm und böse da. Ich bot ihm Zigaretten an, wir rauchten, und ich betrachtete ihn: Er war in der üblichen Weise dekoriert, war jung, meines Alters, das blonde Haar hing ihm lose aus der flachen, weißen Stirn in dunkle Augen hinein.
»Die Sache ist die«, sagte er plötzlich, »Kumpel, ich hab' den Kram satt, verstehst du?«
Ich nickte.
»So satt, wie ich gar nicht sagen kann, verstehst du, ich geh' stiften.«
Ich blickte ihn an.
»Ja«, sagte er nüchtern. »Ich geh' stiften, in die Pußta hinein. Ich kann mit Pferden umgehen, zur Not eine manierliche Suppe kochen, sie können mich alle am Arsch lecken. Machst du mit?«
Ich schüttelte den Kopf.
»Angst, wie?... Nein?... Gut, jedenfalls, ich geh' stiften. Wiedersehen.«
Er stand auf, ließ sein Gepäck stehen, legte einen Schein auf den Tisch, nickte mir noch einmal zu und ging.
Ich wartete lange. Ich glaubte nicht, daß er wirklich stiftengegangen war, einfach in die Pußta hinein. Ich bewachte sein Gepäck und wartete, trank den schlechten Wein und versuchte vergebens ein Gespräch mit dem Wirt, starrte auf diesen Vorplatz, über den manchmal, in Staubwolken gehüllt, ein Gefährt mit mageren Pferden raste.
Später aß ich Beefsteak, trank immer wieder den schlechten

Wein und rauchte Zigarren dazu. Es wurde dämmerig, durch die offene Tür drang manchmal eine Staubwolke in den Raum, der Wirt gähnte oder unterhielt sich mit Ungarn, die Wein tranken.

Schnell wurde es dunkler; niemals werde ich wissen, was alles ich dachte, während ich dort saß und wartete, Wein trank, Fleisch aß, den dicken Wirt betrachtete, auf den Vorplatz starrte und Zigarren paffte...

Mein Gehirn gab das alles teilnahmslos wieder, spie es aus, während ich schwindelnd auf diesem dunklen Gewässer einherschwamm, in dieser Nacht ohne Stunde, in einem Haus, das ich nicht kannte, einer namenlosen Straße, neben einem Mädchen, dessen Gesicht ich nicht recht gesehen hatte...

Später war ich schnell zum Bahnhof hinübergegangen, hatte festgestellt, daß mein Zug weggefahren und der nächste erst am Morgen fällig war; ich hatte meine Zeche bezahlt, mein Gepäck neben dem des Kumpels liegenlassen und war in der Dämmerung in dieses Städtchen hineingetaumelt. Von allen Seiten strömte es grau, dunkelgrau über mich hin, und nur spärliche Lichter ließen die Gesichter der Menschen wie die Gesichter von Lebenden erscheinen.

Irgendwo trank ich besseren Wein, blickte verloren in ein ernstes Frauengesicht hinter der Theke, roch etwas wie Essig aus einer Küchentür, bezahlte und verschwand wieder in der Dämmerung.

Dieses Leben, dachte ich, ist nicht mein Leben. Ich muß dieses Leben spielen, und ich spiele es schlecht. Es war ganz dunkel geworden, und ein milder Himmel hing über der sommerlichen Stadt. Irgendwo war auch der Krieg, unsichtbar, unhörbar in diesen stillen Straßen, wo die niedrigen Häuser neben niedrigen Bäumen schliefen; irgendwo in dieser vollkommenen Stille war der Krieg. Ich war ganz allein in dieser Stadt, diese Menschen gehörten nicht zu mir, diese Bäumchen waren aus Spielzeugschachteln ausgepackt und auf diese sanften,

grauen Bürgersteige geklebt, und der Himmel schwebte über allem wie ein lautloses Luftschiff, das stürzen würde...
Irgendwo stand ein Gesicht unter einem Baum, schwach beleuchtet aus sich selbst. Traurige Augen unter sanften Haaren, die hellbraun sein mußten, obwohl sie grau aussahen in dieser Nacht; eine blasse Haut mit einem runden Mund, der rot sein mußte, obwohl auch er grau aussah in dieser Nacht.
»Komm«, sagte ich zu diesem Gesicht.
Ich faßte ihren Arm, einen menschlichen Arm, unsere Handflächen krampften sich ineinander, unsere Finger fanden sich und schlossen sich zusammen, während wir in dieser unbekannten Stadt in eine unbekannte Straße gingen.
»Mach kein Licht«, sagte ich, als wir dieses Zimmer betraten, in dem ich nun zusammenhangslos in der Dunkelheit schwimmend lag.
Ich spürte im Dunkeln ein weinendes Gesicht und stürzte Abgründe hinab, Abgründe, wie man die Stufen einer Treppe hinunterrollt; einer schwindelerregenden Treppe aus Samt; ich stürzte, endlos, sich immer wieder erneuernde Abgründe hinab...
Meine Erinnerung sagte mir, daß dies alles geschehen war und daß ich nun auf diesem Kissen liege, in diesem Zimmer, sie neben mir, ohne daß ich ihren Atem höre; sie schläft so leicht wie ein Kind. Mein Gott, war ich nur noch Gehirn?
Oft schien das finstere Gewässer stillzustehen, dann überkam mich die Hoffnung, daß ich erwachen würde, meine Beine spüren, wieder hören, riechen und nicht nur denken würde; und schon diese leise Hoffnung war viel, während sie leise wieder abflaute, denn das finstere Gewässer kreiste wieder, nahm wieder meinen hilflosen Leichnam und ließ ihn zeitlos treiben in der vollkommenen Verlorenheit.
Meine Erinnerung sagte mir auch, daß die Nacht begrenzt war. Es mußte ja wieder Tag werden. Sie sagte auch, daß ich trinken konnte, küssen und weinen, auch beten; aber man

kann nicht bloß mit dem Gehirn beten. Während ich wußte, daß ich wach war, wach lag im Bett eines ungarischen Mädchens, auf ihrem sanften Kissen in einer sehr dunklen Nacht; während ich das alles wußte, mußte ich doch glauben, daß ich tot sei...

Es war wie eine Dämmerung, die sehr leise und langsam kam, so unsagbar langsam, daß man ihr nicht folgen kann. Erst glaubt man sich zu täuschen; wenn man in einem Erdloch steht in einer dunklen Nacht, dann kann man nicht glauben, daß das wirklich der Dämmer ist, dieser ganze, sanfte, helle Streifen hinter dem unsichtbaren Horizont; man glaubt sich zu täuschen, die müden Augen sind überreizt und scheinen sich aus irgendwelchen geheimen Lichtreserven etwas vorzuspiegeln. Und doch ist es wirklich der Dämmer, der nun sogar stärker wird. Es wird wirklich hell, heller, das Licht wird stärker, der graue Flecken dort hinter dem Horizont breitet sich langsam aus, und man muß es glauben, daß nun Tag wird.

Ich spürte plötzlich, daß ich fror; meine Füße waren durch die Decke gerutscht, bloß und kalt, und ich spürte die Wirklichkeit der Kühle; ich seufzte tief, fühlte den eigenen Atem, der mein Kinn berührte, beugte mich vor, tastete nach der Decke, bedeckte meine Füße. Ich hatte wieder Hände, hatte wieder Füße und spürte meinen eigenen Atem.

Dann griff ich links in den Abgrund, fischte meine Hose vom Boden auf und hörte in der Tasche das Geräusch der Streichholzschachtel.

»Mach kein Licht, bitte«, sagte jetzt ihre Stimme neben mir, und auch sie seufzte.

»Willst du rauchen?« fragte ich leise.

»Ja«, sagte sie.

Im Licht des Zündholzes war sie ganz gelb. Ein dunkelgelber Mund, runde, schwarze, ängstliche Augen, die Haut wie feiner, sanftgelber Sand und das Haar wie dunkler Honig.

Es war schwer zu sprechen; irgendwo anzuknüpfen. Wir

hörten beide, wie die Zeit jetzt verrann, ein wunderbares dunkles Rauschen, in dem die Sekunden verschwammen.
»Was denkst du?« fragte sie ganz plötzlich. Es war wie ein sanfter, sehr sicherer Schuß, der das Ziel traf, in meinem Innern einen Damm zerbrach, und noch ehe ich Zeit fand, schnell noch einmal ihr Gesicht zu sehen im Licht der aufblakenden Glut, sprach ich schon. »Ich denke gerade, wer in siebzig Jahren in diesem Zimmer liegen wird, wer auf diesem halben Quadratmeter hier sitzen oder liegen wird und was er wissen wird, von dir und mir. Nichts«, sagte ich, »er wird eben nur wissen, daß Krieg war.«
Wir warfen beide unsere Zigarettenstummel links neben das Bett auf die Erde; sie fielen lautlos auf meine Hose, und ich mußte sie abschütteln, so daß die beiden kleinen Gluten nebeneinanderlagen.
»Und dann habe ich gedacht, wer vor siebzig Jahren hier gewesen ist, oder was. Vielleicht war hier ein Acker, Mais oder Zwiebeln sind hier gewachsen, zwei Meter unter meinem Kopf, und der Wind strich hier rüber, und jeden Morgen kam über den Horizont der Pußta diese traurige Dämmerung. Oder vielleicht hatte jemand hier schon ein Haus.«
»Ja«, sagte sie leise, »vor siebzig Jahren war hier schon ein Haus.«
Ich schwieg.
»Ja«, sagte sie, »ich glaube, vor siebzig Jahren baute mein Großvater dieses Haus. Damals müssen sie hier die Bahn gebaut haben, und er arbeitete bei der Bahn und baute von dem Geld dieses kleine Haus. Und dann zog er in den Krieg, damals, weißt du, 1914, und er fiel in Rußland. Und dann war da mein Vater, der hatte etwas Land und arbeitete auch an der Bahn; er starb in diesem Krieg.«
»Er fiel?«
»Nein, er starb. Meine Mutter war schon früher gestorben. Und jetzt wohnt mein Bruder hier mit seiner Frau und den

Kindern. Und in siebzig Jahren werden die Urenkel meines Bruders hier wohnen.«
»Vielleicht«, sagte ich, »aber sie werden nichts wissen von dir und mir.«
»Nein, kein Mensch wird wissen, daß du bei mir warst.«
Ich faßte ihre kleine Hand, diese sehr sanfte Hand, und hielt sie nahe vor mein Gesicht.
Dort, wo das Fenster war, stand jetzt im Ausschnitt eine dunkelgraue Dunkelheit, heller als die Finsternis der Nacht.
Ich spürte plötzlich, daß sie sich an mir vorbeibewegte, ohne mich zu berühren, und ich hörte die leichten Tritte ihrer nackten Füße auf dem Boden; dann hörte ich, daß sie sich anzog. Ihre Bewegungen und die Geräusche waren so leicht; nur als sie nach hinten auf ihren Rücken griff, um die Knöpfe der Bluse zu schließen, hörte ich ein heftigeres Atmen.
»Jetzt mußt du dich anziehen«, sagte sie.
»Laß mich liegen«, sagte ich.
»Ich möchte kein Licht machen.«
»Mach kein Licht und laß mich liegen.«
»Du mußt doch etwas essen, ehe du gehst.«
»Ich gehe ja nicht.«
Ich spürte, daß sie innehielt im Zuziehen der Schuhe und erstaunt im Dunkeln dorthin blickte, wo ich lag.
»So«, sagte sie nur leise, und ich konnte nicht feststellen, ob sie erstaunt oder erschrocken war.
Wenn ich den Kopf zur Seite wandte, konnte ich jetzt in dieser dunkelgrauen Dämmerung ihre Umrisse sehen. Sie bewegte sich sehr sanft im Raum, suchte Holz und Papier zusammen und nahm die Streichholzschachtel aus meiner Hosentasche.
Diese Geräusche erreichten mich fast wie leise, ängstliche Rufe von jemand, der am Ufer steht und einem anderen nachruft, der von der Strömung in ein großes Gewässer hineinge-

trieben wird; und ich wußte jetzt, wenn ich nicht aufstand, nicht in den folgenden Minuten mich entschloß, dieses leise schwankende Schiff der Verlorenheit zu verlassen, würde ich in diesem Bett sterben wie ein Gelähmter oder über diesem Kissen erschossen werden von den unermüdlichen Schergen, denen nichts verborgen blieb.
Während ich ihr kleines Summen vernahm, wie sie dort am Herd stand und dem Feuer zublickte, dessen warmer Schein mit stillem Flügelschlag wuchs, schien ich durch mehr als eine Welt von ihr getrennt. Sie stand da irgendwo am Rande meines Lebens, summte leise und freute sich des wachsenden Feuers; ich verstand das alles, sah es, roch den brandigen Qualm versengten Papiers, und doch hätte sie nirgendwo ferner stehen können von mir.
»Steh doch jetzt auf«, sagte das Mädchen vom Ofen her, »du mußt ja gehen.« Ich hörte, daß sie eine Kasserolle aufs Feuer setzte und zu rühren begann, es war ein sehr schönes und stilles Geräusch, dieses sanfte Kratzen des hölzernen Löffels, und der Geruch von geröstetem Mehl erfüllte die Stube.
Ich sah jetzt alles. Die Stube war sehr klein. Ich lag in einem flachen Holzbett, daneben stand ein Schrank, der den Raum bis zur Tür ausfüllte, ein brauner Schrank ohne jede Verzierung. Hinter mir mußte irgendwo ein Tisch sein, Stühle und das Öfchen am Fenster. Es war sehr still, und der Dämmer noch so dicht, daß er wie Schatten in der Stube lag.
»Ich bitte dich«, sagte sie leise, »ich muß ja gehen.«
»Du mußt gehen?«
»Ja, ich muß zur Arbeit, und vorher mußt du weg, mit mir.«
»Arbeiten«, fragte ich, »warum?«
»Oh, was du fragst.«
»Wo denn?«
»An der Bahn.«
»An der Bahn?« fragte ich. »Was macht ihr denn da?«

»Steine aufschütten, Schotter, damit nichts passiert.«
»Es wird nichts passieren«, sagte ich, »wo bist du denn? Nach Großwardein zu?«
»Nein, nach Szegedin zu.«
»Das ist gut.«
»Warum?«
»Weil ich dann nicht an dir vorbeifahren werde.«
Sie lachte leise. »Du willst also doch aufstehen.«
»Ja«, sagte ich. Ich schloß noch einmal die Augen und ließ mich zurückfallen in dieses schaukelnde Nichts, dessen Atem ohne Geruch war und ohne Spur, dessen Plätschern mich nur wie ein leises, kaum spürbares Wehen berührte; dann öffnete ich seufzend die Augen und griff nach meiner Hose, die nun säuberlich neben dem Bett auf einem Stuhl lag.
»Ja«, sagte ich noch einmal und stand auf.
Sie stand mit dem Rücken zu mir, während ich schnell die gewohnten Griffe tat, die Hose hochzog, Schuhe zuband und die graue Jacke überstreifte.
Eine Zeitlang stand ich noch still, die Zigarette kalt im Mund, und blickte auf ihre Gestalt, die klein und schmal nun deutlich sichtbar dort im Fensterausschnitt stand. Ihr Haar war schön und sanft wie eine ruhige Flamme.
Sie wandte sich um und lächelte. »Was denkst du wieder?« fragte sie.
Ich blickte ihr zum ersten Male ins Gesicht: Es war so einfach, daß ich es nicht begreifen konnte: runde Augen, in denen Angst Angst und Freude Freude war.
»Was denkst du wieder?« fragte sie nochmals, und sie lächelte nicht mehr.
»Nichts«, sagte ich, »ich kann nichts denken. Ich muß weg. Es gibt kein Entrinnen.«
»Ja«, sagte sie und nickte. »Du mußt weg. Es gibt kein Entrinnen.«
»Und du mußt hierbleiben.«

»Ich muß hierbleiben«, sagte sie.
»Du mußt Steine aufschütten, Schotter, damit nichts passiert und die Züge ruhig dorthin fahren können, wo etwas passiert.«
»Ja«, sagte sie, »das muß ich.«
Wir sind eine sehr stille Straße hinuntergegangen, die zum Bahnhof führte. Alle Straßen führen zu Bahnhöfen, von denen aus es in den Krieg geht. Wir sind in eine Haustür getreten und haben uns geküßt, und ich habe gespürt, während meine Hände auf ihren Schultern lagen, dort habe ich gespürt, daß sie mein ist. Und sie ist weggegangen mit hängenden Schultern, ohne mich noch einmal anzusehen.
Sie ist ganz allein in dieser Stadt, und obwohl ich den gleichen Weg habe, zum Bahnhof, ich kann nicht mit ihr gehen. Ich muß warten, bis sie um jene Ecke verschwunden ist, hinter dem letzten Baum dieser kleinen Allee, die nun unerbittlich im Hellen liegt. Ich muß warten und kann ihr nur folgen in einem Abstand, und niemals werde ich sie wiedersehen. Ich muß in diesen Zug, in diesen Krieg...
Mein einziges Gepäck, nun, da ich zum Bahnhof gehe, sind die Hände in meinen Taschen und die letzte Zigarette zwischen meinen Lippen, die ich bald ausspucken werde; aber es ist leichter, ohne Gepäck zu sein, wenn man langsam und doch schwankend wieder an den Abgrund tritt, von dessen Rand man in einer bestimmten Sekunde stürzen wird, dorthin, wo wir uns wiedersehen...
Und es war tröstlich, daß der Zug pünktlich kam, fröhlich dampfend zwischen Maisstauden und scharf riechenden Tomatenpflanzen.
(1950)

An der Angel

Ich weiß, daß alles töricht ist. Ich sollte gar nicht mehr dorthin gehen; es ist so sinnlos, und doch lebe ich davon, dorthin zu gehen. Es ist eine einzige Minute Hoffnung und dreiundzwanzig Stunden und neunundfünfzig Minuten Verzweiflung. Davon lebe ich. Das ist nicht viel, das ist fast gar keine Substanz. Ich sollte nicht mehr dorthin gehen. Ich gehe kaputt dabei, das ist es: Es macht mich kaputt. Aber ich muß, ich muß, ich muß dorthin gehen...

Es ist immer derselbe Zug, mit dem sie kommen soll. Dreizehn Uhr zwanzig. Der Zug läuft immer planmäßig ein, ich beobachte alles ganz genau, sie können mir nichts vormachen.

Der Mann mit dem Winklöffel weiß schon Bescheid, wenn ich komme; wenn er aus seinem Häuschen tritt – vorher habe ich schon das Klingeln in seinem Häuschen gehört –, wenn er also heraustritt, gehe ich auf ihn zu – er kennt mich schon: Er macht ein mitleidiges Gesicht, mitleidig und etwas beunruhigt; ja, der Mann mit dem Winklöffel ist beunruhigt; vielleicht glaubt er, ich würde eines Tages über ihn herfallen; vielleicht falle ich auch eines Tages über ihn her, ich schlage ihn dann einfach tot und schmeiß ihn zwischen die Schienen, daß er von dem Dreizehnuhrzwanziger überfahren wird. Denn der Mann mit dem Winklöffel – ich traue ihm nicht. Ich weiß nicht, ob sein Mitleid gespielt ist; vielleicht ist sein Mitleid gespielt. Seine Beunruhigung ist echt, er hat auch Grund zur Beunruhigung: Eines Tages werde ich ihn mit seinem eigenen Winklöffel kaltmachen. Ich traue ihm nicht. Vielleicht liegt er mit ihnen unter einer Decke. Er hat ja Telefon in seinem Häuschen – er braucht ja nur zu kurbeln und anzurufen – diese Bahnfritzen haben in einer Sekunde Anschluß; vielleicht nimmt er den Hörer ab, ruft die vorletzte Station an und sagt ihnen: »Nehmt sie raus, verhaftet sie; laßt sie nicht mitfahren... wie?... ja, die Frau mit dem braunen Haar und dem kleinen grünen Hütchen; ja, die; haltet sie fest – er lacht dann –, ja, der Verrückte ist wieder hier, er soll wieder umsonst warten. Haltet sie fest, ja.«

Er hängt dann ein und lacht; dann kommt er raus, setzt sein mitleidiges Gesicht auf, wenn er mich heranschleichen sieht, und sagt, wie immer, noch ehe ich ihn gefragt habe: »Keine Verspätung gemeldet, mein Herr, nein, auch heute keine Verspätung gemeldet.«

Die Ungewißheit, ob ich ihm trauen kann, macht mich verrückt. Vielleicht grinst er, sobald er mir den Rücken dreht. Er dreht mir nämlich immer den Rücken und tut so, als ob er etwas zu tun hätte, auf dem Bahnsteig und so; er geht hin und her, scheucht die Leute von der Bahnsteigkante weg, macht sich allerlei Arbeit, die er gar nicht zu tun braucht, denn die Leute treten schon von der Bahnsteigkante weg, wenn sie ihn kommen sehen. Er tut nur so; er tut, als ob er beschäftigt wäre, und vielleicht grinst er, sobald er mir den Rücken dreht. Einmal hab' ich ihn auf die Probe stellen wollen, ich bin ganz schnell rumgesprungen und habe ihm ins Gesicht gesehen. Aber da war nichts, was meinen Verdacht bestärkt hätte: nur Angst...

Trotzdem traue ich ihm nicht; diese Burschen haben sich mehr in der Gewalt als unsereiner; die bringen alles fertig; diese Clique hat Kraft und Sicherheit, während wir – wir Wartenden, wir haben nichts; wir leben auf des Messers Schneide, wir balancieren uns von einer Minute der Hoffnung zur anderen Minute der Hoffnung; dreiundzwanzig Stunden und neunundfünfzig Minuten lang balancieren wir auf des Messers Schneide, eine einzige Minute dürfen wir ausruhen. Sie haben uns fest an der Kandare, diese Brüder, diese Winklöffelfritzen, diese Schweine, sie telefonieren untereinander, ein kleines Gespräch, und unser Leben ist wieder einmal hin, wieder einmal weg für dreiundzwanzig Stunden und neunundfünfzig Minuten. Das sind die Menschen, denen das Leben gehört, diese Burschen...

Sein Mitleid ist gespielt; ich bin jetzt ganz sicher; wenn ich es recht überlege, muß ich mir sagen, daß er mich betrügt; sie betrügen alle. Sie halten sie fest; ich weiß, daß sie kommen wollte. Sie hat mir's geschrieben: »Ich liebe Dich, und ich komme mit dem Zug dreizehn Uhr zwanzig.« Dreizehn Uhr zwanzig dort, hat sie geschrieben, vor drei Monaten schon, vor drei Monaten und vier Tagen genau. Sie wird festgehalten, sie wollen es nicht, sie gönnen sie mir nicht, sie gönnen mir nicht, daß ich einmal mehr als eine Minute Hoffnung habe oder gar Freude. Sie verhindern unser Rendezvous; da sitzen sie irgendwo und lachen, diese Clique; sie lachen und telefonieren, und dieser Winklöffelfritze wird gut dafür bezahlt, daß er jeden Tag mit seiner heuchlerischen Fratze zu mir sagt: »Auch heute keine Verspätung gemeldet, mein Herr.« Schon, daß er »Mein Herr« sagt, ist eine Gemeinheit. Ich bin gar kein Herr, ich bin ein abgerissenes armes Schwein, das von einer einzigen Minute Hoffnung am Tage lebt. Sonst nichts. Ich bin kein Herr, ich scheiß' was auf sein »Mein Herr«. Sie sollen mich alle kreuzweise, aber sie sollen sie loslassen, sie sollen sie fahren lassen; sie müssen sie mir geben, sie ist mein, sie hat mir doch telegrafiert: »Ich liebe Dich, ankomme dreizehn Uhr zwanzig dort.« Dort, das ist doch meine Heimat. Die Telegramme sind so. Man schreibt dort, und man meint die Stadt, in der der andere wohnt. »Ankomme dreizehn Uhr zwanzig dort...«

Heute werde ich ihn kaltmachen. Meine Wut kennt keine Grenzen mehr. Meine Geduld ist erschöpft, auch meine

Kraft. Ich kann nicht mehr. Wenn ich ihn heute sehe, ist er verloren. Es geht zu lange so. Ich habe auch kein Geld mehr. Kein Geld für die Straßenbahn. Ich habe schon alles verscheuert. Drei Monate und vier Tage habe ich von der Substanz gelebt. Alles verscheuert, auch die Tischdecke; heute muß ich feststellen, daß nichts mehr da ist. Es langt gerade noch, um einmal mit der Straßenbahn zu fahren. Nicht einmal mehr zurück, zurück muß ich zu Fuß gehen... oder... oder...

Jedenfalls wird dieser Winklöffelfritze blutig zwischen den Schienen liegen, und der Dreizehnuhrzwanziger wird über ihn fahren, er wird zu nichts werden, so wie ich heute mittag um dreizehn Uhr zwanzig nichts mehr sein werde... oder... Gott!

Es ist zu bitter, wenn man nicht einmal das Fahrgeld für zurück hat; sie machen es einem zu schwer. Diese Clique hält zusammen, sie verwalten die Hoffnung, sie verwalten das Paradies, den Trost. Sie haben alles in den Klauen. Wir dürfen nur dran nippen, nur eine Minute am Tage. Dreiundzwanzig Stunden und neunundfünfzig Minuten müssen wir schmachten, müssen wir lauern; nicht einmal die künstlichen Paradiese rücken sie heraus. Dabei brauchen sie sie doch gar nicht; ich frage mich, warum sie alles festhalten. Ob es ihnen nur ums Geld ist? Warum geben sie einem nichts zu saufen, nichts zu rauchen, warum machen sie den Trost so furchtbar teuer? Sie halten uns an der Angel, immer wieder beißen wir an, immer wieder lassen wir uns hochziehen bis an die Oberfläche, immer wieder atmen wir eine Minute das Licht, die Schönheit, die Freude, und immer wieder lacht so ein Schwein, läßt die Schnur locker, und wir sitzen im Dunkeln...

Sie machen es uns zu schwer; heute werde ich mich rächen; ich werde diesen Winklöffelfritzen, diesen Vorposten der Sicherheit werde ich zwischen die Schienen schmeißen; vielleicht bekommen sie doch einen Schrecken an ihrem Telefon da hinten; ach, wenn man sie nur einmal erschrecken könnte! Aber man kommt nicht gegen sie an, das ist es; sie halten alles fest, Brot, Wein und Tabak, alles haben sie, und sie haben auch sie: »Ankomme dreizehn Uhr zwanzig dort.« Ohne Datum. Das ist es: Sie schreibt nie ein Datum.

Sie gönnen mir nicht, daß ich sie vielleicht geküßt hätte; nein, nein, nein, wir sollen verrecken, wir sollen ersticken, wir sollen ganz verzweifeln, keinen Trost haben, wir sollen alles verscheuchen, und wenn wir nichts mehr haben, sollen wir...

Denn das ist das Furchtbare: Die Minute schrumpft. Ich habe es vorige Tage gemerkt: Die Minute schrumpft. Vielleicht sind es nur noch dreißig Sekunden, vielleicht viel weniger, ich wage gar nicht, mir richtig klarzuwerden, wieviel es überhaupt noch ist. Gestern jedenfalls merkte ich, daß es weniger war. Immer wenn der Zug in der Biegung sichtbar wurde, schwarz und schnaubend vor dem großen Horizont der Stadt, immer dann spürte ich, daß ich glücklich war. Sie kommt, dachte ich, es ist ihr gelungen sich durchzuschlagen, sie kommt! Die ganze Zeit dachte ich das, bis der Zug stand, die Leute langsam herauskamen – sich der Bahnsteig allmählich leerte... und... nichts...

Nein, dann dachte ich es schon nicht mehr. Ich muß vor allen Dingen versuchen, ehrlich zu mir selbst zu sein. Wenn die ersten Leute ausstiegen und sie war nicht dabei, dachte ich es schon nicht mehr, dann war es aus. Dieses Glück, es war nicht so, daß es früher aufhörte, es fing später an. So war es. Man muß ehrlich und nüchtern sein. Es fing später an, so war es. Sonst fing es an, wenn der Zug sichtbar wurde, schwarz und schnaubend vor dem grauen Horizont der Stadt; gestern fing es erst an, als er stand. Als er ganz ohne Bewegung war, richtig stand, fing ich erst an zu hoffen; und als er stand, gingen auch schon die Türen auf... und sie kam nicht...

Ich frage mich, ob das überhaupt noch dreißig Sekunden waren. Ich wagte nicht, ganz ehrlich zu sein und zu sagen: Es ist nur eine Sekunde... und... und dreiundzwanzig Stunden neunundfünfzig Minuten und neunundfünfzig Sekunden schwarze Finsternis...

Ich wage es nicht; ich wage kaum noch hinzugehen; es wäre furchtbar, wenn nicht wenigstens diese Sekunde noch bliebe. Ob sie mir auch das noch nehmen?

Es ist zu wenig. Es gibt eine Grenze. Eine gewisse Substanz braucht auch die letzte Kreatur, auch die letzte Kreatur braucht mindestens eine Sekunde am Tage. Sie dürfen mir diese eine Sekunde nicht nehmen, sie machen es zu kurz.

Ihre Hartherzigkeit nimmt furchtbare Formen an. Nicht einmal mehr Geld, um zurückzufahren, habe ich. Nicht einmal mehr für die einfache Fahrt geradeaus zurück; dabei müßte ich eigentlich umsteigen. Es scheitert schon an einem Groschen. Ihre Härte ist grausam. Sie kaufen nicht einmal mehr. Sie wollen nicht einmal mehr Ware. Bisher schrien sie immer nach Ware. Aber ihre Habgier ist so gräßlich geworden, daß sie jetzt auf dem Geld sitzen und es fressen. Ich glaube, sie fressen Geld. Ich frage mich, wozu. Was wollen sie eigentlich? Sie haben Brot, Wein, Tabak, haben Geld, alles, sie haben ihre dicken Weiber – was wollen sie denn noch? Warum rücken sie nichts mehr heraus? Kein Geld, kein Gramm Brot, keinen Tabak, keinen Schluck Schnaps... nichts... nichts. Sie treiben mich zum Äußersten.

Ich werde den Kampf aufnehmen müssen, ich werde ihren Vorposten kaltmachen, dieses Winklöffelschwein mit der mitleidigen Fratze, der mich bescheißt, denn er telefoniert mit ihnen! Er liegt unter einer Decke mit ihnen, das weiß ich jetzt ganz sicher! Gestern habe ich ihn nämlich belauscht! Dieses Schwein verrät mich, ich weiß es jetzt ganz sicher. Ich bin viel früher gegangen gestern, viel früher, er konnte noch nicht wissen, daß ich da war, ich habe mich unters Fenster geduckt und habe gewartet, und natürlich! – er hat gekurbelt,

es hat geklingelt, und ich hörte seine Stimme! »Herr Amtmann«, hat er gesagt, »Herr Amtmann, es muß etwas getan werden. Es geht nicht so weiter mit diesem Burschen. Es geht schließlich um die Sicherheit eines Beamten! Herr Amtmann«, seine Stimme flehte, eine solche Angst hat dieses Schwein. »Ja, Bahnsteig 4b. Schluß.«
Gut, ich habe ihn also überführt. Jetzt werden sie das Letzte wagen. Jetzt geht es auf mich los. Jetzt entbrennt der Kampf. Wenigstens eine klare Lage. Ich freue mich. Ich werde kämpfen wie ein Löwe. Ich werde diese ganze Clique über den Haufen rennen, zusammentreiben und vor den Dreizehnuhrzwanziger schmeißen...
Nichts mehr gönnen sie mir. Sie treiben mich zur Verzweiflung, meine letzte Sekunde wollen sie mir nehmen. Und sie kaufen auch nichts mehr. Nicht einmal mehr Uhren, bisher waren sie immer scharf auf Uhren. Für meine Bücher habe ich insgesamt drei Pfund Tee bekommen, es waren immerhin zweihundert ganz nette Bücher. Ich nehme an, daß sie ganz nett waren. Früher habe ich mich sehr für Literatur interessiert. Aber für zweihundert Bücher drei Pfund Tee, das war gemein; die Bettwäsche brachte kaum etwas Brot, der Schmuck meiner Mutter langte für einen Monat zu leben, und man braucht so wahnsinnig viel, wenn man auf des Messers Schneide lebt. Drei Monate und vier Tage sind eine lange Zeit, man braucht zu viel.
Schließlich bleibt Vaters Uhr. Die Uhr hat ihren Wert. Kein Mensch kann der Uhr ihren Wert absprechen; vielleicht langt sie für die Rückfahrt; vielleicht hat der Schaffner ein gutes Herz und läßt mich für die Uhr zurückfahren, vielleicht, vielleicht werde ich zwei Rückfahrscheine brauchen; Gott!
Es ist halb eins, und ich muß mich fertigmachen; das ist nicht viel Arbeit, eigentlich überhaupt keine Arbeit; ich brauche nur aufzustehen von meinem Bett, das ist das ganze Fertigmachen; das Zimmer ist kahl, ich habe alles verscheuert. Man

muß doch leben. Die Wirtin hat die Matratzen für einen Monat Miete in Zahlung genommen. Eine anständige Frau, eine hochanständige Frau, eine der anständigsten Frauen, die mir je begegnet sind. Eine gute Frau. Auf der Drahteinlage kann man ausgezeichnet pennen. Keiner weiß, wie gut man auf einer Drahteinlage pennen kann, wenn man überhaupt pennt, ich penne nie, ich lebe von der Substanz, ich lebe von einer Sekunde Hoffnung, von der Sekunde, wenn die Türen aufgehen und niemand kommt...

Ich muß mich zusammenreißen, es geht in die Schlacht. Es ist Viertel vor eins, um zehn vor fährt die Bahn, dann bin ich pünktlich um Viertel nach am Bahnhof, um achtzehn nach auf dem Bahnsteig; wenn der Winklöffelfritze aus seinem Häuschen kommt, bin ich gerade recht, um mir von ihm sagen zu lassen: »Auch heute keine Verspätung gemeldet, mein Herr!«

Dieses Schwein sagt tatsächlich »Mein Herr« zu mir; alle anderen schnauzt er an und sagt einfach: »Sie da... gehen Sie weg von der Bahnsteigkante, Sie da!« Zu mir sagt er: »Mein Herr!« Das ist ein Kennzeichen: Sie heucheln, sie heucheln ganz furchtbar; wenn man sie sieht, könnte man glauben, auch sie hätten Hunger, hätten keinen Tee mehr, keinen Tabak, nichts zu saufen; sie machen ein Gesicht, daß man versucht wäre, sein letztes Hemd für sie zu verscheuern.

Sie heucheln, daß man jahrelang darüber weinen könnte. Ich muß versuchen zu weinen; ich glaube, weinen ist schön, es ist ein Ersatz für Wein, Tabak, Brot und vielleicht auch ein Ersatz, wenn die eine einzige Sekunde erlischt und mir nichts bleibt als vierundzwanzig nackte volle Stunden Verzweiflung.

In der Straßenbahn kann ich natürlich nicht weinen; ich muß mich zusammennehmen, ich muß mich schwer zusammenreißen. Sie sollen nichts merken; und am Bahnhof muß ich aufpassen. Bestimmt haben sie irgendwo Leute versteckt. »Es geht schließlich um die Sicherheit eines Beamten, Bahnsteig 4b.« Ich muß verdammt aufpassen; die Schaffnerin sieht mich beunruhigend oft an; sie fragt ein paarmal »Haben Sie schon?« und sieht dabei nur mich an; dabei habe ich wirklich schon; ich könnte den Fahrschein zücken und ihr unter die Nase halten, sie hat ihn mir selbst gegeben, aber sie weiß es schon nicht mehr. »Haben Sie schon?« Sie fragt dreimal und sieht mich dabei an, ich werde rot, dabei habe ich wirklich; sie geht, und alle Leute denken, er hat nicht; er betrügt die Straßenbahn. Dabei habe ich meine letzten zwanzig Pfennig gegeben, ich habe sogar einen Umsteigefahrschein...

Ich muß höllisch aufpassen; fast wäre ich wie früher durch die Sperre gerannt; dabei können sie überall stehen; als ich durchrennen wollte, merkte ich, daß ich keine Bahnsteigkarte hatte, keinen Groschen. Es ist siebzehn nach, in drei Minuten kommt der Zug, ich werde verrückt. »Nehmen Sie die Uhr«, sagte ich. Der Mann ist beleidigt. »Mein Gott, nehmen Sie die Uhr.« Er stößt mich zurück. Die noble Kundschaft stockt. Ich muß tatsächlich zurück, es ist siebzehneinhalb nach.

»Eine Uhr!« rufe ich. »Eine Uhr für einen Groschen. Eine ehrliche Uhr, nicht geklaut, nichts, eine Uhr von meinem Vater.« Die Leute halten mich für verrückt oder einen Verbrecher. Keine Sau will die Uhr. Vielleicht holen sie die Polizei. Ich muß zu den Kumpels. Die Kumpels wenigstens werden mir helfen. Die Kumpels stehen unten. Es ist achtzehn nach, ich werde verrückt. Soll ich ausgerechnet heute den Zug versäumen, heute, wo sie kommen wird? »Ankomme dreizehn Uhr zwanzig dort.«

»Kumpel«, sage ich zum nächsten, »gib mir einen Groschen für die Uhr, aber schnell, schnell«, sage ich.

Auch er stockt, sogar der Kumpel stockt. »Kumpel«, sage ich, »ich habe noch eine Minute Zeit, verstehst du?«

Er versteht, er versteht natürlich falsch, aber er versteht wenigstens falsch, wenigstens etwas, wenn man falsch verstan-

den wird. Es ist doch wenigstens Verstehen. Die anderen verstehen gar nichts.
Er gibt mir eine Mark, er ist großzügig. »Kumpel«, sage ich, »ich brauche einen Groschen, verstehst du, keine Mark, verstehst du?«
Er versteht wieder falsch, aber es ist so schön, wenigstens falsch verstanden zu werden; wenn ich lebend aus der Schlacht herauskomme, werde ich dich umarmen, Kumpel.
Er schenkt mir noch einen Groschen dazu, so sind die Kumpels, sie geben noch etwas zu und verstehen wenigstens falsch.
Es gelingt mir, neunzehneinhalb Minuten nach eins die Treppe heraufzurasen. Ich muß trotz allem wachsam sein, ich muß wahnsinnig aufpassen. Hinten kommt der Zug, schwarz und schnaubend vor dem grauen Horizont der Stadt. Mein Herz schweigt bei seinem Anblick, aber ich bin pünktlich, das ist es. Es ist mir gelungen, trotz allem pünktlich zu sein.
Ich halte mich ganz fern von dem Winklöffelfritzen; er steht mitten unter den Leuten, und plötzlich hat er mich erspäht, er schreit, er hat Angst, und er winkt seiner Clique, die in seinem Häuschen verborgen ist, winkt, sie sollen mich schnappen. Sie stürzen aus dem Häuschen, sie werden mich schnappen, aber ich lache sie aus, ich lache sie aus, denn der Zug ist eingelaufen, und noch ehe sie mich erreicht haben, liegt sie an meiner Brust, sie, und ich besitze nichts mehr als sie und eine Bahnsteigkarte, sie und eine gelochte Bahnsteigkarte...
(1950)

Aschermittwoch

Ihr blasses Gesicht sah hinter der beschlagenen Scheibe wächsern aus; die Regentropfen, die am Glase klebten, schienen zu ihrem Gesicht zu gehören: Schweißperlen oder Tränen, die langsam nach unten sanken, breite, blanke Rillen grabend, die sich manchmal in Kurven vereinigten und dicke Tropfen fallen ließen, die auf ihre Hände stürzten. Die unsichtbare Windquelle, die die Luftschlangen tanzen ließ, ergriff auch ihr Haar, erhob es wie ein zu schweres Segel, das immer wieder stürzte. Unten rafften die müden, betropften Hände Masken und Scherzpistolen zusammen, pralle Knallkörper aus buntem Papier, die zu platzen schienen wie zu volle Bäuche; sie nahmen größere Pappefratzen von aufgespannten Drähten, lachende, weinende große gelbe und rote Fratzen, die leise im Wind des unsichtbaren Ventilators schaukelten...

Im Dunkeln der geöffneten Fensterklappe tauchten immer zwei dicke, breite und behaarte Männerhände auf, die den Krempel entgegennahmen und nach hinten weglegten.

Die Straße war leer. Hinter den grauen Häuserfronten schien alles tot zu sein. Vor einem Fenster hing ein Luftballon, ein rötlicher, zerkrüngelter Gummilappen, dessen Gas nicht mehr ausreichte, ihn zu halten: Schlapp hing er nach unten, mit einer schmutzigen Schnur an die grüne Umgitterung einer Fensterbank befestigt; neben dem Miniaturpfahl, der ihn hielt, stand eine Milchflasche, dahinter ein Glas mit Gurken, mattgrün wie die Gitterstäbe der Umzäunung.

Von einer verlassenen Betonmaschine zog sich eine breite, zertretene Dreckspur über das holprige Pflaster, und aus dem

Ofenrohr der Zigarettenbude kam Qualm: bläulichschwarze Schwaden, die gleich oberhalb des Kamins vom Regen in die Breite gedrückt wurden.
Im Schaufenster über dem bläulichen Kleid der Frau, genau oberhalb ihres blonden, grünlich schimmernden Haares, sah er auch sich selbst: Sein Kinn lag auf der schwarzen, harten Kante, die den Schaukasten abschloß, und im muffigen Dunkel des Ladens stand dieses Oval einsam und undeutlich, weißlichgrün wie eine vergessene Maske mit dunklen Augenhöhlen, totem Haar, aus einer Seegrasmatratze gezupft und aufgeklebt. Das einzig Lebendige war der sehr hellgraue deutliche Qualm seiner Zigarette, der aus der dunklen Höhlung des Mundes stieg, sich in heiteren Spiralen nach oben drehte und in der dichten Dunkelheit an der Decke verflüchtigte.
Genau in den breiten, behaarten Händen tauchte jetzt plötzlich ein kleiner, ovaler Schädel auf, ganz blaß mit scharfen Linien von Mund, Nase, Augen – wie ein hart bemaltes Ei, das eine rötliche Mütze trug, dann wurde es von einer Ladung Luftschlangen verdeckt, die die Frau in die geöffneten Hände legte.
Er blickte nach rechts: Neben ihm stand ein Junge, der mit wachem, pfiffigem Blick der Ausräumung zusah. Auf seiner Stirn unter dem Mützenschild war kräftig tiefschwarz, fast leuchtend das Aschenkreuz gezeichnet; es war so lebendig, daß er sich unwillkürlich den breiten Daumen eines kräftigen Priesters vorstellte, der in die Kohleschale gepackt und es mit zwei heftigen Strichen auf die Stirn des Jungen gezeichnet hatte – schwarz auf weiß. Aus der prallen linken Rocktasche des Jungen baumelte das rötliche Lesezeichen seines Lesebuches heraus. Das Kind blickte ihn jetzt an und lächelte: Sein weißes Gesicht war fest und hübsch: Schwarz waren die dunklen Striche der Brauen gezeichnet, und wenn er die Augen schloß, lagen die Wimpern zärtlich und sauber wie flüchtige Schmetterlinge auf der Wange. Der Mann nickte ihm zu

und wandte sich ab, dann preßte er sein Gesicht plötzlich nah an die verschwommene Scheibe: Drinnen kehrte die Frau mit einem Handfeger den leeren Schaukasten aus, die breiten Hände waren verschwunden, und der Mann klopfte nun leise mit dem Knöchel des rechten Zeigefingers gegen die Scheibe: Er sah, wie sie aufblickte, der Besen ihrer kleinen Hand entfiel, ihre Lippen zitterten, und trat zurück.

Der Junge kniete am Rand des Bordsteins, in seiner linken Hand baumelte eine Schleuder, während seine Rechte in der Gosse nach Steinen zu suchen schien.

Der Mann ging nach rechts und lehnte sich müde in den Hauseingang. Der schwärzliche Ölanstrich war nun vollkommen zerkratzt, aber die Holztafel, in der die Namenschilder und Klingelknöpfe befestigt waren, schien unbeschädigt: Das Holz war mit Schmutz und Alter getränkt, fast schwarz, die Klingelknöpfe blankgewetzt, und im Anblick der Schilder fiel er plötzlich durch die Gegenwart durch, zehn Jahre zurück, zwanzig, weit, weit in die Vergangenheit: Der Name Kremer, eingestanzt in blankes Messing, schwarzgetönt mit glänzendem, hartem Lack, rief die Erinnerung an einen muffigen Flur wach, in dem der Geruch mehliger Soßen festgefressen war, das hagere, grünliche Gesicht einer ewig jammernden Frau und an den prallen Nacken eines Mannes, der mit blanken Schuhen, den Hut auf den dicken Ohren, jeden Morgen zur Straßenbahn marschierte. Die Schilder tanzten vor seinen Augen, sie schienen zu exerzieren wie ein Trupp betrunkener Rekruten, der sich hintereinanderschob, nebeneinander, quer zueinander, ein Alphabet, das sich ständig verwirrte, neu ordnete, lebendige Figuren von gleicher Größe, schwarzlackiert auf einer messingblanken Oberfläche: die schwarze Tafel wie eine dumpfe Schachtel, in der die blanken Figürchen geschüttelt werden, eine Schachtel, aus der der Geruch von Bohnerwachs mittlerer Qualität stieg, und der Mann selbst fühlte sich hilflos schwimmend in diesem Behältnis der Vergangenheit, strampelnd verloren in diesem Bad von Häßlichkeit, Trauer und der stagnierenden Langeweile unendlicher Sonntagnachmittage, in denen das fade Geklimper eines Klaviers um Hilfe rief.

Kurz nachdem der dunkle und schöne Klang der Kirchenglocke ihn weckte, hörte er ein sehr helles, schneidendes Klirr, Scherben fielen: Er beugte sich vor, sah den Jungen, die flatternde Schleuder in der Hand, um eine Ecke biegen, und im gleichen Augenblick, mitten hinein in den dunklen gleichmäßigen Klang der Kirchenglocke, brach das überschnappende Keifen einer Frauenstimme; über dem welken Luftballon sah er ein mageres, fast bläuliches Gesicht, von viel zu blondem Haar umgeben: links von ihr die umgekippte Milchflasche, deren oberer Teil sich in der Umgitterung der Fensterbank gefangen hatte, und an der grünen Hausfront lief die Milch in einem silbernen Strom herunter, der sich verbreiterte, verengte und unten zwischen den Steinen zu einer kleinen Pfütze sammelte, auf deren Oberfläche sich der wesenlose Dreck der Straße mit erstaunlicher Schnelligkeit absetzte...

Eine magere Hand ergriff das Gurkenglas, riß den Luftballon von seiner Schnur, das Fenster wurde zugeknallt, und in diesem Augenblick hatte die Kirchenglocke den Höhepunkt ihres vollen schönen Klanges erreicht, und der Mann mit den dicken, breiten, behaarten Händen verließ den Laden, seine große Gestalt ging gemessenen Schrittes davon. Er verließ den Hauseingang, drückte die blanke Klinke der Ladentür hinunter und trat ein.

Sie stand hinter der Theke, zwischen ihren Händen eine Menge bunter kleiner Füllhalterkartons; ihr blasses Gesicht wurde dunkel, die Finger öffneten sich, die Kartons purzelten auf die Theke, und sie rief leise:

»Willi! Willi!«

Er ging auf sie zu und legte einen Augenblick seine Wange auf ihr Haar. »Maria«, sagte er leise.

Ihre Hände lagen ganz kurz auf seinem Rücken und lösten sich schnell wieder. »Wie lange bleibst du?«
»Nicht lange«, sagte er hastig, »nicht lange. Wann kommt er zurück?«
»Bald, er ist nur zur Kirche. Du siehst schlecht aus, wie geht es dir?«
Er blickte sie prüfend an. »Du auch... aber du veränderst dich nicht.«
»Wie geht es dir?«
»Schlecht«, sagte er heftig, »sehr schlecht.«
»Was tust du denn?«
»Nichts.«
»Du arbeitest nicht mehr, auch nicht mehr...«
»Nein«, sagte er, »auch nicht mehr für Brecht.« Er zuckte die Schultern. »Ich habe keine Einfälle mehr, sie haben bessere Graphiker.« Er ergriff ihre Hand und strich sich langsam damit an seiner Wange vorbei.
»Brauchst du Geld?«
»Ja.«
Sie wandte sich ab und lief an der Theke vorbei ins Hinterzimmer. Er blickte ihr nachdenklich zu. Nur deswegen war er hergekommen, es fiel ihm jetzt wieder ein. Wegen Geld. Er brauchte Geld. In der Tür, die sie hinter sich zugeworfen hatte, zitterte das grüne Glas der Füllungen nach. Er starrte die Wände an, die Regale mit Blöcken, Ansichtskarten, Schulheften, Büchern, sah die uralten Reklameschilder von Zigarettenmarken, die es schon seit zwanzig Jahren nicht mehr gab, und er fiel wieder durch die sehr dünne Schicht der Gegenwart zurück in die Vergangenheit: Zehn Jahre, zwanzig, dreißig, er sauste hinunter wie mit einem Lift, dessen Seile zerrissen sind, vorbei an düsteren Stockwerken, bis er aufprallte, und er sah sich stehen, den Kopf gerade über die Theke erhebend, Geld in den schmutzigen Fingern, das er der großen, breiten, behaarten Hand entgegenschob, um Bonbons zu bekommen...

Auf der grünen Glastür schien die Zahl 3 zu schweben, 30, 300, dann wälzten sich die Nullen heran, winzige, dreckige Eier, in unendlicher Kolonne, flink sich vermehrend, und wieder schrumpfte die Zahl: 30, keine 3 mehr, nur noch eine Null, eine große, ovale, saubere Null: ihr Gesicht...
»Was hast du?« fragte sie erschreckt.
»Nichts.«
Sie reichte ihm einen Packen Geldscheine, den er, ohne ihn anzusehen, zusammenklappte und in die Tasche steckte. Während er ihr Gesicht erblickte, versuchte er zu überschlagen, wieviel Geld er da in seiner Manteltasche zusammenkrampfte: Es schienen mindestens zehn Scheine zu sein, und obwohl er nie viel Geld in den Händen gehabt hatte, glaubte er zu fühlen, daß es Fünfer waren, ein kleines Paket schmutziger Papierlappen.
»Du bist froh«, sagte er heiser, »wenn ich wieder weg bin, nicht wahr?« Sie schwieg und senkte den Kopf; so nahe, daß er es riechen konnte, sah er vor sich ihr Haar, dieses reizvolle Gemisch aus Silber und Gold, es roch einfach: nach Seife und Haar.
»Sei ehrlich«, sagte er.
Sie blickte auf und fing an, die bunten, kleinen Kartons wieder zusammenzusuchen, ihre Finger ordneten sie automatisch zu kleinen Sechserreihen, die sie übereinander schichtete.
»Sag es mir.«
»Ja«, sagte sie.
»Früher liebtest du mich.«
Sie blieb ruhig. »Gehst du noch zu deiner Mutter rauf?«
»Nein!«
»Sie würde sich freuen.«
»Ich schreibe ihr.«
Sie zuckte die Schultern. »Ich weiß. Die Post wird immer noch hier im Laden abgegeben.«

Die Kirchenglocke fing wieder an zu läuten, leise, sich langsam steigernd, und er sagte plötzlich: »Ich muß gehen.«
»Soll ich deine Mutter grüßen?«
»Nein, nein, ich schreibe ihr... auf Wiedersehen.«
»Auf Wiedersehen«, sagte sie.
Als er nach draußen kam, sah er den großen Mann um die Ecke biegen, er trat nahe ans Schaufenster heran und wartete: Drinnen waren die Regenstriemen immer noch wie Tränenspuren auf ihrem Gesicht, und die Hände bewegten sich wie nicht dazugehörig; sie ordneten still die Dinge einer anderen Zeit, die nun der Kalender anzeigte: Gebetbücher mit goldenen Kreuzen wurden auf der rötlichen Papierbespannung des Schaukastens ausgerichtet, die bunten Kartons zu zierlichen Pyramiden geschichtet, große Bleistifte, lang wie kleine Speere, wurden gleich Staketen aufgestellt, Schulhefte an Drahtstützen gelehnt und Preisschilder von den ruhigen, weißen Händen verteilt. Sie blickte nicht mehr auf.
Dann hörte er die schweren Tritte hinter sich, die Ladentür wurde geöffnet, und das Gesicht drinnen verschwand plötzlich in der dunklen Öffnung des Schaukastens, dann folgten die Hände, und er wußte, daß die Straße frei war, blickte noch einmal auf die ferne, grünliche Maske, die auf der schwarzen Leiste lag und lief davon; im Laufen umkrampfte er die Scheine in seiner Manteltasche noch fester...
(1951)

Die unsterbliche Theodora

Immer, wenn ich die Bengelmannstraße entlanggehe, muß ich an Bodo Bengelmann denken, dem die Akademie den Rang eines Unsterblichen zuerkannt hat. Auch wenn ich nicht die Bengelmannstraße betrete, denke ich oft an Bodo, aber immerhin: sie geht von Nr. 1 bis 678, führt aus dem Zentrum der Stadt, an den Leuchtreklamen der Bars vorbei bis in ländliche Gefilde, wo die Kühe abends brüllend darauf warten, an die Tränke geführt zu werden. Diese Straße trägt Bodos Namen quer durch die Stadt, in ihr liegt das Pfandhaus, liegt »Beckers billiger Laden«, und ich gehe oft ins Pfandhaus, gehe oft in »Beckers billigen Laden«, oft genug, um an Bodo erinnert zu werden.

Wenn ich dem Beamten des Leihhauses meine Uhr über die Theke schiebe, er die Lupe vor die Augen klemmt, die Uhr taxiert, sie mit einem verächtlichen »Vier Mark« über die Theke zurück auf mich zuschiebt, wenn ich dann geknickt den Zettel unterschrieben, die Uhr wieder über die Theke geschoben habe, wenn ich zur Kasse schlendere und dort warte, bis die Rohrpost meinen Pfandschein herüberbringt, habe ich Zeit genug, an Bodo Bengelmann zu denken, mit dem ich oft genug an dieser Kasse gestanden habe.

Bodo hatte eine alte Remington-Schreibmaschine, auf der er seine Gedichte – mit jeweils vier Durchschlägen – ins reine schrieb. Fünfmal haben wir vergeblich versucht, auf diese Maschine ein Darlehen des städtischen Leihhauses zu bekommen. Die Maschine war zu alt, klapperte und ächzte, und die Verwaltung des Leihhauses blieb hart, vorschriftsmäßig hart.

Bodos Großvater, der Eisenhändler, Bodos Vater, der Steuerberater, Bodo selbst, der Lyriker – drei Generationen von Bengelmanns hatten zu oft auf dieser Maschine herumgehämmert, als daß sie eines städtischen Darlehens (monatlich 2 %) würdig gewesen wäre.
Jetzt freilich gibt es eine Bengelmann-Gedächtnisstätte, in der man einen rötlichen, zerkauten Federhalter aufbewahrt, der unter Glas liegt, mit der Aufschrift versehen: »Die Feder, mit der Bodo Bengelmann schrieb.«
Tatsächlich hat Bodo nur zwei von seinen fünfhundert Gedichten mit diesem Federhalter geschrieben, den er seiner Schwester Lotte aus dem Ledermäppchen stahl. Die meisten seiner Gedichte schrieb er mit Tintenstift, manche direkt in die Maschine, die wir an einem Tage äußerster Depression für ihren bloßen Schrottwert von sechs Mark achtzig einem Manne verkauften, der Heising hieß und nichts von der unsterblichen Lyrik ahnte, die ihr entquollen war. Heising wohnte in der Humboldtstraße, lebte vom Althandel und ist von Bodo in dem Gedicht »Kammer des kauzigen Krämers« verewigt worden.
So ist Bodos wirkliches Schreibgerät nicht in der Bengelmann-Gedächtnisstätte zu finden, sondern dieser Federhalter, der die Spuren von Lotte Bengelmanns Zähnen zeigt. Lotte selbst hat längst vergessen, daß er ihr gehörte, sie bringt es fertig, heute weinend davorzustehen, Tränen zu vergießen einer Tatsache wegen, die nie eine gewesen ist. Sie hat ihre kümmerlichen Schulaufsätze damit geschrieben, während Bodo – ich entsinne mich dessen genau – nach dem Verzehr zweier Koteletts, eines Haufens Salat, eines großen Vanillepuddings und zweier Käseschnitten – mit diesem Federhalter ohne abzusetzen die Gedichte: »Herbstlich zernebeltes Herz« und »Weine, o Woge, weine« niederschrieb. Er schrieb seine besten Gedichte mit vollem Magen, war überhaupt gefräßig, wie viele schwermütige Menschen, und hat

den Federhalter seiner Schwester nur achtzehn Minuten gebraucht, während seine gesamte lyrische Produktion sich über acht Jahre erstreckte.
Heute lebt Lotte vom lyrischen Ruhm ihres Bruders; sie hat zwar einen Mann geheiratet, der Hosse heißt, nennt sich aber nur »Bodo Bengelmanns Schwester«. Sie war immer gemein. Sie verpetzte Bodo immer, wenn er dichtete, denn Dichten gehörte zu den Dingen, die man bei Bengelmanns für zeitraubend, deshalb überflüssig hielt.
Bodos Qual war groß. Es drängte ihn einfach, war sein Fluch, reine Poesie von sich zu geben. Aber immer, wenn er dichtete, Lotte entdeckte es, ihre kreischende Stimme ertönte im Flur, in der Küche, sie rannte triumphierend in Herrn Bengelmanns Büro, schrie: »Bodo dichtet wieder!«, und Herr Bengelmann – ein furchtbar energischer Mensch – rief: »Wo ist das Schwein?« (Der Wortschatz der Bengelmanns war etwas ordinär.) Dann gab es Senge. Bodo, sensibel wie alle Lyriker, wurde am Wickel gepackt, die Treppe hinuntergezerrt und mit dem stählernen Lineal verprügelt, mit dem Herr Bengelmann Striche unter die Kontoauszüge seiner Kunden zog.
Später schrieb Bodo viel bei uns zu Hause, und ich bin Besitzer von fast siebzig unveröffentlichten Bengelmanns, die ich mir als Altersrente aufzubewahren gedenke. Eines dieser Gedichte beginnt »Lotte, du Luder, latentes...« (Bodo gilt als Erneuerer des Stabreims.)
Unter Qualen, verkannt, häufig verprügelt, hat Bodo sein siebzehntes Jahr vollendet, ist in den hohen Genuß der mittleren Reife gekommen und zu einem Tapetenhändler in die Lehre gegeben worden. Die Umstände begünstigten seine lyrische Produktion: Der Tapetenhändler lag meistens betrunken unter der Theke, und Bodo schrieb auf die Rückseite von Tapetenmustern. Einen weiteren Auftrieb erhielt seine Produktion, als er sich in jenes Mädchen verliebte, das er in den

»Liedern für Theodora« besungen hat, obwohl sie nicht Theodora hieß.

So wurde Bodo neunzehn, und an einem ersten Dezember investierte er sein ganzes Lehrlingsgehalt von 50,– DM in Porto und schickte dreihundert Gedichte an dreihundert verschiedene Redaktionen, ohne Rückporto beizulegen: Eine Kühnheit, die in der gesamten Literaturgeschichte einmalig ist. Vier Monate später – noch keine zwanzig Jahre alt – war er ein berühmter Mann.

Einhundertzweiundfünfzig von seinen Gedichten waren gedruckt worden, und der schweißtriefende Geldbriefträger stieg nun jeden Morgen vor dem Bengelmannschen Hause vom Fahrrad. Das Weitere ist nur eine Multiplikationsaufgabe, bei der man die Anzahl von Bodos Gedichten mit der Anzahl der Zeitungen, dieses Zwischenergebnis mit 40 zu multiplizieren hat.

Leider genoß er nur zwei Jahre seinen Ruhm. Er starb an einem Lachkrampf. Eines Tages gestand er mir: »Ruhm ist nur eine Portofrage« – flüsterte weiter: »ich habe es doch gar nicht so ernst gemeint«, brach in heftiges, immer heftiger werdendes Lachen aus – und verschied. Das waren die einzigen Sätze in gültiger Prosa, die er je äußerte: Ich übergebe sie hiermit der Nachwelt. Nun ist Bodos Ruhm in der Hauptsache begründet worden durch seine »Lieder an Theodora«, eine zweihundert Gedichte umfassende Sammlung von Liebeslyrik, die an Inbrunst ihresgleichen noch sucht. Verschiedene Kritiker haben sich schon essayistisch an dem Thema versucht: »Wer war Theodora?«, einer identifizierte sie schamlos mit einer zeitgenössischen, noch lebenden Dichterin, bewies es triftig, peinlich genug für die Dichterin, die Bodo nie gesehen hat, nun aber fast gezwungen ist, zuzugeben, daß sie Theodora ist. Aber sie ist es nicht: Ich weiß es genau, weil ich Theodora kenne. Sie heißt Käte Barutzki, steht in »Beckers billigem Laden« an Tisch 6, wo sie Schreibwaren verkauft. Auf Papier aus »Beckers billigem Laden« sind Bodos sämtliche Gedichte ins reine geschrieben; oft genug habe ich mit ihm am Tisch dieser Käte Barutzki gestanden, die übrigens eine reizende Person ist: Sie ist blond, lispelt ein wenig, hat von höherer Literatur keine Ahnung und liest abends in der Straßenbahn »Beckers billige Bücher«, die den Angestellten zum Vorzugspreis verkauft werden.

Auch Bodo wußte von dieser Lektüre; es tat seiner Liebe nicht den geringsten Abbruch. Oft haben wir vor dem Laden gestanden, haben Käte aufgelauert, sind ihr gefolgt, an Sommerabenden, in herbstlichem Nebel sind wir diesem Mädchen nachgeschlichen, bis in den Vorort, in dem sie heute noch wohnt. Schade, daß Bodo zu schüchtern war, sie jemals anzusprechen. Er brachte es nicht fertig, obwohl die Flamme heftig in ihm brannte. Auch als er berühmt war, das Geld nur so floß, kaufte er immer in »Beckers billigem Laden«, um nur oft dieses hübsche Mädchen zu sehen, die kleine Käte Barutzki, die lächelte und lispelte wie eine Göttin. Daher kommt so oft in den »Liedern für Theodora« die Wendung »zauberischer Zungenschlag, zahmer ...« vor.

Bodo schickte ihr auch oft anonyme Briefe mit Gedichten, aber ich muß annehmen, daß diese Lyrik im Ofen der Barutzki gelandet beziehungsweise gestrandet ist, wenn man mir als schlichtem Epiker ein schlichtes Bild gestatten will.

Noch oft gehe ich abends zu »Beckers billigem Laden«, und ich habe festgestellt, daß Käte neuerdings von einem jungen Mann abgeholt wird, der offenbar weniger schüchtern als Bodo und – seiner Kleidung nach zu urteilen – Autoschlosser ist. Ich könnte mich dem Forum der Literaturgeschichte stellen, könnte beweisen, daß diese Käte mit Bodo Bengelmanns Theodora identisch ist. Aber ich tue es nicht, weil ich um Kätes Wohl, das Glück des Autoschlossers zittere. Nur manchmal gehe ich zu ihr, wühle im Flitterpapier, krame in »Beckers billigen Büchern«, suche mir einen Radiergummi aus, blicke Käte an und spüre, wie der Atem der Geschichte mich anweht.

(1953)

Die blasse Anna

Erst im Frühjahr 1950 kehrte ich aus dem Krieg heim, und ich fand niemanden mehr in der Stadt, den ich kannte. Zum Glück hatten meine Eltern mir Geld hinterlassen. Ich mietete ein Zimmer in der Stadt, dort lag ich auf dem Bett, rauchte und wartete und wußte nicht, worauf ich wartete. Arbeiten zu gehen, hatte ich keine Lust. Ich gab meiner Wirtin Geld, und sie kaufte alles für mich und bereitete mir das Essen. Jedesmal, wenn sie mir den Kaffee oder das Essen ins Zimmer brachte, blieb sie länger, als mir lieb war. Ihr Sohn war in einem Ort gefallen, der Kalinowka hieß, und wenn sie eingetreten war, setzte sie das Tablett auf den Tisch und kam in die dämmrige Ecke, wo mein Bett stand. Dort döste ich vor mich hin, drückte die Zigaretten an der Wand aus, und so war die Wand rings um mein Bett voller schwarzer Flecken. Meine Wirtin war blaß und mager, und wenn im Dämmer ihr Gesicht über meinem Bett stehen blieb, hatte ich Angst vor ihr. Zuerst dachte ich, sie sei verrückt, denn ihre Augen waren sehr hell und groß, und immer wieder fragte sie mich nach ihrem Sohn.

»Sind Sie sicher, daß Sie ihn nicht gekannt haben? Der Ort hieß Kalinowka – sind Sie dort nicht gewesen?«

Aber ich hatte nie von einem Ort gehört, der Kalinowka hieß, und jedesmal drehte ich mich zur Wand und sagte: »Nein, wirklich nicht, ich kann mich nicht entsinnen.«

Meine Wirtin war nicht verrückt, sie war eine sehr ordentliche Frau, und es tat mir weh, wenn sie mich fragte. Sie fragte mich sehr oft, jeden Tag ein paarmal, und wenn ich zu ihr in die Küche ging, mußte ich das Bild ihres Sohnes betrachten, ein Buntfoto, das über dem Sofa hing. Er war ein lachender blonder Junge gewesen, und auf dem Buntfoto trug er eine Infanterie-Ausgehuniform.

»Es ist in der Garnison gemacht worden«, sagte meine Wirtin, »bevor sie ausrückten.«

Es war ein Brustbild: Er trug den Stahlhelm, und hinter ihm war deutlich die Attrappe einer Schloßruine zu sehen, die von künstlichen Reben umrankt war.

»Er war Schaffner«, sagte meine Wirtin, »bei der Straßenbahn. Ein fleißiger Junge.« Und dann nahm sie jedesmal den Karton voll Fotografien, der auf ihrem Nähtisch zwischen Flicklappen und Garnknäueln stand. Und ich mußte sehr viele Bilder ihres Sohnes in die Hand nehmen: Gruppenaufnahmen aus der Schule, wo jedesmal vorne einer mit einer Schiefertafel zwischen den Knien in der Mitte saß, und auf der Schiefertafel stand eine VI, eine VII, zuletzt eine VIII. Gesondert, von einem roten Gummiband zusammengehalten, lagen die Kommunionbilder: Ein lächelndes Kind in einem frackartigen schwarzen Anzug, mit einer Riesenkerze in der Hand, so stand er vor einem Transparent, das mit einem goldenen Kelch bemalt war. Dann kamen Bilder, die ihn als Schlosserlehrling vor einer Drehbank zeigten, das Gesicht rußig, die Hände um eine Feile geklammert.

»Das war nichts für ihn«, sagte meine Wirtin, »es war zu schwer.« Und sie zeigte mir das letzte Bild von ihm, bevor er Soldat wurde; er stand in der Uniform eines Straßenbahnschaffners neben einem Wagen der Linie 9 an der Endstation, wo die Bahn ums Rondell kurvt, und ich erkannte die Limonadenbude, an der ich so oft Zigaretten gekauft hatte, als noch kein Krieg war; ich erkannte die Pappeln, die heute noch dort stehen, sah die Villa mit den goldenen Löwen vorm Portal, die heute nicht mehr dort stehen, und mir fiel das Mädchen ein, an das ich während des Krieges oft gedacht hatte: Sie war hübsch gewesen, blaß mit schmalen Augen, und an der Endstation der Linie 9 war sie immer in die Bahn gestiegen.

Jedesmal blickte ich sehr lange auf das Foto, das den Sohn meiner Wirtin an der Endstation der 9 zeigte, und ich dachte an vieles: an das Mädchen und an die Seifenfabrik, in der ich damals gearbeitet hatte, ich hörte das Kreischen der Bahn, sah die rote Limonade, die ich im Sommer an der Bude getrunken hatte, grüne Zigarettenplakate und wieder das Mädchen.

»Vielleicht«, sagte meine Wirtin, »haben Sie ihn doch gekannt.« Ich schüttelte den Kopf und legte das Foto in den Karton zurück. Es war ein Glanzfoto und sah noch neu aus, obwohl es schon acht Jahre alt war.

»Nein, nein«, sagte ich, »auch Kalinowka – wirklich nicht.«

Ich mußte oft zu ihr in die Küche, und sie kam oft in mein Zimmer, und den ganzen Tag dachte ich an das, was ich vergessen wollte: an den Krieg, und ich warf die Asche meiner Zigarette hinters Bett, drückte die Glut an der Wand aus.

Manchmal, wenn ich abends dort lag, hörte ich im Zimmer nebenan die Schritte eines Mädchens, oder ich hörte den Jugoslawen, der im Zimmer neben der Küche wohnte, hörte ihn fluchend den Lichtschalter suchen, bevor er in sein Zimmer ging.

Erst als ich drei Wochen dort wohnte, als ich das Bild von Karl wohl zum fünfzigsten Mal in die Hand genommen, sah ich, daß der Straßenbahnwagen, vor dem er lachend mit seiner Geldtasche stand, nicht leer war. Zum ersten Mal blickte ich aufmerksam auf das Foto und sah, daß ein lächelndes Mädchen im Innern des Wagens mitgeknipst worden war. Es war die Hübsche, an die ich während des Krieges so oft gedacht hatte. Die Wirtin kam auf mich zu, blickte mir aufmerksam ins Gesicht und sagte: »Nun erkennen Sie ihn, wie?« Dann trat sie hinter mich, blickte über meine Schulter

auf das Bild, und aus ihrer zusammengerafften Schürze stieg der Geruch frischer Erbsen an meinem Rücken herauf.
»Nein«, sagte ich leise, »aber das Mädchen.«
»Das Mädchen?« sagte sie, »das war seine Braut, aber vielleicht ist es gut, daß er sie nicht mehr sah –.« »Warum?« fragte ich.
Sie antwortete mir nicht, ging von mir weg, setzte sich auf ihren Stuhl ans Fenster und hülste weiter Erbsen aus. Ohne mich anzusehen, sagte sie: »Kannten Sie das Mädchen?«
Ich hielt das Foto fest in meiner Hand, blickte meine Wirtin an und erzählte ihr von der Seifenfabrik, von der Endstation der 9 und dem hübschen Mädchen, das dort immer eingestiegen war.
»Sonst nichts?«
»Nein«, sagte ich, und sie ließ die Erbsen in ein Sieb rollen, drehte den Wasserhahn auf, und ich sah ihren schmalen Rükken. »Wenn Sie sie wiedersehen, werden Sie begreifen, warum es gut ist, daß er sie nicht mehr sah –«
»Wiedersehen?« sagte ich.
Sie trocknete ihre Hände an der Schürze ab, kam auf mich zu und nahm mir vorsichtig das Foto aus der Hand. Ihr Gesicht schien noch schmaler geworden zu sein, ihre Augen sahen an mir vorbei, aber sie legte leise ihre Hand auf meinen linken Arm.
»Sie wohnt im Zimmer neben Ihnen, die Anna. Wir sagen immer blasse Anna zu ihr, weil sie so ein weißes Gesicht hat. Haben Sie sie wirklich noch nicht gesehen?«
»Nein«, sagte ich, »ich habe sie noch nicht gesehen, wohl ein paarmal gehört. Was ist denn mit ihr?«
»Ich sag's nicht gern, aber es ist besser, Sie wissen es. Ihr Gesicht ist ganz zerstört, voller Narben – sie wurde vom Luftdruck in ein Schaufenster geschleudert. Sie werden sie nicht wiedererkennen.«

Am Abend wartete ich lange, bis ich Schritte in der Diele hörte, aber beim ersten Male täuschte ich mich; es war der lange Jugoslawe, der mich erstaunt ansah, als ich so plötzlich in die Diele stürzte. Ich sagte verlegen »Guten Abend« und ging in mein Zimmer zurück.
Ich versuchte, mir ihr Gesicht mit Narben vorzustellen, aber es gelang mir nicht, und immer wenn ich es sah, war es ein schönes Gesicht, auch mit Narben. Ich dachte an die Seifenfabrik, an meine Eltern und an ein anderes Mädchen, mit dem ich damals oft ausgegangen war. Sie hieß Elisabeth, ließ sich aber Mutz nennen, und wenn ich sie küßte, lachte sie immer, und ich kam mir blöde vor. Aus dem Krieg hatte ich ihr Postkarten geschrieben, und sie schickte mir Päckchen mit selbstgebackenen Plätzchen, die immer zerbröselt ankamen, sie schickte mir Zigaretten und Zeitungen, und in einem ihrer Briefe stand: »Ihr werdet schon siegen, und ich bin so stolz, daß du dabei bist.«
Ich aber war gar nicht stolz, daß ich dabei war, und als ich Urlaub bekam, schrieb ich ihr nichts davon und ging mit der Tochter eines Zigarettenhändlers aus, der in unserem Haus wohnte. Ich gab der Tochter des Zigarettenhändlers Seife, die ich von meiner Firma bekam, und sie gab mir Zigaretten, und wir gingen zusammen ins Kino, gingen tanzen, und einmal, als ihre Eltern weg waren, nahm sie mich mit auf ihr Zimmer, und ich drängte sie im Dunkeln auf die Couch; aber als ich mich über sie beugte, knipste sie das Licht an, lächelte listig zu mir hinauf, und ich sah im grellen Licht den Hitler an der Wand hängen, ein Buntfoto, und rings um den Hitler herum, an der rosenfarbenen Tapete, waren in Form eines Herzens Männer mit harten Gesichtern aufgehängt, Postkarten mit Reißnägeln befestigt, Männer, die Stahlhelme trugen und alle aus der Illustrierten ausgeschnitten waren. Ich ließ das Mädchen auf der Couch liegen, steckte mir eine Zigarette an und ging hinaus. Später schrieben beide Mädchen mir Postkarten

in den Krieg, auf denen stand, ich hätte mich schlecht benommen, aber ich antwortete ihnen nicht...

Ich wartete lange auf Anna, rauchte viele Zigaretten im Dunkeln, dachte an vieles, und als der Schlüssel ins Schloß gesteckt wurde, war ich zu bange, aufzustehen und ihr Gesicht zu sehen. Ich hörte, wie sie ihr Zimmer aufschloß, drinnen leise trällernd hin und her ging, und später stand ich auf und wartete in der Diele. Sehr plötzlich war es still in ihrem Zimmer, sie ging nicht mehr hin und her, sang auch nicht mehr, und ich hatte Angst, anzuklopfen. Ich hörte den langen Jugoslawen, der leise murmelnd in seinem Zimmer auf und ab ging, hörte das Brodeln des Wassers in der Küche meiner Wirtin. In Annas Zimmer aber blieb es still, und durch die offene Tür des meinen sah ich die schwarzen Flecke von den vielen ausgedrückten Zigaretten an der Tapete.

Der lange Jugoslawe hatte sich aufs Bett gelegt, ich hörte seine Schritte nicht mehr, hörte ihn nur noch murmeln, und der Wasserkessel meiner Wirtin brodelte nicht mehr, und ich hörte das blecherne Rappeln, als die Wirtin den Deckel auf ihre Kaffeekanne schob. In Annas Zimmer war es immer noch still, und mir fiel ein, daß sie mir später alles erzählen würde, was sie gedacht hatte, als ich draußen vor der Tür stand, und sie erzählte mir später alles.

Ich starrte auf ein Bild, das neben dem Türrahmen hing: ein silbrig schimmernder See, aus dem eine Nixe mit nassem, blondem Haar auftauchte, um einem Bauernjungen zuzulächeln, der zwischen sehr grünem Gebüsch verborgen stand. Ich konnte die linke Brust der Nixe halb sehen, und ihr Hals war sehr weiß und ein wenig zu lang.

Ich weiß nicht wann, aber später legte ich meine Hand auf die Klinke, und noch bevor ich die Klinke herunterdrückte und die Tür langsam aufschob, wußte ich, daß ich Anna gewonnen hatte: Ihr Gesicht war ganz mit bläulich schim-

mernden, kleinen Narben bedeckt, ein Geruch von Pilzen, die in der Pfanne schmorten, kam aus ihrem Zimmer, und ich schob die Tür ganz auf, legte meine Hand auf Annas Schulter und versuchte zu lächeln.
(1953)

So ward Abend und Morgen

Erst mittags war er auf den Gedanken gekommen, die Weihnachtsgeschenke für Anna im Bahnhof am Gepäckschalter abzugeben; er war glücklich über den Einfall, weil er ihn der Notwendigkeit enthob, gleich nach Hause zu gehen. Seitdem Anna nicht mehr mit ihm sprach, fürchtete er sich vor der Heimkehr; ihre Stummheit wälzte sich über ihn wie ein Grabstein, sobald er die Wohnung betreten hatte. Früher hatte er sich auf die Heimkehr gefreut, zwei Jahre lang seit dem Hochzeitstag: Er liebte es, mit Anna zu essen, mit ihr zu sprechen, dann ins Bett zu gehen; am meisten aber liebte er die Stunde zwischen Zu-Bett-Gehen und Einschlafen. Anna schlief früher ein als er, weil sie jetzt immer müde war – und er lag im Dunkeln neben ihr, hörte ihren Atem, und aus der Tiefe der Straße schossen manchmal die Scheinwerfer der Autos Licht über die Zimmerdecke, Licht, das sich senkte, wenn die Autos die Steigung der Straße erreicht hatten, Streifen hellen, gelben Lichts, das für einen Augenblick das Profil seiner schlafenden Frau an die Wand warf; dann fiel wieder Dunkelheit übers Zimmer, und es blieben nur die zarten Kringel: das Muster des Vorhangs, vom Gaslicht der Laterne an die Decke gezeichnet. Diese Stunde liebte er von allen Stunden des Tages am meisten, weil er spürte, wie der Tag von ihm abfiel, und er in den Schlaf tauchte wie in ein Bad.

Jetzt schlenderte er zögernd am Gepäckschalter vorbei, sah hinten seinen Karton noch immer zwischen dem roten Lederkoffer und der Korbflasche stehen. Der offene Aufzug, der vom Bahnsteig herunterkam, war leer, weiß von Schnee: Er senkte sich wie ein Blatt Papier in den grauen Beton des Schalterraums, und der Mann, der ihn bedient hatte, kam nach vorn und sagte zu dem Beamten: »Jetzt wird's richtig Weihnachten. Ist doch schön, wenn die Kinder Schnee haben, was?« Der Beamte nickte, spießte stumm Zettel auf seinen Nagel, zählte das Geld in seiner Holzschublade und sah mißtrauisch zu Brenig hinüber, der den Gepäckschein aus der Tasche genommen, ihn aber dann wieder zusammengelegt und eingesteckt hatte. Er war schon zum drittenmal hier, hatte zum drittenmal den Zettel herausgenommen und ihn wieder eingesteckt. Die mißtrauischen Blicke des Beamten störten ihn, und er schlenderte zum Ausgang, blieb dort stehen und sah auf den leeren Vorplatz. Er liebte den Schnee, liebte die Kälte; als Junge hatte er sich daran berauscht, die kalte klare Luft einzuatmen, und er warf jetzt seine Zigarette weg und hielt sein Gesicht in den Wind, der leichte und sehr viele Schneeflocken auf den Bahnhof zutrieb. Brenig hielt die Augen offen, denn er mochte es, wenn sich die Flocken an seinen Wimpern festklebten, immer neue, während die alten schmolzen und in kleinen Tropfen über seine Wangen liefen. Ein Mädchen ging schnell an ihm vorbei, und er sah, wie ihr grüner Hut, während sie über den Vorplatz lief, vom Schnee bedeckt wurde, aber erst als sie an der Straßenbahnstation stand, erkannte er in ihrer Hand den kleinen, roten Lederkoffer, der neben seinem Karton im Gepäckraum gestanden hatte.

Man sollte nicht heiraten, dachte Brenig, sie gratulieren einem, schicken einem Blumen, lassen blöde Telegramme ins Haus bringen, und dann lassen sie einen allein. Sie erkundigen sich, ob man an alles gedacht hat: an das Küchengerät, vom Salzstreuer bis zum Herd, und zuletzt vergewissern sie sich, ob auch die Flasche mit Suppenwürze im Schrank steht. Sie rechnen nach, ob man eine Familie ernähren kann, aber was es bedeutet, eine Familie zu *sein*, das sagt einem keiner.

Blumen schicken sie, zwanzig Sträuße, und es riecht wie bei einer Beerdigung, dann zerschmeißen sie Porzellan vor der Haustür und lassen einen allein.

Ein Mann ging an ihm vorbei, und er hörte, daß der Mann betrunken war und sang: »Alle Jahre wieder«, aber Brenig veränderte die Lage seines Kopfes nicht, und so bemerkte er erst spät, daß der Mann eine Korbflasche in der rechten Hand trug, und er wußte, daß der Karton mit den Weihnachtsgeschenken für seine Frau jetzt allein oben auf dem obersten Brett im Gepäckraum stand. Ein Schirm war drin, zwei Bücher und ein großes Piano aus Mokkaschokolade: Die weißen Tasten waren aus Marzipan, die dunklen aus reinem Krokant. Das Schokoladenpiano war so groß wie ein Lexikon, und die Verkäuferin hatte gesagt, daß sich die Schokolade ein halbes Jahr hielte. – Vielleicht war ich zu jung zum Heiraten, dachte er, vielleicht hätte ich warten sollen, bis Anna weniger ernst und ich ernster geworden wäre, aber er wußte ja, daß er ernst genug und Annas Ernst gerade richtig war. Er liebte sie deswegen. Um der Stunde vor dem Einschlafen willen hatte er aufs Kino, aufs Tanzen verzichtet, hatte Verabredungen nicht eingehalten. Abends, wenn er im Bett lag, kam Frömmigkeit über ihn, Frieden, und er wiederholte sich dann oft den Satz, dessen Wortlaut er nicht mehr ganz genau wußte: »Gott schuf die Erde und den Mond, ließ sie über den Tag und die Nacht walten, zwischen Licht und Finsternis scheiden, und Gott sah, daß es gut war. So ward Abend und Morgen.« Er hatte sich vorgenommen, in Annas Bibel den Satz noch einmal genau nachzulesen, aber er vergaß es immer wieder. Daß Gott Tag und Nacht erschaffen hatte, erschien ihm mindestens so großartig wie die Erschaffung der Blumen, der Tiere und des Menschen.

Er liebte diese Stunde vor dem Einschlafen über alles. Aber seitdem Anna nicht mehr mit ihm sprach, lag ihre Stummheit wie ein Gewicht auf ihm. Hätte sie nur gesagt: »Es ist kälter geworden...« oder: »Es wird regnen...«, er wäre erlöst gewesen – hätte sie nur »Ja, ja« oder »Nein, nein« gesagt, irgend etwas viel Dümmeres als das, er wäre glücklich und der Gedanke an die Heimkehr wäre nicht mehr schrecklich gewesen. Aber ihr Gesicht war für Augenblicke wie aus Stein, und in diesen Augenblicken wußte er plötzlich, wie sie als alte Frau aussehen würde; er erschrak, sah sich plötzlich dreißig Jahre weit vorwärtsgeworfen in die Zukunft wie eine steinerne Ebene, sah auch sich alt, mit einem Gesicht, wie manche Männer es hatten, die er kannte: gerillt von Bitternis, krampfig von verschlucktem Schmerz und leise mit Galle durchgefärbt bis in die Nasenflügel hinein: Masken, durch den Alltag gestreut wie Totenköpfe...

Manchmal auch, obwohl er sie erst seit drei Jahren kannte, hatte er gewußt, wie sie als kleines Mädchen ausgesehen hatte, er sah sie als Zehnjährige träumend über einem Buch bei Lampenlicht, ernsthaft, dunkel die Augen unter den hellen Wimpern, blinzelnd über dem Gelesenen mit offenem Mund... Oft, wenn er ihr beim Essen gegenübersaß, veränderte sich ihr Gesicht wie jene Bilder, die sich durch Schütteln verändern, und er wußte plötzlich, daß sie schon als Kind genauso dagesessen hatte, vorsichtig die Kartoffeln mit der Gabel zerkleinert und die Soße langsam hatte darübertröpfeln lassen... Der Schnee hatte seine Wimpern fast verklebt, aber er konnte noch die 4 erkennen, die leise über den Schnee heranglitt wie ein Schlitten.

Vielleicht sollte ich sie anrufen, dachte er, sie bei Menders ans Telefon bitten, dann würde sie mit mir sprechen müssen. Gleich nach der 4 würde die 7 kommen, die letzte, die an diesem Abend fuhr, aber ihn fror jetzt, und er ging langsam über den Platz, sah von weitem die hellerleuchtete 7, blieb unentschlossen an der Telefonzelle stehen und sah in ein Schaufenster hinein, wo die Dekorateure Weihnachtsmänner und Engel gegen andere Puppen auswechselten: dekolletierte

Damen, deren nackte Schultern mit Konfetti bestreut, deren Handgelenke mit Luftschlangen gefesselt waren. Puppen von Kavalieren mit graumeliertem Haar wurden hastig auf Barhocker gesetzt, Pfropfen von Sektflaschen auf die Erde gestreut, einer Puppe wurden die Flügel und die Locken abgenommen, und Brenig wunderte sich, wie schnell sich ein Engel in einen Mixer verwandeln ließ. Schnurrbart, dunkle Perücke, und fix an die Wand genagelt der Spruch: »Silvester ohne Sekt?«

Weihnachten war hier schon zu Ende, bevor es angefangen hatte. Vielleicht, dachte er, ist auch Anna zu jung, sie war erst einundzwanzig, und während er im Schaufenster sein Spiegelbild betrachtete, sah er, daß der Schnee seine Haare wie eine kleine Krone bedeckte – so hatte er es früher auf Zaunpfählen gesehen –, fiel ihm ein, daß die Alten unrecht hatten, wenn sie von der fröhlichen Jugendzeit sprachen: Wenn man jung war, war alles ernst und schwer, und niemand half einem, und er wunderte sich plötzlich, daß er Anna ihrer Stummheit wegen nicht haßte, daß er nicht wünschte, eine andere geheiratet zu haben. Das ganze Vokabular, das einem so zugetragen wurde, galt nicht: Verzeihung, Scheidung, neu anfangen, die Zeit wird helfen – alle diese Worte halfen einem nichts. Man mußte allein damit fertig werden, weil man anders war als die anderen, und weil Anna eine andere Frau war als die Frauen der anderen.

Flink nagelten die Dekorateure Masken an die Wände, reihten Knallbonbons auf eine Schnur; die letzte 7 war längst abgefahren, und der Karton mit den Geschenken für Anna stand allein oben auf dem Regal.

Ich bin fünfundzwanzig, dachte er, und muß für eine Lüge, eine kleine Lüge, eine dumme Lüge, wie sie Millionen Männer jede Woche oder jeden Monat begehen, so hart bestraft werden: mit einem Blick in die steinerne Zukunft, muß Anna als Sphinx vor dieser Steinwüste hocken sehen, mich selbst, gelblich durchfärbt von Bitternis als alten Mann. Ja, immer würde die Flasche mit Suppenwürze im Schrank stehen, der Salzstreuer am rechten Ort, und er würde längst Abteilungsleiter sein und seine Familie gut ernähren können: Eine steinerne Sippe, und niemals mehr würde er im Bett liegen und in der Stunde vor dem Einschlafen die Erschaffung des Abends loben, Gott für den großen Feierabend danken, und er würde jungen Leuten zur Hochzeit so dumme Telegramme schikken, wie er sie bekommen hatte...

Andere Frauen hätten gelacht über eine so dumme Lüge wegen des Gehalts: Es war vielleicht eine Art naturbedingter Notwehr, gegen die sie ihre eigenen Lügen erfanden. Annas Gesicht aber war zu Stein geworden. Es gab auch Bücher über die Ehe, und er hatte in diesen Büchern nachgelesen, was man tun konnte, wenn etwas in der Ehe schiefging, aber in keinem der Bücher hatte etwas von einer Frau gestanden, die zu Stein geworden war. Es stand in den Büchern, wie man Kinder bekam und wie man keine Kinder bekam, und es waren viele große und schöne Worte, aber die kleinen Worte fehlten.

Die Dekorateure hatten ihre Arbeit beendet: Luftschlangen hingen über Drähten, die außerhalb des Blickwinkels befestigt waren, und er sah im Hintergrund des Ladens einen von den Männern mit zwei Engeln unter dem Arm verschwinden, während der zweite noch eine Tüte Konfetti über die nackten Schultern der Puppe leerte und das Schild »Silvester ohne Sekt?« noch ein wenig zurückrückte.

Brenig klopfte sich den Schnee von den Haaren, ging über den Platz zurück in die Bahnhofshalle, und als er den Gepäckschein zum viertenmal herausgenommen und geglättet hatte, lief er schnell, als habe er keine Sekunde mehr zu verlieren. Aber der Gepäckschalter war geschlossen, und es hing ein Schild vor dem Gitter: »Wird 10 Minuten vor Ankunft oder Abfahrt eines Zuges geöffnet.« Brenig lachte, er lachte zum erstenmal seit Mittag und blickte auf seinen Karton, der oben auf dem Regal hinter Gittern wie in einem Gefängnis lag. Die Abfahrttafel hing neben dem Schalter, und er sah, daß der nächste Zug erst in einer Stunde ankam. So lange kann ich nicht warten, dachte er, und nicht einmal Blumen oder eine Tafel Schokolade werde ich um diese Zeit bekommen, nicht ein kleines Buch, und die letzte 7 ist weg. Zum erstenmal in seinem Leben dachte er daran, ein Taxi zu nehmen, und er kam sich sehr erwachsen vor, zugleich ein wenig albern, als er über den Bahnhofsvorplatz zu den Taxis lief.

Er saß hinten im Wagen, hielt sein Geld in der Hand: 10 Mark, sein letztes Geld, das er reserviert hatte, um für Anna noch etwas Besonderes zu kaufen, aber er hatte nichts Besonderes gefunden, und nun saß er da mit seinem Geld in der Hand und beobachtete das Taxameter, das in kurzen Abständen – in sehr kurzen Abständen, schien ihm – jedesmal um einen Groschen stieg, und jedesmal, wenn das Taxameter klickte, traf es ihn wie ins Herz, obwohl die Uhr erst bei DM 2,80 stand. Ohne Blumen, ohne Geschenke, hungrig, müde und dumm komme ich nach Hause, und ihm fiel ein, daß er im Wartesaal sicher eine Tafel Schokolade bekommen hätte.

Die Straßen waren leer, das Auto fuhr fast geräuschlos durch den Schnee, und in den Häusern konnte Brenig hinter den erleuchteten Fenstern die Weihnachtsbäume brennen sehen: Weihnachten, das, was er als Kind verstanden und an diesem Tag empfunden hatte, das schien ihm weit weg: Was wichtig war und schwer wog, geschah unabhängig vom Kalender, und in der Steinwüste würde Weihnachten wie irgendein Tag im Jahr und Ostern gleich einem regnerischen Novembertag sein: dreißig, vierzig abgerissene Kalender, Blechhalter mit ausgefransten Papierresten, das würde übrigbleiben, wenn man nicht aufpaßte.

Er erschrak, als der Fahrer sagte: »Da sind wir...« Dann war er erleichtert zu sehen, daß das Taxameter auf DM 3,40 stehengeblieben war. Er wartete ungeduldig, bis er auf sein Fünfmarkstück herausbekommen hatte, und es wurde ihm leicht ums Herz, als er oben Licht sah in dem Zimmer, wo Annas Bett neben seinem stand. Er nahm sich vor, nie diesen Augenblick der Erleichterung zu vergessen, und als er den Hausschlüssel herauszog, ihn in die Tür steckte, spürte er wieder dieses dumme Gefühl, das er beim Besteigen des Taxis gespürt hatte: Er kam sich so erwachsen vor, zugleich ein wenig albern.

In der Küche stand der Weihnachtsbaum auf dem Tisch, und es lagen Geschenke für ihn da: Strümpfe, Zigaretten und ein neuer Füllfederhalter und ein hübscher, bunter Kalender, den er sich im Büro würde über den Schreibtisch hängen können. Die Milch stand in der Kasserolle auf dem Herd, er brauchte nur das Gas anzuzünden, und die Brote waren fertig zubereitet auf dem Teller – aber das war jeden Abend so gewesen, auch seitdem Anna nicht mehr mit ihm sprach, und das Aufstellen des Weihnachtsbaumes und das Zurechtlegen der Geschenke waren wie das Schmieren der Brote: eine Pflicht, und Anna würde immer ihre Pflicht tun. Er hatte keine Lust auf die Milch, und auch die appetitlichen Brote reizten ihn nicht. Er ging in die kleine Diele und sah sofort, daß Anna das Licht gelöscht hatte. Die Tür zum Schlafzimmer war aber offen, und er rief ohne viel Hoffnung leise in das dunkle Viereck: »Anna, schläfst du?« Er wartete, lang schien ihm, als fiele seine Frage unendlich tief, und das dunkle Schweigen in dem dunklen Viereck der Schlafzimmertür enthielt alles, was in dreißig, vierzig Kalenderjahren noch auf ihn wartete – und als Anna »Nein« sagte, glaubte er, sich verhört zu haben, vielleicht war es eine Täuschung, und er sprach hastig und laut weiter: »Ich habe eine Dummheit gemacht. Ich habe die Geschenke für dich bei der Aufbewahrung am Bahnhof abgegeben, und als ich sie holen wollte, war geschlossen, und ich wollte nicht warten. Ist es schlimm?«

Diesmal war er sicher, ihr »Nein« richtig gehört zu haben, aber er hörte auch, daß dieses »Nein« nicht aus der Ecke des Zimmers kam, wo ihre Betten gestanden hatten. Offenbar hatte Anna ihr Bett ans Fenster gerückt. »Es ist ein Schirm«, sagte er, »zwei Bücher und ein kleines Piano aus Schokolade, es ist so groß wie ein Lexikon, die Tasten sind aus Marzipan und Krokant.« Er sprach nicht weiter, lauschte auf Antwort, aber es kam nichts aus dem dunklen Viereck, aber als er fragte: »Freust du dich?«, kam das »Ja« schneller als die beiden »Nein« vorher...

Er löschte das Licht in der Küche, zog sich im Dunkeln aus und legte sich in sein Bett: Durch die Vorhänge hindurch konnte er die Weihnachtsbäume im Hause gegenüber sehen, und unten im Hause wurde gesungen, er aber hatte seine Stunde wieder, hatte zwei »Nein« und ein »Ja«, und wenn ein Auto die Straße heraufkam, schoß der Scheinwerfer für ihn Annas Profil aus der Dunkelheit heraus...

(1954)

Im Tal der donnernden Hufe

I

Der Junge merkte nicht, daß er jetzt an der Reihe war. Er starrte auf die Fliesen des Ganges, der das Seitenschiff vom Mittelschiff trennte: Rot waren sie und weiß, wabenförmig, die roten waren weiß, die weißen rot gesprenkelt; schon konnte er die weißen nicht mehr von den roten unterscheiden, die Platten verschmolzen ineinander, und die dunkle Spur der Zementfugen war verwischt, der Boden schwamm vor seinem Blick wie ein Kiesweg aus roten und weißen Splittern; Rot stach, Weiß stach, wie ein schmutziges Netz lagen die Fugen unklar darüber.

»Du bist an der Reihe«, flüsterte eine junge Frau neben ihm, er schüttelte den Kopf, wies vage mit dem Daumen auf den Beichtstuhl, und die Frau ging an ihm vorüber; für einen Augenblick wurde der Lavendelgeruch stärker; dann hörte er das Murmeln, das schabende Geräusch ihrer Schuhe an der Holzstufe, auf der sie kniete.

Sünden, dachte er, Tod, Sünden; und die Heftigkeit, mit der er die Frau plötzlich begehrte, quälte ihn; er hatte nicht einmal ihr Gesicht gesehen; sanfter Lavendelgeruch, eine junge Stimme, das leichte und doch so harte Geräusch ihrer hohen Absätze, als sie die vier Schritte bis zum Beichtstuhl ging: Dieser Rhythmus der harten und doch so leichten Absätze war nur ein Fetzen der unendlichen Melodie, die ihm Tage und Nächte hindurch in den Ohren brauste. Abends lag er wach, bei offenem Fenster, hörte sie draußen übers Pflaster gehen, über den Asphalt des Gehsteigs: Schuhe, Absätze, hart, leicht, ahnungslos; Stimmen hörte er, Geflüster, Lachen unter den Kastanienbäumen. Es gab zu viele von ihnen, und sie waren zu schön: Manche öffneten ihre Handtaschen, in der Straßenbahn, an der Kinokasse, auf der Ladentheke, ließen ihre offenen Handtaschen in Autos liegen, und er konnte hineinsehen: Lippenstifte, Taschentücher, loses Geld, zusammengeknüllte Fahrscheine, Zigarettenschachteln, Puderdosen.

Immer noch quälten sich seine Augen den Fliesenweg hinauf und hinunter; dornig war dieser Weg und endlos.

»Sie sind doch an der Reihe«, sagte eine Stimme neben ihm, und er blickte auf: Es geschah nicht oft, daß jemand »Sie« zu ihm sagte. Ein kleines Mädchen, rotwangig mit schwarzem Haar. Er lächelte dem Mädchen zu, winkte auch ihr mit dem Daumen. Ihre flachen Kinderschuhe waren ohne Rhythmus. Flüstern dort rechts von ihm. Was hatte er gebeichtet, als er in ihrem Alter war? Ich habe genascht. Ich habe gelogen. Ungehorsam, Schularbeiten nicht gemacht. Ich habe genascht: Zuckerdose, Kuchenreste, Weingläser mit den Resten von Erwachsenenfestlichkeiten. Zigarrenstummel. Ich habe genascht.

»Du bist an der Reihe.« Schon winkte er mechanisch. Männerschuhe, Flüstern und die Aufdringlichkeit dieses sanften Nach-nichts-Riechens.

Wieder fielen seine Augen in die roten und weißen Splitter des Ganges. Seine bloßen Augen schmerzten so heftig, wie seine bloßen Füße auf einem rauhen Kiesweg geschmerzt hätten. Die Füße meiner Augen, dachte er, wandern um ihre Münder wie um rote Seen herum. Die Hände meiner Augen wandern über ihre Haut.

Sünde, Tod und die anmaßende Unaufdringlichkeit dieses Nach-nichts-Riechens. Wenn es doch einen gäbe, der nach Zwiebeln röche, nach Gulasch, Kernseife oder Motor, nach Pfeifentabak, Lindenblüten oder Straßenstaub, nach dem

wilden Schweiß sommerlicher Mühsal, aber sie rochen alle unaufdringlich, rochen nach nichts.
Er hob den Blick über den Gang hinweg, ließ ihn dort drüben ruhen, wo die knieten, die schon absolviert waren und ihre Bußgebete verrichteten. Dort drüben roch es nach Samstag, nach Frieden, Badewasser, Seife, frischem Mohnbrot, nach neuen Tennisbällen, wie seine Schwestern sie sich samstags vom Taschengeld kauften, es roch nach dem klaren, feinen Öl, mit dem Vater samstags immer seine Pistole reinigte: Schwarz war sie, glänzend, seit zehn Jahren nicht benutzt, ein makelloses Andenken aus dem Krieg, unauffällig, zwecklos; sie diente nur der Erinnerung, zauberte Glanz auf Vaters Gesicht, wenn er sie auseinandernahm und reinigte; Glanz vergangener Herrschaft über den Tod, der aus den blassen, silbrig glänzenden Magazinen durch einen leichten Federdruck in den Lauf nachgeschoben werden konnte. Einmal in der Woche am Samstag vor dem Stammtisch diese Feierstunde des Zerlegens, Betastens, Ölens der schwarzen Glieder, die auf dem blauen Lappen ausgebreitet lagen wie die eines sezierten Tiers: der Rumpf, die große Metallzunge des Hahns, die kleineren Innereien, Gelenke und Schräubchen; er durfte zuschauen, gebannt stand er da, stumm vor dem Zauber, der auf Vaters Gesicht lag; hier wurde der Kult eines Instruments zelebriert, das auf eine so offenbare und erschreckende Weise seinem Geschlecht glich: Der Same des Todes wurde aus dem Magazin nachgeschoben. Auch das kontrollierte Vater: ob die Federn der Magazine noch funktionierten. Sie funktionierten noch, und der Sicherungsflügel bannte den Samen des Todes im Lauf; mit dem Daumen, durch eine winzige, zärtliche Bewegung, konnte man ihn befreien, aber Vater befreite ihn nie; zärtlich schoben seine Finger die einzelnen Teile wieder ineinander, bevor er die Pistole unter alten Scheckbüchern und Kontoauszügen begrub.

»Du bist an der Reihe.« Er winkte wieder. Flüstern. Gegengeflüster. Der aufdringliche Geruch von Nichts.
Auf dieser Seite des Ganges, hier roch es nach Verdammnis, Sünde, der klebrigen Gemeinheit der übrigen Wochentage, von denen der Sonntag der schlimmste war: Langeweile, während auf der Terrasse die Kaffeemaschine summte. Langeweile in der Kirche, im Gartenrestaurant, im Bootshaus, Kino oder im Café, Langeweile in den Weinbergen oben, wo das Wachstum des »Zischbrunner Mönchsgartens« kontrolliert wurde, schlanke Finger, die in schlüpfriger Kennerschaft an Trauben herumtasteten; Langeweile, die keinen anderen Ausweg als Sünde anzubieten schien. Überall sah man sie: grünes, rotes, braunes Leder von Handtaschen. Drüben im Mittelschiff sah er den rostfarbenen Mantel der Frau, die er vorgelassen hatte. Er sah ihr Profil, die zarte Nase, die bräunliche Haut, den dunklen Mund, sah ihren Trauring, die hohen Absätze, diese zerbrechlichen Instrumente, in denen die tödliche Melodie sich verbarg: Er hörte sie davongehen, einen langen, langen Weg über harten Asphalt, dann über holpriges Pflaster: das leichte und so harte Stakkato der Sünde. Tod, dachte er, Todsünde.
Nun ging sie tatsächlich: Sie knipste ihre Handtasche zu, stand auf, kniete nieder, bekreuzigte sich, und ihre Beine teilten den Schuhen, die Schuhe den Absätzen, die Absätze den Fliesen den Rhythmus mit.
Der Gang erschien ihm wie ein Strom, den er nie durchqueren würde: Für immer würde er am Ufer der Sünde bleiben. Vier Schritte nur trennten ihn von der Stimme, die lösen und binden konnte, sechs nur waren es bis ins Mittelschiff, wo Samstag herrschte, Frieden, Lossprechung – aber er machte nur zwei Schritte bis zum Gang, erst langsam, dann lief er wie aus einem brennenden Haus hinaus.
Als er die Ledertür aufstieß, trafen ihn Licht und Hitze zu plötzlich, für Augenblicke war er geblendet, seine linke Hand

schlug gegen den Türrahmen, das Gebetbuch fiel auf den Boden, er spürte heftigen Schmerz im Handrücken, bückte sich, hob das Buch auf, ließ die Tür zurückpendeln und blieb im Windfang stehen, um die geknickte Seite des Gebetbuches zu glätten. »Die vollkommene Reue« las er, bevor er das Buch zuklappte; er steckte es in die Hosentasche, rieb mit der rechten Hand über den schmerzenden Handrücken der linken und öffnete vorsichtig die Tür, indem er mit dem Knie dagegen stieß: Die Frau war nicht mehr zu sehen, der Vorplatz war leer, Staub lag auf den dunkelgrünen Blättern der Kastanien; an der Laterne stand ein weißer Eiskarren, am Haken der Laterne hing ein grauer Leinensack mit Abendzeitungen. Der Eismann saß auf dem Bordstein und las in der Abendzeitung, der Zeitungsverkäufer hockte auf einem Holmen des Eiskarrens und leckte an einer Portion Eis. Eine vorüberfahrende Straßenbahn war fast leer: Nur ein Junge stand auf der hinteren Plattform und schwenkte eine grüne Badehose durch die Luft.

Langsam stieß Paul die Tür auf, ging die Stufen hinunter; schon nach wenigen Schritten schwitzte er, es war zu heiß und zu hell, und er sehnte sich nach Dunkelheit.

Manchmal kamen Tage, an denen er alles haßte, nur sich selbst nicht, aber heute war es wie an den meisten Tagen, an denen er nur sich selbst haßte und alles liebte: die offenen Fenster in den Häusern rings um den Platz; weiße Gardinen, das Klirren von Kaffeegeschirr, Männerlachen, den blauen Zigarrenrauch, von jemand ausgestoßen, den er nicht sah; dichte, blaue Wolken kamen aus dem Fenster über der Sparkasse; weißer als frischer Schnee war die Sahne auf einem Stück Kuchen, das ein Mädchen im Fenster neben der Apotheke in der Hand hielt, weiß auch die Sahnespur rings um ihren Mund.

Die Uhr über der Sparkasse zeigte halb sechs.

Paul zögerte einen Augenblick, als er den Eiskarren erreicht hatte, einen Augenblick zu lange, so daß der Eismann vom Bordstein aufstand, die Abendzeitung zusammenfaltete, und Paul konnte in der ersten Zeile der Titelseite lesen: »Chruschtschow«, und in der zweiten Zeile: »offenes Grab«; er ging weiter, der Eismann entfaltete die Zeitung wieder und setzte sich kopfschüttelnd auf den Bordstein zurück.

Als Paul um die Ecke an der Sparkasse vorbeigegangen war und um die zweite Ecke bog, konnte er die Stimme des Ansagers hören, der unten am Flußufer das nächste Rennen der Regatta ankündigte: »Herrenvierer – Ubia, Rhenus, Zischbrunn 67.« Es schien Paul, als rieche und höre er den Fluß, von dem er vierhundert Meter entfernt war: Öl und Algen, den bitteren Rauch der Schleppzüge, das Klatschen der Wellen, wenn die Raddampfer stromabwärts fuhren, das Tuten lang ausheulender Sirenen am Abend; Lampions in den Gartencafés, Stühle so rot, daß sie wie Flammen im Gebüsch zu brennen schienen.

Er hörte den Startschuß, Rufe, Sprechchöre, die zunächst klar im Rhythmus der Ruderschläge riefen: »Zisch-brunn, Rhe-nuss, U-bja«, dann sich ineinander verhedderten: »Rhebrunn, Zisch-nuss, Bja-Zisch-U-nuss.«

Viertel nach sieben – dachte Paul, bis Viertel nach sieben wird die Stadt so leer bleiben, wie sie jetzt ist. Bis hier oben hin standen die parkenden Autos, leer, heiß, stanken nach Öl und Sonne, standen unter Bäumen, zu beiden Seiten der Straße, in Einfahrten.

Als er um die nächste Ecke bog, den Strom und die Berge übersehen konnte, sah er die parkenden Autos oben auf den Hängen, auf dem Schulhof, sie hatten sich bis in die Einfahrten zu den Weinbergen vorgedrängt. In den stillen Straßen, durch die er ging, standen sie zu beiden Seiten, verstärkten den Eindruck der Verlassenheit; Schmerz verursachte ihm die blitzende Schönheit der Autos, blanke Eleganz, gegen die sich die Besitzer durch häßliche Maskottchen zu schützen schienen: Affenfratzen, grinsende Igel, Zebras, verzerrt, mit gebleckten Zähnen, Zwerge mit tödlichem Grinsen über fuchsigen Bärten.

Deutlicher drangen die Sprechchöre hierher, heller die Rufe, dann die Stimme des Ansagers, der den Sieg des Zischbrunner Vierers verkündete. Applaus, ein Tusch, dann das Lied: »Zischbrunn, so an den Höhen gelegen, vom Flusse gekost, vom Weine genährt, von schönen Frauen verwöhnt...« Trompeten pufften die langweilige Melodie wie Seifenblasen in die Luft.

Als er in eine Toreinfahrt einbog, war es plötzlich still. In diesen Hof hinter dem Haus der Griffduhnes drang der Lärm vom Fluß her nur gedämpft; von Bäumen gefiltert, von alten Schuppen aufgefangen, von Mauern verschluckt, klang die Stimme des Ansagers schüchtern herauf: »Damenzweier.« Der Startschuß klang wie die Explosion einer Kinderpistole, Sprechchöre wie Gesang, der hinter Mauern geübt wird.

Jetzt also schlugen die Schwestern die Paddel ins Wasser, wurden ihre derben Gesichter ernst, Schweißperlen traten auf die Oberlippe, dunkel färbten sich die gelben Stirnbänder; jetzt schraubte die Mutter das Fernglas zurecht, stieß mit dem Ellenbogen Vaters Hände weg, die nach dem Fernglas zu greifen versuchten. »Zisch-Zisch-Brunn-Brunn« brüllte der Sprechchor, der die anderen übertönte, nur hin und wieder drang kläglich eine Silbe durch: »U-nuss, Rhe-bja«, dann Gebrüll, das hier im Hof klang, als käme es aus einem gedrosselten Radioapparat. Der Zischbrunner Zweier hatte gewonnen: Entspannt waren jetzt die Gesichter der Schwestern, sie rissen die schweißdunklen Stirnbänder herunter, paddelten ruhig aufs Zielboot zu, winkten den Eltern. »Zisch-Zisch«, riefen die Freunde, »Hoch! Zisch!« Über ihre Tennisbälle, dachte Paul, rotes Blut über die weißen haarigen Bälle.

»Griff«, rief er leise, »bist du oben?«

»Ja«, antwortete eine müde Stimme, »komm 'rauf!«
Die hölzerne Stiege war vollgesogen mit Sommerhitze, es roch nach Teer und nach Seilen, die schon seit zwanzig Jahren nicht mehr verkauft wurden. Griffs Großvater hatte noch alle diese Schuppen, Gebäude, Mauern besessen. Griffs Vater besaß kaum noch ein Zehntel davon, und »Ich«, sagte Griff immer, »ich werde nur noch den Taubenschlag besitzen, in dem mein Vater früher einmal Tauben hielt. Man kann sich bequem darin ausstrecken, und ich werde dort hocken und den dicken Zeh meines rechten Fußes betrachten – aber auch den Taubenschlag werde ich nur besitzen, weil sich keiner mehr dafür interessiert.«
Hier oben waren die Wände mit alten Fotos tapeziert. Dunkelrot waren die Bilder, fast fuchsig, ihr Weiß war wolkig und gelblich geworden: Picknicks der neunziger, Regatten der zwanziger, Leutnants der vierziger Jahre; junge Mädchen, die als Großmütter vor dreißig Jahren gestorben waren, blickten wehmütig über den Flur auf ihre Lebensgefährten: Weinhändler, Seilhändler, Werftbesitzer, deren biedermeierliche Wehmut Daguerres frühe Jünger auf die Platte gebannt hatten: Ein Student aus dem Jahre 1910 blickte ernst auf seinen Sohn: einen Fähnrich, der am Peipus-See erfroren war. Gerümpel stand auf dem Flur, dazwischen ein modisches Bücherbrett mit Einmachgläsern, leeren, in denen die schlaffen, roten Gummiringe zusammengerollt lagen, volle, deren Inhalt nur an wenigen Stellen durch den Staub hindurch zu sehen war; dunkles Pflaumenmus oder Kirschen, deren Röte kraftlos war, blaß wie die Lippen kränklicher Mädchen.
Griffduhne lag mit entblößtem Oberkörper auf dem Bett; seine weiße, eingefallene Brust stach erschreckend gegen seine roten Wangen ab: Er sah aus wie eine Mohnblume, deren Stiel schon abgestorben ist. Ein rohleinenes Bettuch hing vor dem Fenster, wie geröntgt von der Sonne waren Flecken darin sichtbar; das Sonnenlicht drang, zu einer gelben Däm-

merung gefiltert, ins Zimmer. Schulbücher lagen auf der Erde, eine Hose hing über dem Nachttisch, Griffs Hemd über dem Waschbecken; ein Jackett aus grünem Samt hing an einem Nagel an der Wand zwischen dem Kruzifix und Fotos aus Italien: Esel, Steilküste, Kardinäle. Ein offenes Glas Pflaumenmus, in dem ein Blechlöffel stak, stand auf dem Fußboden neben dem Bett.

»Sie rudern schon wieder; Rudern, Paddeln, Wassersport – das sind so ihre Probleme. Tanz, Tennis, Winzerfest, Abschlußfeiern. Lieder. Bekommt das Rathaus goldene, silberne oder kupferne Säulen? Mein Gott, Paul«, sagte er leise, »bist du tatsächlich dort gewesen?«

»Ja.«

»Und?«

»Nichts, ich bin wieder gegangen. Ich konnte nicht. Es ist sinnlos. Und du?«

»Ich geh' schon lange nicht mehr hin. Wozu? Ich habe darüber nachgedacht, welches die richtige Größe für unser Alter ist: Ich bin zu groß für vierzehn, sagen sie, du bist zu klein für vierzehn. Kennst du einen, der die richtige Größe hat?«

»Plokamm hat die richtige Größe.«

»Na, und möchtest du sein wie er?«

»Nein.«

»Na, siehst du«, sagte Griff, »es gibt...« Er stutzte, schwieg, beobachtete Pauls Blick, der suchend und unruhig durchs Zimmer glitt. »Was ist los? Suchst du was?«

»Ja«, sagte Paul, »wo hast du sie?«

»Die Pistole?«

»Ja, gib sie mir.« Über dem Karton mit den frischen Tennisbällen werde ich es tun, dachte er. »Komm«, sagte er heftig, »rück sie 'raus.«

»Ach«, sagte Griff, schüttelte den Kopf, nahm verlegen den Löffel aus dem Pflaumenmus, steckte ihn wieder ins Glas, legte die Hände ineinander. »Nein, laß uns lieber rauchen.

Wir haben Zeit bis Viertel nach sieben. Rudern, Paddeln – vielleicht wird es noch später. Gartenfest. Lampions. Siegerehrung. Deine Schwestern haben im Zweier gewonnen. Zisch, zisch, zisch...«, machte er leise.

»Zeig mir die Pistole.«

»Ach, wozu.« Griff richtete sich auf, packte das Einmachglas und warf es gegen die Wand: Scherben fielen herunter, der Löffel schlug auf die Kante des Bücherbords, von dort fiel er im Salto vors Bett. Das Mus klatschte auf ein Buch, auf dem »Algebra I« stand, ein Rest floß in sämiger Bläue über die gelbe Tünche der Wand, verfärbte sich grünlich. Ohne Bewegung, ohne ein Wort zu sprechen, blickten die Jungen auf die Wand. Als der Lärm des Aufschlags verklungen, der letzte Rest Brühe heruntergeflossen war, blickten sie sich erstaunt an: Das Zerschmettern des Glases hatte sie nicht berührt.

»Nein«, sagte Paul, »das ist nicht das Richtige. Die Pistole ist besser, vielleicht auch Feuer, ein Brand oder Wasser – am besten die Pistole. Töten.«

»Wen denn?« fragte der Junge auf dem Bett; er beugte sich hinunter, hob den Löffel auf, leckte ihn ab und legte ihn mit zärtlicher Behutsamkeit auf den Nachttisch.

»Wen denn?«

»Mich«, sagte Paul heiser, »Tennisbälle.«

»Tennisbälle?«

»Ach, nichts, gib sie mir. Jetzt.«

»Gut«, sagte Griff, er riß das Bettuch beiseite, sprang auf, stieß die Scherben des Glases mit dem Fuß weg, bückte sich und nahm einen schmalen, braunen Karton aus dem Bücherbord. Der Karton war nur wenig größer als eine Zigarettenschachtel.

»Was«, sagte Paul, »das ist sie? Da drin?«

»Ja«, sagte Griff, »das ist sie.«

»Und damit hast du auf dreißig Meter Entfernung achtmal auf

eine Konservendose geschossen und hast siebenmal getroffen?«
»Ja, siebenmal«, sagte Griff unsicher, »willst du sie nicht mal ansehen?«
»Nein, nein«, sagte Paul; er blickte zornig auf den Karton, der nach Sägemehl roch, nach der Masse, in die Knallkorken eingebettet waren. »Nein, nein, ich will sie nicht ansehen. Zeig mir die Munition.«
Griff bückte sich. Aus seinem langen, blassen Rücken sprangen die Wirbelknochen heraus, verschwanden wieder, und diesmal hatte er den Karton, der so groß war wie eine Zündholzschachtel, schnell geöffnet. Paul nahm eins von den kupfernen Geschossen, hielt es zwischen zwei Fingerspitzen, wie um seine Länge zu prüfen, drehte es hin und her, betrachtete kopfschüttelnd den runden, blauen Kopf des Geschosses. »Nein«, sagte er, »da ist doch nichts dran. Mein Vater hat eine – ich werde die von meinem Vater holen.«
»Die ist doch weggeschlossen«, sagte Griff.
»Ich werde sie schon kriegen. Es muß nur vor halb acht sein. Dann reinigt er sie immer, bevor er zum Stammtisch geht, nimmt sie auseinander: Sie ist groß, schwarz und glatt, schwer, und die Geschosse sind dick, so« – er zeigte es – »und...«, er schwieg, seufzte: über den Tennisbällen, dachte er.
»Willst du dich denn wirklich erschießen, richtig?«
»Vielleicht«, sagte Paul. Die Füße meiner Augen sind wund, die Hände meiner Augen sind krank, dachte er. »Ach, du weißt doch.«
Griffs Gesicht wurde plötzlich dunkel und starr, er schluckte, ging auf die Tür zu, wenige Schritte nur; dort blieb er stehen.
»Du bist doch mein Freund«, sagte er, »oder nicht?«
»Doch.«
»Dann hol auch ein Glas und wirf es an die Wand. Willst du das tun?«
»Wozu?«

»Meine Mutter«, sagte Griff, »meine Mutter hat gesagt, sie will sich das Zimmer ansehen, wenn sie von der Regatta kommt, will sehen, ob ich mich gebessert habe. Ordnung und so. Sie hat sich über mein Zeugnis geärgert. Sie soll sich mein Zimmer ansehen – holst du das Glas jetzt?«
Paul nickte, ging auf den Flur hinaus und hörte Griff rufen: »Nimm Mirabellenmarmelade, wenn noch welche da ist. Was Gelbes würde gut aussehen, netter als dieser rötlich-blaue Schmier.« Paul wischte im Halbdunkel draußen an den Gläsern herum, bis er ein gelbes entdeckt hatte. Sie werden es nicht begreifen, dachte er, keiner wird es begreifen, aber ich muß es tun; er ging ins Zimmer zurück, hob die rechte Hand und warf das Glas gegen die Wand. »Es ist nicht das Richtige«, sagte er leise, während sie beide die Wirkung des Wurfes beobachteten, »es ist nicht das, was ich möchte.«
»Was möchtest du denn?«
»Ich möchte was zerstören«, sagte Paul, »aber nicht Gläser, nicht Bäume, nicht Häuser – ich will auch nicht, daß deine Mutter sich ärgert oder meine; ich liebe meine Mutter, auch deine – es ist so sinnlos.«
Griff ließ sich aufs Bett zurückfallen, bedeckte sein Gesicht mit den Händen und murmelte: »Kuffang ist zu diesem Mädchen gegangen.«
»Zu der Prohlig?« – »Ja.«
»Ach«, sagte Paul, »bei der war ich auch.«
»Du?«
»Ja. Sie ist nicht ernst. Kichert da im Hausflur herum – dumm, sie ist dumm. Weiß nicht, daß es Sünde ist.«
»Kuffang sagt, daß es schön ist.«
»Nein, ich sage dir, es ist nicht schön. Kuffang ist auch dumm, du weißt doch, daß er dumm ist.«
»Ich weiß es, aber was willst du tun?«
»Nichts mit Mädchen – die kichern. Ich habe es versucht. Sie sind nicht ernst – kichern da herum.« Er ging zur Wand,

schmierte mit dem Zeigefinger durch den großen Klecks Mirabellenmus. »Nein«, sagte er, ohne sich umzuwenden, »ich gehe, ich hole die Pistole meines Vaters.«
Über die Tennisbälle, dachte er. Sie sind so weiß wie gewaschene Lämmer. Über die Lämmer hin das Blut.
»Frauen«, sagte er leise, »nicht Mädchen.«
Der gefilterte Lärm von der Regatta her drang schwach ins Zimmer. Herrenachterrudern. Zischbrunn. Diesmal gewann Rhenus. Langsam trocknete das Mus an der hölzernen Wand, wurde hart wie Kuhfladen, Fliegen summten im Zimmer umher, süßlich roch es, Fliegen krochen über Schulbücher, Kleider, flogen gierig von einem Klecks, von einer Pfütze zur anderen, zu gierig, um auf einer Pfütze zu verharren. Die beiden Jungen rührten sich nicht. Griff lag auf dem Bett, starrte an die Decke und rauchte. Paul hockte auf der Bettkante, nach vorne gebeugt wie ein alter Mann; tief in ihm, über ihm, an ihm haftete eine Last, für die er keinen Namen wußte, dunkel war sie und schwer. Plötzlich stand er auf, lief auf den Gang hinaus, ergriff eins der Einmachgläser, kam ins Zimmer zurück, hob das Glas – aber er warf nicht; er blieb mit dem Glas in der erhobenen Hand stehen, langsam sank sein Arm, der Junge setzte das Glas ab, auf einen Papiersack, der dort zusammengefaltet auf dem Bücherbord lag. »Hosen-Fürst«, stand auf dem Papiersack, »Hosen nur von Hosen-Fürst.«
»Nein«, sagte er, »ich geh' und hol' sie.«
Griff blies den Rauch seiner Zigarette auf die Fliegen zu, zielte dann mit dem Stummel auf eine der Pfützen, Fliegen flogen hoch, setzten sich zögernd um den qualmenden Stummel herum, der langsam ins Mus hineinsank und verzischte.
»Morgen abend«, sagte er, »werde ich in Lübeck sein, bei meinem Onkel; fischen werden wir, segeln und baden in der Ostsee; und du, du wirst morgen im Tal der donnernden Hufe sein.« Morgen, dachte Paul, der sich nicht rührte, mor-

gen will ich tot sein. Blut über die Tennisbälle, dunkelrot wie im Fell des Lammes; das Lamm wird mein Blut trinken. O Lamm. Den kleinen Lorbeerkranz der Schwestern werde ich nicht mehr sehen: »Den Siegerinnen im Damen-Zweier«, schwarz auf gold; oben wird er hängen zwischen den Ferienfotos aus Zalligkofen, zwischen vertrockneten Blumensträußen und Katzenbildern; neben dem eingerahmten »Zeugnis der mittleren Reife«, das über Rosas Bett hing, neben dem Diplom fürs Fahrtenschwimmen, das über Franziskas Bett hing; zwischen den Farbdrucken der Schutzpatroninnen: Rosa von Lima, Franziska Romana; neben dem anderen Lorbeerkranz: »Den Siegerinnen im Damen-Doppel«; unter dem Kruzifix. Hart wird das dunkelrote Blut im Flaum der Tennisbälle kleben, Blut des Bruders, der den Tod der Sünde vorzog.

»Einmal muß ich es sehen, das Tal der donnernden Hufe«, sagte Griff, »ich muß dort oben sitzen, wo du immer sitzt, muß sie hören, die Pferde, wie sie den Paß heraufkommen, zum See hinuntergaloppieren, hören muß ich, wie ihre Hufe in der engen Schlucht donnern – wie ihr Wiehern über die Bergeshöhen hinausfließt – wie – wie eine leichte Flüssigkeit.«

Paul blickte verächtlich auf Griff, der sich aufgerichtet hatte und begeistert beschrieb, was er nie gesehen hatte: Pferde, viele, die über den Paß kamen, mit donnernden Hufen ins Tal galoppierten. Aber es war nur *eins* dort gewesen, und nur *ein*mal: ein junges, das aus der Koppel gestürmt, zum See hinuntergelaufen war, und das Geräusch der Hufe war nicht wie Donnern gewesen, nur wie Klappern, und so lange schon war es her, drei, vielleicht vier Jahre.

»Und du«, sagte er leise, »wirst also fischen gehen und segeln, baden, und die kleinen Bäche hinaufwandern, in Wasserstiefeln, und Fische mit der Hand fangen.«

»Ja«, sagte Griff müde, »mein Onkel fängt Fische mit der

Hand, sogar Lachse, ja –« Er sank aufs Bett zurück und seufzte. Sein Onkel in Lübeck hatte noch nie einen Fisch gefangen, nicht einmal mit der Angel oder im Netz, und er, Griff, zweifelte daran, ob es in der Ostsee und den kleinen Bächen dort oben überhaupt Lachse gab. Sein Onkel besaß nur eine kleine Marinadenfabrik; in alten Schuppen auf dem Hinterhof wurden die Fische aufgeschlitzt, ausgenommen, eingesalzen oder eingelegt, in Öl oder Tomatenbrühe; sie wurden in Büchsen gepreßt von einer alten Maschine, die sich wie ein müder Amboß stöhnend über die winzigen Büchsen warf, die Fische ins Weißblech einsperrte. Klumpen feuchten Salzes lagen auf dem Hof herum, Gräten und Fischhaut, Schuppen und Eingeweide, Möwen kreischten, und helles, rotes Blut spritzte auf die weißen Arme der Arbeiterinnen, rann wässerig von den Armen herunter.

»Lachse«, sagte Griff, »sind glatt, silbern und rosa, stark sind sie, viel zu schön, um gegessen zu werden; wenn du sie in der Hand hältst, kannst du ihre starken Muskeln spüren.«

Paul schauderte: Sie hatten Weihnachten einmal Lachs aus Büchsen gegessen, eine kittfarbene Masse, von rosigem Saft umspült, mit Splittern von Gräten durchsetzt.

»Und du kannst sie in der Luft fangen, wenn sie springen«, sagte Griff; er erhob sich, kniete sich aufs Bett, warf die gespreizten Hände in die Luft, näherte sie einander, bis sie wie zu einem Würgegriff bereit standen; diese starren Hände, das unbewegte Gesicht des Jungen, alles schien zu jemand zu gehören, der eine strenge Gottheit anbetet: Das sanfte, gelbe Licht umfloß diese starren Jungenhände, gab dem roten Gesicht eine dunkle, bräunliche Färbung – »So«, sagte Griff leise, schnappte dann mit den Händen nach dem Fisch, der nicht da war, ließ die Hände plötzlich herunterfallen, schlaff, wie tot an seiner Seite herunterbaumeln. »Ach«, sagte er, sprang vom Bett herunter, nahm den Karton mit der Pistole vom Bücherbrett, öffnete ihn, bevor Paul sich abwenden konnte, und hielt ihm die offene Unterseite des Kartons mit der Pistole hin. »Sieh sie dir jetzt an«, sagte er, »sieh sie dir an.« Die Pistole sah kläglich aus, nur in der Härte des Materials unterschied sie sich von einer Kinderpistole, sie war noch flacher, nur die Gediegenheit des Nickels gab ihr ein wenig Glanz und eine Spur von Ernst. Griffduhne warf den offenen Karton mit der Pistole in Pauls Schoß, nahm das verschlossene Einmachglas vom Bücherbord, schraubte den Deckel ab, löste den fauligen Gummiring aus der Fuge, nahm die Pistole aus dem Karton, versenkte sie langsam im Mus; die Jungen beobachteten beide, wie der Spiegel des Eingemachten sich nur wenig hob, kaum über die Verengung des Halses hinaus. Griff legte den Gummiring wieder in die Fuge, schraubte den Deckel auf und stellte das Glas auf das Bücherbord zurück.

»Komm«, sagte er, und sein Gesicht war wieder hart und dunkel, »komm, wir holen uns deines Vaters Pistole.«

»Du kannst nicht mitgehen«, sagte Paul. »Ich muß ins Haus einsteigen, weil sie mir keinen Schlüssel gegeben haben, von hinten muß ich 'rein; es würde auffallen; sie haben mir keinen Schlüssel gegeben, weil sie glauben, daß ich zur Regatta komme.«

»Rudern«, sagte Griff, »Wassersport, das ist es, was sie im Kopf haben.« Er schwieg, und sie lauschten beide zum Fluß hin: die Rufe der Eisverkäufer waren zu hören, Musik, Trompetenstöße, ein Dampfer tutete.

»Pause«, sagte Griff. »Noch Zeit genug. Gut, geh allein, aber versprich mir, daß du mit der Pistole herkommst. Versprichst du es mir?«

»Ja.«

»Gib mir die Hand.«

Sie gaben sich die Hände: Die waren warm und trocken, und

sie wünschten beide, des anderen Hand wäre härter gewesen.
»Wie lange wirst du brauchen?«
»Zwanzig Minuten«, sagte Paul, »ich habe es so oft ausgedacht, aber noch nie getan – mit dem Schraubenzieher. Zwanzig Minuten werde ich brauchen.«
»Gut«, sagte Griff, warf sich auf dem Bett herum und nahm die Armbanduhr aus dem Nachttisch. »Es ist zehn vor sechs, um Viertel nach wirst du zurück sein.«
»Um Viertel nach«, sagte Paul. Er blieb zögernd in der Tür stehen, betrachtete die großen Kleckse an der Wand: Gelb und rotblau. Schwärme von Fliegen klebten an den Klecksen, aber keiner von den Jungen rührte eine Hand, sie wegzuscheuchen. Lachen kam vom Flußufer herauf: Die Wasserclowns hatten begonnen, die Pause zu würzen. Ein »Ah« kam wie ein großer, sanfter Seufzer, die Jungen blickten erschrocken auf das Bettuch, als erwarteten sie, daß es sich blähen würde, aber es hing schlaff, gelblich, die Schmutzflecke waren dunkler geworden, die Sonne war weiter nach Westen gerückt.
»Wasserski«, sagte Griff, »die Weiber von der Hautcremefirma.« Ein »Oh« kam vom Fluß herauf, Stöhnen, und wieder blähte das Bettuch sich nicht.
»Die einzige«, sagte Griff leise, »die einzige, die wie eine Frau aussieht, ist die Mirzowa.« Paul rührte sich nicht. »Meine Mutter«, sagte Griff, »hat den Zettel entdeckt, auf dem die Sachen von der Mirzowa standen – und ihr Bild.«
»Mein Gott«, sagte Paul, »hast du auch einen gehabt?«
»Ja«, sagte Griff, »ja. Ich hab' mein ganzes Taschengeld dafür gegeben – ich – ich weiß nicht, warum ich es getan habe. Ich hab' den Zettel gar nicht gelesen, hab' ihn ins Zeugnisheft gesteckt, und meine Mutter fand ihn. Weißt du, was drauf stand?« »Nein«, sagte Paul, »nein, es ist sicher gelogen, und ich will es nicht wissen. Alles, was Kuffang tut, ist gelogen. Ich will...«

»Geh«, sagte Griff heftig, »geh schnell und hol die Pistole, komm zurück. Du hast es versprochen. Geh, geh.«
»Gut«, sagte Paul, »ich gehe.« Er wartete noch einen Augenblick, lauschte zum Fluß hin: Lachen drang herauf, Trompetenstöße. »Daß ich nie an die Mirzowa gedacht habe –.« Und er sagte noch einmal: »Gut«, und ging.

2

Stempel können so sein, dachte sie, Miniaturen oder bunte Medaillen: Scharf ausgestochen waren die Bilder, rund und klar, eine ganze Serie. Sie sah es aus zwölfhundert Meter Entfernung, durchs Fernglas zwölffach vergrößert: Die Kirche mit Sparkasse und Apotheke, mitten auf dem grauen Platz ein Eiskarren, das erste Bild, unverbindlich und unwirklich; ein Stück vom Flußufer, darüber als halbrunden Horizont grünes Wasser, Boote darauf, bunte Wimpel, das zweite Bild, die zweite Miniatur. Die Serie ließ sich beliebig erweitern: Hügel mit Wald und Denkmal; drüben – wie hießen sie doch? – Rhenania und Germania, fackeltragende, stabile Weibsbilder mit strengen Gesichtern auf Bronzesockeln, einander zugewandt; Weinberge, mit grünen Weinstöcken – salzig kam der Haß in ihr hoch, bitter und wohltuend: Sie haßte den Wein; immer sprachen sie vom Wein, und alles, was sie taten, sangen und glaubten, wurde mit Wein in einen feierlichen Zusammenhang gebracht: aufgedunsene Gesichter, Münder, aus denen saurer Atem kam, heisere Fröhlichkeit, Rülpser, kreischende Weiber, die schwammige Dummheit der Männer, die glaubten, diesem – wie hieß er doch? – Bacchus ähnlich zu sein. Dieses Bild hielt sie lange fest: Dieses kleine Bild klebe ich bestimmt in das Album meiner Erinnerungen ein, rundes Bild aus Grün, Weinberg mit Stöcken. Vielleicht, dachte sie, könnte ich an dich glauben, du, der du ihr Gott bist, wäre es nicht Wein, aus dem dein Blut für sie verwandelt wird, verschwendet an sie, vergossen für diese nichtsnutzigen Dumm-

köpfe. Scharf wird meine Erinnerung sein, so sauer, wie die Trauben um diese Zeit schmecken, wenn man sich eine von den erbsengroßen Beeren abpflückt. Klein waren alle Bilder, klar und zum Einkleben fertig: Miniaturen aus Himmelblau, Ufergrün, Flußgrün, Fahnenrot, mit Lärm untermischt, der unter die Bilder strömte, wie im Kino, gesprochener Text, hineingeschnittene Musik: Sprechchöre, Hurrarufe, Siegesgeheul, Trompetenklang, Lachen, und die kleinen, weißen Boote darin, so winzig wie Federn junger Vögel, so leicht auch und so schnell verweht, flink huschten die weißen Federn durchs grüne Wasser; wenn sie den Rand des Fernglases erreicht hatten, brauste der Lärm ein wenig stärker auf. So also werde ich alles in Erinnerung behalten: Nur ein kleines Album voll Miniaturen. Eine winzige Drehung am Fernglas, und schon verschwamm alles, Rot mit Grün, Blau mit Grau; noch eine Drehung der Schraube, und es blieb nur ein runder Fetzen Nebel, in dem Lärm ertönte wie Hilfegeschrei einer verirrten Bergsteigergruppe, Rufe der Rettungsmannschaft.
Sie schwenkte das Glas, wanderte langsam damit über den Himmel, stach sich runde Stücke Blau heraus; so wie die Mutter, wenn sie Plätzchen buk, mit den Blechformen in den gleichmäßig gelben Teig stach, so stach sie in den gleichmäßig blauen Himmel: runde Plätzchen Himmel – blau, viele, viele. Aber auch dort, wo ich hinfahren werde, wird es blauen Himmel geben, wozu also diese Miniaturen ins Album kleben? Weg damit. Langsam ließ sie das Glas gleiten. Vorsicht, dachte sie, jetzt fliege ich, und sie spürte leichten Schwindel, als sie vom Blau des Himmels auf die Bäume der Allee zuflog, in weniger als einer Sekunde mehr als einen Kilometer durchmaß; an den Bäumen vorbei, über den grauen Schiefer des Nachbarhauses – dann sah sie in ein Zimmer hinein: eine Puderdose, eine Madonna, ein Spiegel, ein einzelner schwarzer Männerschuh auf blankem Fußboden; sie flog weiter, zum

Wohnzimmer: ein Samowar, eine Madonna, ein großes Familienfoto, die Messingleiste für den Teppich und der braunrote, warme Schimmer von Mahagoni. Sie hielt an, aber noch schwang der Schwindel in ihr nach, pendelte nur langsam aus: Dann sah sie den offenen Karton mit den schneeweißen Tennisbällen in der Diele – wie häßlich diese Bälle aussehen, dachte sie, so wie an Frauenstatuen, die ich nicht mag, manchmal die Brüste aussehen; die Terrasse: Ein Sonnenschirm, ein Tisch mit Decke und schmutzigem Geschirr, eine leere Weinflasche, auf der noch die weiße Stanniolkapsel steckte; o Vater, dachte sie, wie schön, daß ich zu dir fahren werde, und wie schön, daß du kein Weintrinker, sondern ein Schnapstrinker bist.

Vom Garagendach tropfte an einigen Stellen flüssiger Teer; dann erschrak sie, als Pauls Gesicht – vierundzwanzig Meter, unendlich weit und im Fernglas doch nur zwei Meter von ihr entfernt – direkt auf sie zukam. Sein bleiches Gesicht sah aus, als habe er etwas Verzweifeltes vor: Er blinzelte gegen die Sonne an, hatte die Arme mit geballten Fäusten schlaff herunterhängen, so als trüge er etwas, aber er trug nichts; leer waren diese Fäuste, verkrampft, er bog um die Garagenecke, schwitzend, mühsam atmend, sprang auf die Terrasse, Geschirr klirrte auf dem Tisch; er rappelte an der Tür, machte zwei Schritte nach links, schwang sich auf die Fensterbank und sprang ins Zimmer. Silbern sang der Samowar auf, als Paul gegen die Anrichte stieß; im Innern des Schrankes teilten die Ränder der Gläser einander die Erschütterung mit, zirpten noch, als der Junge weiterlief, über die Messingleiste an der Schwelle; bei den Tennisbällen stockte er, bückte sich, berührte die Bälle aber nicht; lange blieb er dort stehen, streckte wieder die Hände aus, fast wie zur Segnung oder Zärtlichkeit, zog plötzlich ein kleines Buch aus der Tasche, warf es auf den Boden, hob es wieder auf, küßte es und legte es auf den kleinen Kasten unter dem Garderobenspiegel;

dann sah sie nur noch seine Beine, als er die Treppe hinauflief, und im Zentrum dieser Miniatur blieb der Karton mit den Tennisbällen.

Sie seufzte, senkte das Glas, ließ den Blick lange auf dem Muster des Teppichs ruhen: Rostrot war er, schwarz gemustert mit unzähligen Quadraten, die sich zu Labyrinthen miteinander verbanden, immer sparsamer wurde zur Mitte jedes Labyrinths das Rot, heftiger das Schwarz, stechend fast in seiner Makellosigkeit.

Sein Schlafzimmer lag vorn, zur Straße hin; sie wußte es noch aus der Zeit, als er mit ihr noch hatte spielen dürfen: Es mußte ein oder zwei Jahre her sein; sie hatte es so lange gedurft, bis er angefangen hatte, mit so merkwürdiger Hartnäckigkeit auf ihre Brust zu starren, daß es sie im Spiel störte, und sie hatte gefragt: Was guckst du so, willst du es sehen?, und er hatte wie im Traum genickt; sie hatte die Bluse geöffnet, und erst, als es zu spät war, hatte sie gewußt, daß es falsch war; daß es falsch war, sah sie nicht einmal in seinen Augen, sondern in den Augen seiner Mutter, die die ganze Zeit über im Zimmer gewesen war, nun herbeikam und schrie, während das Dunkle in ihren Augen hart wurde wie Stein – ach, auch diesen Schrei muß ich auf einer der Schallplatten meiner Erinnerung festhalten; so müssen die Schreie gewesen sein bei den Hexenverbrennungen, von denen der Mann immer erzählte, der mit Mutter diskutieren kam; er sah aus wie ein Mönch, der nicht mehr an Gott glaubt – und die Mutter sah aus wie eine Nonne, die nicht mehr an ihren Gott glaubt: Heimgekehrt in dieses Zischbrunn, nach Jahren bitterer Enttäuschung, salzigen Irrtums, konserviert in ihrem verlorenen Glauben an etwas, das Kommunismus hieß, schwimmend in der Lauge der Erinnerung an einen Mann, der Mirzow hieß, Schnaps trank und den Glauben, den sie verlor, nie gehabt hatte; salzig wie ihr Herz waren auch die Worte der Mutter.

Schrei über Teppichmuster hin, zerstörtes Spiel am Boden:

Modelle von Eigenheimen, für die sein Vater vor zwanzig Jahren einmal Generalvertreter gewesen war, Häuschen, wie sie seit zwanzig Jahren nicht mehr gebaut wurden; alte Rohrpostbüchsen aus dem Bankhaus, Seilmuster, die der andere Junge – ja, Griff hieß er – beigesteuert hatte; Korken verschiedener Größe, verschiedener Form; Griff war an diesem Nachmittag nicht dabeigewesen. Alles zerstört von diesem Schrei, der für die Zukunft wie ein Fluch über ihr hängenblieb: Sie war das Mädchen, das getan hatte, was man nicht tut.

Während sie seufzte, ruhte ihr Auge lange auf dem rostroten Teppich, bewachte die blinkende Schwelle, auf der seine braunen Halbschuhe wieder erscheinen mußten.

Müde schwenkte sie zum Tisch hinüber: unter dem Sonnenschirm auf der Terrasse ein Obstkorb, dunkelbraunes Geflecht voller Apfelsinenschalen, die Weinflasche mit dem Etikett: »Zischbrunner Mönchsgarten«; Stilleben reihten sich nun nebeneinander, unterströmt vom Lärm der Regatta: schmutzige Teller mit Spuren von Eiskrem; die zusammengefaltete Abendzeitung, sie konnte das zweite Wort der Schlagzeile lesen: »Chruschtschow«, das zweite der zweiten Zeile: »offenes Grab«; Zigaretten mit braunem Filtermundstück, andere weiß, im Aschenbecher zerdrückt, ein Prospekt von einer Eisschrankfirma – aber sie hatten doch längst einen! –, eine Streichholzschachtel; rotbraun das Mahagoni, wie gemaltes Feuer auf alten Bildern, strahlend der Samowar auf dem Büfett, silbern und blank, seit Jahren unbenutzt, leuchtend wie eine seltsame Trophäe: Teewagen mit Salzfaß und Senftopf, das große Familienfoto: Die Kinder mit Eltern am Tisch in einem Ausflugslokal, im Hintergrund der Weiher mit Schwänen, dann die Kellnerin mit dem Tablett, auf dem zwei Bierkrüge und drei Limonadenflaschen standen; vorn die Familie am Tisch: rechts, von der Seite zu sehen, der Vater, hielt eine Gabel vor der Brust, auf die ein Stück Fleisch gespießt war, Nudeln ringelten sich ums Fleisch herum, links die Mutter, zerknüllte Serviette in der linken, einen Löffel in der rechten Hand; in der Mitte die Kinder, mit den Köpfen unter dem Rand des Tabletts der Kellnerin: Eisbecher reichten ihnen bis zum Kinn, Lichtflecken, vom Laub gefiltert, lagen auf ihren Wangen, in der Mitte, eingerahmt von den Lockenköpfen der Schwestern, der, der eben so lange bei den Tennisbällen stehengeblieben, dann nach oben gelaufen war: Noch hatten seine braunen Halbschuhe die Messingleiste nicht wieder überschritten.

Wieder die Bälle, rechts davon die Garderobe, Strohhüte, ein Regenschirm, ein Leinenbeutel, aus dem der Stiel einer Schuhbürste hervorsah; im Spiegel das große Bild, das links in der Diele hing: eine Frau, die Trauben pflückte, mit traubigen Augen, mit traubigem Mund.

Müde setzte sie das Glas ab, und ihre Augen stürzten über die verlorene Distanz hinweg, schmerzten, sie schloß sie. Rostrote und schwarze Kreise tanzten hinter ihren geschlossenen Lidern, sie öffnete sie wieder, erschrak, als sie Paul über die Schwelle kommen sah; er hatte etwas in der Hand, das silbern im Sonnenschein blitzte, und diesmal blieb er nicht bei den Tennisbällen stehen; nun, da sie sein Gesicht ohne Glas sah – herausgeworfen war es aus ihrer Sammlung von Miniaturen –, nun war sie sicher, daß er etwas Verzweifeltes tun würde: Wieder sang der Samowar, wieder teilten die Gläser im Innern des Schrankes einander die Erschütterung mit, zirpten wie Weiber, die sich Geheimnisse verraten; Paul kniete in der Fensterecke auf dem Teppich, sie sah von ihm nur noch den rechten Ellenbogen, der sich wie ein Kolben gleichmäßig bewegte, immer wieder nach vorne in einer bohrenden Bewegung verschwand – sie suchte erregt in ihrer Erinnerung, woher sie diese Bewegung kannte, ahmte dieses bohrende Pumpen nach und wußte es: Er hatte einen Schraubenzieher in der Hand; das rot-gelbkarierte Hemd kam, ging, stand still – Paul flog ein

Stück nach rückwärts, sie sah sein Profil, hob das Glas an die Augen, erschrak über die plötzliche Nähe und blickte in die offene Schublade: Blaue Scheckbücher lagen da, waren mit weißer Schnur säuberlich gebündelt, und Kontoauszüge, die in ihren Lochungen durch blaue Schnur verbunden waren; hastig stapelte Paul die Pakete neben sich auf den Teppich, drückte dann etwas an die Brust, das in einen blauen Lappen eingewickelt war, legte es auf den Boden, stapelte die Scheckbücher und Kontoauszüge wieder in die Schublade zurück, und wieder sah sie nur, während das Bündel in dem blauen Lappen neben ihm lag, die pumpende, bohrende Bewegung seines Ellenbogens.

Sie schrie, als er den Lappen abgewickelt hatte: Schwarz, glatt, ölig glänzend lag die Pistole in der Hand, die viel zu klein für sie war; es schien, als habe das Mädchen den Schrei durchs Fernglas auf ihn geschossen; er wandte sich um, sie ließ das Glas sinken, kniff die schmerzenden Augen zusammen und rief: »Paul! Paul!«

Er hielt die Pistole vor seine Brust, als er langsam aus dem Fenster auf die Terrasse kletterte.

»Paul«, rief sie, »komm doch durch den Garten hierher.«

Er steckte die Pistole in die Tasche, hielt die Hand vor die Augen, ging langsam die Stufen hinunter, über den Rasen, schlurfte über den Kies am Springbrunnen, ließ die Hand sinken, als er plötzlich im Schatten der Laube stand.

»Ach«, sagte er, »du bist es.«

»Kanntest du meine Stimme nicht mehr?«

»Nein – was willst du?«

»Ich gehe weg«, sagte sie.

»Ich geh' auch weg«, sagte er, »was soll das? Alle gehen weg, fast alle. Ich fahre morgen nach Zalligkofen.«

»Nein«, sagte sie, »ich geh' für immer, zu meinem Vater, nach Wien –« und es fiel ihr ein: Wien, auch das hatte irgendwas mit Wein zu tun, jedenfalls in den Liedern.

»Wien«, sagte er, »dort unten – und da bleibst du?«
»Ja.«
Sein Blick, der zu ihr heraufkam, fast senkrecht, unbewegt und wie in Verzückung, erschreckte sie: Ich bin nicht dein Jerusalem, dachte sie, nein, ich bin es nicht, und doch ist dein Blick, wie der Blick der Pilger sein muß, wenn sie die Türme ihrer Heiligen Stadt sehen.
»Ich habe –«, sagte sie leise, »alles hab' ich gesehen.«
Er lächelte. »Komm herunter«, sagte er, »komm doch herunter.«
»Ich kann nicht«, sagte sie, »meine Mutter hat mich eingeschlossen, ich darf nicht 'raus, bis der Zug fährt, aber du...«
Sie schwieg plötzlich, atmete mühsam, flach, die Erregung drückte ihr die Luft ab, und sie sagte, was sie nicht hatte sagen wollen: »Aber du, komm du doch herauf.«
Ich bin nicht dein Jerusalem, dachte sie, nein, nein; er senkte den Blick nicht, als er fragte: »Wie soll ich hinaufkommen?«
»Wenn du aufs Dach der Laube kommst, geb' ich dir die Hand und helf' dir auf die Veranda.«
»Ich – es wartet jemand auf mich«, aber er prüfte schon die Latten der Pergola auf ihre Festigkeit; sie waren neu vernagelt und neu gestrichen worden, dichtes, dunkles Weinlaub wuchs an den Latten hoch, die sich wie eine Leiter anboten. Schwer schlug ihm die Pistole gegen den Oberschenkel; als er sich an der Wetterfahne hochzog, fiel ihm Griff ein, der jetzt in seiner Bude dort lag, von Fliegen umsummt, mit bleicher Brust und roten Wangen, und Paul dachte an die kleine, flache Nickelpistole: Ich muß Griff fragen, ob Nickel oxydiert, dann muß er verhindern, daß sie aus dem Glas essen.
Die Hände des Mädchens waren größer und fester als Griffs Hände, größer und fester auch als seine eigenen: Er spürte es und schämte sich deswegen, als sie ihm half, vom First des Gartenhauses auf die Brüstung der Veranda zu steigen.

Er klopfte sich den Schmutz von den Händen und sagte, ohne das Mädchen anzusehen: »Komisch, daß ich wirklich hier oben bin.«
»Ich bin froh, daß du da bist, schon seit drei bin ich eingesperrt.«
Er blickte vorsichtig zu ihr hin, auf ihre Hand, die den Mantel über der Brust zusammenhielt.
»Warum hast du den Mantel an?«
»Du weißt doch.«
»Darum?«
»Ja.«
Er ging näher auf sie zu. »Du bist sicher froh, daß du wegkommst?«
»Ja.«
»Ein Junge«, sagte er leise, »hat heute morgen in der Schule Zettel verkauft, mit Sachen über dich, und einem Bild von dir.« »Ich weiß«, sagte sie, »und er hat gesagt, daß ich Geld abbekomme von dem, was er für die Zettel kriegt, und daß er mich gesehen hat, so wie er mich gemalt hat. Es ist alles nicht wahr.«
»Ich weiß das«, sagte er, »er heißt Kuffang; er ist dumm und lügt, alle wissen es.«
»Aber *das* glauben sie ihm.«
»Ja«, sagte er, »es ist merkwürdig, das glauben sie ihm.«
Sie zog den Mantel noch enger um ihre Brust. »Deshalb muß ich so plötzlich weg, schnell, ehe alle vom Rennen zurück sind – sie lassen mir ja schon lange keine Ruhe. Du stellst deinen Körper zur Schau, sagen sie; sie sagen es, wenn ich ein offenes Kleid anziehe, und sie sagen es auch, wenn ich ein geschlossenes anziehe – und Pullover: Dann werden sie wild – aber irgend etwas muß ich ja anziehen.«
Er beobachtete sie kalt, während sie weitersprach; er dachte: sie – daß ich nie an sie gedacht habe, nie. Ihr Haar war blond, blond auch erschienen ihm ihre Augen, sie hatten eine Farbe

wie frisch gehobeltes Buchenholz: blond und ein wenig feucht.

»Ich stelle meinen Körper gar nicht zur Schau«, sagte sie, »ich hab' ihn nur.«

Er schwieg, schob die Pistole, die ihm schwer auf dem Schenkel lag, mit der rechten Hand ein wenig höher. »Ja«, sagte er, und sie fürchtete sich; er hatte wieder dieses Traumgesicht: Wie blind war er damals gewesen, diese leeren, dunklen Augen schienen in einer unberechenbaren Brechung auf sie und doch an ihr vorbei zu fallen; und auch jetzt wieder sah er wie ein Blinder aus.

»Der Mann«, sagte sie hastig, »der manchmal zu meiner Mutter kommt, um mit ihr zu diskutieren, der alte, weißhaarige, kennst du ihn?« – es war still, der Lärm vom Fluß her war zu fern, um diese Stille zu stören – »Kennst du ihn?« fragte sie schärfer.

»Natürlich kenn' ich ihn«, sagte er, »der alte Dulges.«

»Ja, der – er hat mich manchmal so angesehen und gesagt: Vor dreihundert Jahren hätten sie dich als Hexe verbrannt. Knisterndes Frauenhaar, sagte er, und der tausendfache Schrei ihrer dumpfen Seelen, die Schönheit nicht dulden können.«

»Warum hast du mich 'raufgerufen?« fragte er. »Um mir das zu sagen?«

»Ja«, sagte sie, »und weil ich sah, was du da machtest.«

Er zog die Pistole aus der Tasche, hob sie hoch und wartete lächelnd darauf, daß sie schreien würde, aber sie schrie nicht.

»Was willst du damit tun?«

»Ich weiß nicht, auf was schießen.«

»Auf was?«

»Vielleicht auf mich.«

»Warum?«

»Warum?« sagte er. »Warum? Sünde, Tod. Todsünde. Verstehst du das?« Langsam, ohne sie zu berühren, schob er sich an ihr vorbei, in die offene Küchentür hinein und lehnte sich seufzend gegen den Schrank; das Bild hing noch da, das er schon so lange nicht mehr gesehen, an das er manchmal gedacht hatte: Fabrikschornsteine, aus denen roter Rauch stieg, viele Rauchfahnen, die sich am Himmel zu einer blutigen Wolke vereinigten. Das Mädchen war in die Tür getreten, hatte sich ihm zugewandt. Schatten lagen über ihrem Gesicht, und sie sah wie eine Frau aus.

»Komm herein«, sagte er, »man könnte uns sehen, es wäre nicht gut für dich – du weißt.«

»In einer Stunde«, sagte sie, »werde ich im Zug sitzen, hier – hier ist die Fahrkarte: keine Rückfahrkarte.« Sie hielt die braune Karte hoch, er nickte, und sie steckte die Karte wieder in die Manteltasche zurück. »Ich werde meinen Mantel ausziehen und einen Pullover anhaben, einen Pullover, verstehst du?«

Er nickte wieder. »Eine Stunde ist eine lange Zeit. Verstehst du, was Sünde ist? Tod. Todsünde?«

»Einmal«, sagte sie, »wollte der Apotheker – auch der Lehrer, der bei euch Geschichte gibt.«

»Drönsch?«

»Ja, der – ich weiß, was sie wollen; ich weiß aber nicht, was die Worte bedeuten, die sie sagen. Ich weiß auch, was Sünde ist, aber ich verstehe es so wenig wie das, was die Jungen mir manchmal nachriefen, wenn ich allein nach Hause kam, im Dunkeln; aus den Fluren riefen sie es mir nach, aus den Fenstern, aus Autos manchmal, sie riefen mir Sachen nach, von denen ich wußte, was sie bedeuten, aber ich verstand sie nicht. Weißt du's?«

»Ja.«

»Was ist es?« sagte sie. »Quält es dich?«

»Ja«, sagte er, »sehr.«

»Auch jetzt?«

»Ja«, sagte er, »quält es dich nicht?«

»Nein«, sagte sie, »es quält mich nicht – es macht mich nur unglücklich, daß es da ist und daß andere etwas wollen – und daß sie mir nachrufen. Sag mir doch, warum denkst du daran, dich zu erschießen? Darum?«

»Ja«, sagte er, »nur darum. Weißt du, was es heißt: Was du auf Erden binden wirst, wird auch im Himmel gebunden sein?«

»Ich weiß es«, sagte sie, »manchmal bin ich in der Klasse geblieben, wenn sie Religion hatten.«

»So«, sagte er, »dann weißt du vielleicht auch, was Sünde ist. Tod.«

»Ich weiß«, sagte sie, »glaubst du es wirklich?«

»Ja.«

»Alles?«

»Alles.«

»Du weißt, daß ich es nicht glaube – aber ich weiß, daß es die schlimmste Sünde ist, sich zu erschießen oder – ich habe es gehört«, sagte sie lauter, »mit diesen meinen Ohren«, sie zupfte sich mit der linken Hand am Ohr, hielt mit der rechten weiter den Mantel fest, »mit diesen meinen Ohren habe ich gehört, wie der Priester sagte: Man darf Gott das Geschenk des Lebens nicht vor die Füße werfen.«

»Geschenk des Lebens«, sagte er scharf, »und Gott hat keine Füße.«

»Nein?« sagte sie leise, »hat er keine Füße, sind sie nicht durchbohrt worden?«

Er schwieg, errötete dann und sagte leise: »Ich weiß.«

»Ja«, sagte sie, »wenn du wirklich alles glaubst, wie du sagst, dann mußt du auch das glauben. Glaubst du es?«

»Was?«

»Daß man das Leben nicht wegwerfen darf?«

»Ach«, sagte er und hob die Pistole senkrecht in die Luft.

»Komm«, sagte sie leise, »tu sie weg. Es sieht so dumm aus. Bitte, tu sie weg.«

Er steckte die Pistole in die rechte Tasche, fuhr in die linke und nahm die drei Magazine heraus. Glanzlos lagen die Blechhülsen auf seinem Handteller. »Das wird wohl langen«, sagte er.

»Schieß auf etwas anderes«, sagte sie, »zum Beispiel auf –«; sie drehte sich und blickte auf sein Elternhaus zurück, durch das offene Fenster. »Auf die Tennisbälle«, sagte sie.

Röte fiel wie Dunkelheit über ihn, seine Hände wurden schlaff, die Magazine fielen aus seiner Hand. »Wie kannst du wissen – ?« murmelte er.

»Was wissen?«

Er bückte sich, hob die Magazine vom Boden auf, schob eine Patrone, die herausgefallen war, vorsichtig in die Federung zurück; er blickte durchs Fenster auf das Haus, das offen in der Sonne dalag: Weiß und hart lagen dort hinten die Tennisbälle im Karton. Hier, in dieser Küche, roch es nach Badewasser, Seife, nach Frieden und frischem Brot, nach Kuchen; rote Äpfel lagen auf dem Tisch, eine Zeitung, und eine halbe Gurke, deren Schnittfläche hell war, grün und wässerig, zur Schale hin wurde das Gurkenfleisch dunkel und fest.

»Ich weiß auch«, sagte das Mädchen, »was sie gegen die Sünde taten. Ich habe es gehört.«

»Wer?«

»Eure Heiligen. Der Priester erzählte davon: Sie schlugen sich, sie fasteten und beteten, keiner von ihnen tötete sich.« Sie wandte sich dem Jungen zu, erschrak: nein, nein, ich bin nicht dein Jerusalem.

»Sie waren nicht vierzehn«, sagte der Junge, »nicht fünfzehn.«

»Manche wohl«, sagte sie.

»Nein«, sagte er, »nein, es ist nicht wahr, die meisten bekehrten sich erst, nachdem sie gesündigt hatten.« Er kam näher, schob sich an der Fensterbank vorbei auf sie zu.

»Du lügst«, sagte sie, »manche haben gar nicht erst gesündigt

– ich glaube das ja alles gar nicht – am ehesten glaube ich noch an die Mutter Gottes.«

»Am *ehesten*«, sagte er verächtlich, »aber sie war doch die Mutter *Gottes*.«

Er sah dem Mädchen ins Gesicht, wandte sich ab und sagte leise: »Entschuldige... ja, ja, ich habe es versucht. Gebetet.«

»Und gefastet?«

»Ach«, sagte er, »fasten – ich mach' mir nichts aus Essen.«

»Das ist nicht gefastet. Und geschlagen. Ich würde es tun, ich würde mich schlagen, wenn ich glaubte.«

»Du«, sagte er leise, »quält es dich wirklich nicht?«

»Nein«, sagte sie, »es quält mich nicht, etwas zu *tun*, etwas zu sehen, etwas zu sagen – aber dich, ja?«

»Ja.«

»Schade«, sagte sie, »daß du so katholisch bist.«

»Warum schade?«

»Sonst würde ich dir meine Brust zeigen. Ich würde sie dir so gern zeigen – dir –, alle sprechen darüber, die Jungens rufen mir Sachen nach, aber noch nie hat sie jemand gesehen.«

»Noch nie?«

»Nein«, sagte sie, »noch nie.«

»Zeig es mir«, sagte er.

»Es wird nicht dasselbe sein wie damals, du weißt.«

»Ich weiß«, sagte er.

»War es schlimm für dich?«

»Nur, weil Mutter so schlimm war. Sie war ganz außer sich und erzählte es überall. Für mich war es nicht schlimm. Ich hätte es vergessen. Komm«, sagte er.

Ihr Haar war glatt und hart; das überraschte ihn, er hatte geglaubt, es müsse weich sein, aber es war so, wie er sich Glasfäden vorstellte.

»Nicht hier«, sagte sie; sie schob ihn vor sich her, langsam, denn er ließ ihren Kopf nicht los, beobachtete scharf ihr Ge-

sicht, während sie beide sich wie in einem fremden, von ihnen erfundenen Tanzschritt von der offenen Verandatür weg durch die Küche schoben; er schien auf ihren Füßen zu stehen, sie ihn mit jedem Schritt hochzuheben.
Sie öffnete die Küchentür, schob ihn langsam durch die Diele, öffnete die Tür zu ihrem Zimmer.
»Hier«, sagte sie, »in meinem Zimmer, nicht dort.«
»Mirzowa«, flüsterte er.
»Wie kommst du auf diesen Namen? Mirzow heiße ich, und Katharina.«
»Alle nennen dich so, und ich kann nicht anders an dich denken. Zeig es mir jetzt.« Er wurde rot, weil er wieder »es« gesagt hatte und nicht »sie«.
»Es macht mich traurig«, sagte sie, »daß es für dich eine Sünde ist.«
»Ich will es sehen«, sagte er.
»Niemand –«, sagte sie, »mit niemand darfst du darüber sprechen.«
»Nein.«
»Versprichst du es?«
»Ja – aber einem muß ich es sagen.«
»Wem?«
»Denk nach«, sagte er leise, »denk nach, du weißt das doch alles.« Sie biß sich auf die Lippen, hielt immer noch den Mantel fest um die Brust gerafft, sah ihn nachdenklich an und sagte: »Natürlich, dem darfst du es sagen, aber niemand sonst.«
»Nein«, sagte er, »zeig es mir jetzt.«
Wenn sie lacht oder kichert, dachte er, schieß ich; aber sie lachte nicht: Sie zitterte vor Ernst, ihre Hände flatterten, als sie die Knöpfe öffnen wollte, ihre Finger waren eiskalt und starr.
»Komm her«, sagte er leise und sanft, »ich mache es.« Seine Hände waren ruhig, sein Schrecken saß tiefer als der ihre;

unten in den Fußgelenken spürte er ihn, es schien ihm, als seien sie biegsam wie Gummi und er würde umkippen. Er öffnete die Knöpfe mit der rechten Hand, fuhr mit der linken dem Mädchen übers Haar, wie um sie zu trösten.

Ihre Tränen kamen ganz plötzlich, lautlos, ohne Ankündigung, ohne Getue. Sie liefen einfach die Wangen herunter.

»Warum weinst du?«

»Ich habe Angst«, sagte sie, »du nicht?«

»Ich auch«, sagte er, »ich habe auch Angst.« Er war so unruhig, daß er den letzten Knopf fast abgerissen hätte, und er atmete tief, als er die Brust der Mirzowa sah; er hatte Angst gehabt, weil er sich vor dem Ekel fürchtete, vor dem Augenblick, wo er aus Höflichkeit würde heucheln müssen, um diesen Ekel zu verbergen, aber er ekelte sich nicht und brauchte nichts zu verbergen. Er seufzte noch einmal. So plötzlich, wie sie gekommen waren, hörten die Tränen des Mädchens auf zu fließen. Sie blickte ihn gespannt an: Jede Regung seines Gesichts, den Ausdruck seiner Augen, alles nahm sie genau in sich auf, und jetzt schon wußte sie, daß sie ihm Jahre später einmal dankbar sein würde, weil er es gewesen war, der die Knöpfe geöffnet hatte.

Er blickte genau hin, berührte sie nicht, schüttelte nur den Kopf, und ein Lachen stieg in ihm auf.

»Was ist«, fragte sie, »darf ich auch lachen?«

»Lach nur«, sagte er, und sie lachte.

»Es ist sehr schön«, sagte er, und er schämte sich wieder, weil er *»es«* gesagt hatte, nicht *»sie«*, aber er konnte dieses »sie« nicht aussprechen.

»Mach es wieder zu«, sagte sie.

»Nein«, sagte er, »mach du es zu, aber warte noch einen Augenblick.« Still war es, scharf drang das Sonnenlicht durch den gelben Vorhang, der dunkelgrün gestreift war. Dunkle Streifen lagen auch über den Gesichtern der Kinder. Mit vierzehn, dachte der Junge, kann man noch keine Frau haben.

»Laß mich's zumachen«, sagte das Mädchen.
»Ja«, sagte er, »mach es zu«, aber er hielt ihre Hände noch einen Augenblick zurück, und das Mädchen sah ihn an und lachte laut heraus.
»Warum lachst du jetzt?«
»Ich bin so froh, und du?«
»Ich auch«, sagte er, »ich bin froh, daß es so schön ist.«
Er ließ ihre Hände los, ging ein paar Schritte zurück und wandte sich ab, als sie die Bluse zuknöpfte.
Er ging um den Tisch herum, betrachtete den offenen Koffer, der auf dem Bett lag, Pullover waren übereinander gestapelt, Wäsche zu Päckchen sortiert, das Bett war schon abgezogen, der Koffer lag auf dem blauen Bezug der Matratzen.
»Du wirst also wirklich fahren?« fragte er.
»Ja.«
Er ging weiter, blickte in den offenen Kleiderschrank: Nur leere Bügel hingen dort, an einem baumelte noch eine rote Haarschleife. Er klappte die Schranktüren zu, blickte auf das Bücherbord, das über ihrem Bett hing: Nur noch ein gebrauchtes Löschblatt lag da, eine Broschüre, schräg gegen die Wand gestellt, war liegengeblieben: »Was jeder vom Weinbau wissen muß.«
Als er sich umblickte, lag der Mantel auf dem Boden. Er hob ihn auf, warf ihn über den Tisch und lief hinaus.
Sie stand mit dem Fernglas in der Hand in der Küchentür, zuckte zusammen, als er ihr die Hand auf die Schulter legte, ließ das Glas sinken und sah ihn erschrocken an.
»Geh jetzt«, sagte sie, »du mußt jetzt gehen.«
»Laß mich's noch einmal sehen.«
»Nein, die Regatta ist bald zu Ende, jetzt kommt meine Mutter, um mich zum Zug zu bringen. Du weißt, was passiert, wenn dich jemand hier sieht.«
Er schwieg, ließ seine Hand auf ihrer Schulter. Sie lief schnell weg, an die andere Seite des Tisches, nahm ein Messer aus der

Schublade, schnitt sich ein Stück von der Gurke ab, biß hinein, legte das Messer wieder hin. »Geh«, sagte sie, »wenn du mich noch lange so anstarrst, siehst du aus wie der Apotheker oder wie dieser Drönsch.«

»Sei still«, sagte er. Sie sah ihn erstaunt an, als er plötzlich auf sie zukam, sie an der Schulter packte; sie führte über seinen Arm hinweg das Stück Gurke zum Mund und lächelte. »Verstehst du denn nicht«, sagte sie, »ich war so froh.«

Er blickte zu Boden, ließ sie los, ging zur Veranda, sprang auf die Brüstung und rief: »Gib mir deine Hand.« Sie lachte, lief zu ihm hin, legte das Stück Gurke aus der Hand und hielt ihn mit beiden Händen fest, stemmte sich gegen die Mauer, während sie ihn langsam aufs Dach der Laube herunterließ.

»Irgend jemand wird uns schon gesehen haben«, sagte er.

»Sicher«, sagte sie, »kann ich loslassen?«

»Noch nicht. Wann kommst du aus Wien zurück?«

»Bald«, sagte sie, »soll ich bald kommen?« Er stand schon mit beiden Füßen auf dem Dach und sagte: »Jetzt kannst du loslassen.« Aber sie ließ nicht los, sie lachte: »Ich komme zurück. Wann soll ich kommen?«

»Wenn ich es wieder sehen darf.«

»Das kann lange dauern.«

»Wie lange?«

»Ich weiß nicht«, sagte sie, sah ihn nachdenklich an. »Zuerst sahst du aus wie im Traum, dann plötzlich fast wie der Apotheker; ich will nicht, daß du so aussiehst und Todsünden tust und gebunden wirst.«

»Laß jetzt los«, sagte er, »oder zieh mich wieder 'rauf.«

Sie lachte, ließ ihn los, nahm das Stück Gurke wieder von der Brüstung und biß hinein.

»Auf etwas schießen muß ich«, sagte er.

»Schieß nicht auf Lebendes«, sagte sie, »schieß auf Tennisbälle oder auf – auf Einmachgläser.«

»Wie kommst du auf Einmachgläser?«

»Ich weiß nicht«, sagte sie, »ich könnte mir denken, daß es herrlich ist, auf Einmachgläser zu schießen. Es klirrt sicher und spritzt – warte«, sagte sie hastig, als er sich abwenden und hinunterklettern wollte; er wandte sich zurück und blickte sie ernst an. »Und du könntest«, sagte sie leise, »an der Schranke stehen, am Wasserturm, weißt du, und könntest in die Luft schießen, wenn mein Zug vorbeifährt. Ich werde im Fenster liegen und winken.«

»O ja«, sagte er, »das werde ich tun, wann fährt dein Zug?«

»Zehn nach sieben«, sagte sie, »dreizehn nach passiert er die Schranke.«

»Dann wird es Zeit«, sagte er, »auf Wiedersehen, du kommst zurück?«

»Ich werde kommen«, sagte sie, »sicher.« Und sie biß sich auf die Lippen und sagte leise noch einmal: »Ich werde kommen.«

Sie sah ihm zu, wie er sich an der Wetterfahne festhielt, bis seine Füße die Latten der Pergola erreicht hatten. Er lief über den Rasen, auf die Terrasse, kletterte ins Haus, sie sah ihn wieder über die Messingleiste gehen, den Karton mit den Tennisbällen aufnehmen, zurückkehren, sie hörte den Kies unter seinen Füßen knirschen, als er mit dem Karton unter dem Arm an der Garage vorbei wieder auf die Straße lief.

Hoffentlich vergißt er nicht, sich noch einmal umzuwenden und zu winken, dachte sie. Dort stand er schon, winkte, an der Ecke der Garage, zog die Pistole aus der Tasche, drückte sie mit dem Lauf gegen den Karton und winkte noch einmal, bevor er um die Ecke lief und verschwand.

Sie flog mit dem Fernglas wieder hoch, stach sich runde Stücke Blau heraus, Medaillen aus Himmel; Rhenania und Germania, Flußufer mit Regattawimpel, runder Horizont aus Flußgrün mit Fetzen von Fahnenrot.

Mein Haar würde schön knistern, dachte sie, es knisterte schon, als er es berührte. Und auch in Wien gibt es Wein.

Weinberg: hellgrün, saure Trauben, Laub, das sich die Fettsäcke um ihre Glatzen banden, um diesem Bacchus ähnlich zu sein. Sie suchte die Straßen ab, dort, wo sie mit dem Glas in sie einfallen konnte: Die Straßen waren leer, sie sah nur parkende Autos; der Eiskarren stand noch da, den Jungen fand sie nicht, ich werde, dachte sie lächelnd, während sie das Glas wieder zum Fluß schwenkte, ich werde doch dein Jerusalem sein.

Sie wandte sich nicht um, als die Mutter die Haustür aufschloß und in die Diele trat. Schon Viertel vor sieben, dachte sie, hoffentlich schafft er es, bis dreizehn nach an der Schranke zu sein. Sie hörte, wie das Kofferschloß zuschnappte und der winzige Schlüssel darin umgedreht wurde, hörte die harten Schritte, und sie zuckte zusammen, als der Mantel über ihre Schultern fiel; die Hände der Mutter blieben auf ihren Schultern liegen.
»Hast du das Geld?«
»Ja.«
»Die Fahrkarte?«
»Ja.«
»Die Brote?«
»Ja.«
»Den Koffer ordentlich gepackt?«
»Ja.«
»Nichts vergessen?«
»Nein.«
»Niemand etwas erzählt?«
»Nein.«
»Die Adresse in Wien?«
»Ja.«
»Die Telefonnummer?«
»Ja.«
Dunkel war die kleine Pause, erschreckend, die Hände der Mutter glitten an ihren Schultern herunter, über ihre Unterarme. »Ich fand es besser, nicht hier zu sein in den letzten

Stunden. Es ist leichter, ich weiß es. Ich habe so oft Abschied genommen – und es war gut, daß ich dich einschloß, du weißt es.«

»Es war gut, ich weiß es.«

»Dann komm jetzt...« Sie wandte sich um; es war schlimm, die Mutter weinen zu sehen, es war fast, als wenn ein Denkmal weinte: Die Mutter war immer noch schön, aber dunkel war diese Schönheit, hager. Ihre Vergangenheit hing über ihr wie ein schwarzer Heiligenschein. Fremde Vokabeln schwangen in der Legende von Mutters Leben mit: Moskau – Kommunismus – rote Nonne, ein Russe, der Mirzow hieß; den Glauben verloren, Flucht, und im Hirn turnten die Dogmen des verlorenen Glaubens weiter; es war wie in einem Webstuhl, dessen Spulen sich weiterdrehten, obwohl die Wolle ausgegangen war: herrliche Muster ins Nichts gewebt, nur das Geräusch blieb, der Mechanismus blieb; wenn nur ein Gegenpol da war: Dulges, die Stadtväter, der Pfarrer, die Lehrerinnen, die Nonnen; wenn man die Augen schloß, konnte man auch an Gebetsmühlen denken, Gebetsmühlen der Ungläubigen, die rastlose, vom Winde gedrehte Klapper, die Diskussion hieß; nur manchmal, sehr selten, hatte die Mutter ausgesehen, wie sie jetzt aussah: wenn sie Wein getrunken hatte, und die Leute sagten dann: Ach, sie ist doch ein echtes Zischbrunner Mädchen geblieben.

Es war gut, daß die Mutter rauchte; auf die Zigarette zufließend, von Rauch umhüllt, sahen die Tränen nicht so ernst aus, eher wie gespielte Tränen, aber Tränen würde die Mutter am wenigsten spielen.

»Ich werde es ihnen heimzahlen«, sagte sie, »es quält mich zu sehr, daß du weg mußt. Daß ich nachgeben muß.«

»Komm doch mit mir.«

»Nein, nein – du wirst zurückkommen, ein, zwei Jahre vielleicht, und du wirst zurückkommen. Tu niemals das, was sie von dir denken. Tu's nicht, und komm jetzt.«

Sie schlüpfte in die Ärmel ihres Mantels, knöpfte ihn zu, tastete nach der Fahrkarte, nach dem Portemonnaie, lief in ihr Schlafzimmer, aber die Mutter schüttelte den Kopf, als sie den Koffer nehmen wollte. »Nein, laß«, sagte sie, »und schnell jetzt – es wird Zeit.«
Hitze hing im Treppenhaus, Weindunst stieg aus dem Keller hoch, wo der Apotheker Wein auf Flaschen gefüllt hatte: säuerlicher Geruch, der zum verschwommenen Violett der Tapete zu passen schien. Die engen Gassen: die dunklen Fensterhöhlen, Hauseingänge, aus denen ihr die Sachen nachgerufen worden waren, Sachen, die sie nicht verstand. Schnell. Stärker war jetzt der Lärm, der vom Flußufer kam, Autos wurden angelassen: Die Regatta war zu Ende. Schnell.
Der Mann an der Sperre duzte die Mutter: »Ach, Käte, geh schon ohne Bahnsteigkarte durch.« Ein Betrunkener taumelte durch die dunkle Unterführung, grölte und schlug eine volle Weinflasche gegen die feuchte, schwarze Wand; Splitter klirrten, und wieder stieg ihr Weingeruch in die Nase. Der Zug war schon eingelaufen, die Mutter schob den Koffer in den Gang. »Tu nie, was sie von dir denken, tu's nie.«
Wie gut es war, den Abschied so knapp zu halten: Nur eine einzige Minute blieb, lang war sie, länger als der ganze Nachmittag. »Du hättest sicher gern das Fernglas mitgenommen. Soll ich's dir schicken?«
»Ja, schick es mir. Ach, Mutter.«
»Was ist denn?«
»Ich kenn' ihn ja kaum.«
»Oh, er ist nett, und er freut sich, dich dort zu haben – und er hat nie an die Götter geglaubt, an die ich glaubte.«
»Und er trinkt keinen Wein?«
»Er mag ihn nicht – und er hat Geld, handelt mit so Sachen.«

»Mit welchen Sachen?«
»Ich weiß nicht genau: Kleider wahrscheinlich oder so was. Es wird dir gefallen.«
Kein Kuß. Denkmäler darf man nicht küssen, auch wenn sie weinen. Ohne sich umzuwenden, verschwand die Mutter in der Unterführung: eine Salzsäule des Unglücks, konserviert in der Bitterkeit ihrer Irrtümer; am Abend würde sie die Gebetsmühle in Gang setzen, einen Monolog halten, wenn Dulges in der Küche saß: »Sind Tränen nicht eigentlich ein Überrest bürgerlicher Empfindungen? Kann es in der klassenlosen Gesellschaft Tränen geben?«
An der Schule vorbei, am Schwimmbad, unter der kleinen Brücke durch, die lange, lange Mauer der Weinberge, Wald – und an der Schranke, die am Wasserturm den Weg absperrte, sah sie die beiden Jungen, hörte den Knall, sah die schwarze Pistole in Pauls Hand und schrie: »Jerusalem, Jerusalem!«, und sie schrie es noch einmal, obwohl sie die Jungen nicht mehr sehen konnte. Sie wischte sich die Tränen mit dem Ärmel ab, nahm den Koffer und taumelte in den Gang hinein. Ich werde den Mantel nicht ausziehen, dachte sie, noch nicht.

3

»Was hat sie denn gerufen?« fragte Griff.
»Hast du es nicht verstanden?«
»Nein, du? Was war es?«
»Jerusalem«, sagte Paul leise. »Jerusalem, sie hat es noch gerufen, als der Zug schon vorbei war. Komm.« Er blickte enttäuscht auf die Pistole, die er gesenkt hielt, den Daumen am Sicherungsflügel. Er hatte geglaubt, sie würde lauter knallen und würde rauchen: Er hatte damit gerechnet, daß sie rauchen würde: Mit rauchender Pistole in der Hand hatte er am Zug stehen wollen, aber die Pistole rauchte nicht, sie war nicht einmal heiß, er schob vorsichtig den Zeigefinger über den Lauf, zog ihn zurück. »Komm«, sagte er, Jerusalem,

dachte er, ich habe es verstanden, aber ich weiß nicht, was es bedeutet.
Sie gingen vom Weg ab, parallel zur Bahnlinie, Griff mit dem Marmeladenglas unter dem Arm, das er von zu Hause mitgenommen hatte, Paul mit der gesenkten Pistole in der Hand; im grünen Licht wandten sie ihre Gesichter einander zu.
»Willst Du es wirklich tun?«
»Nein«, sagte Paul, »nein, man soll...« Er wurde rot, wandte sich ab. »Hast du die Bälle auf den Baumstamm gelegt?«
»Ja«, sagte Griff, »sie rollten immer herunter, aber dann habe ich eine Rille in der Rinde gefunden.«
»Wieviel Abstand?«
»Eine Handbreit, wie du gesagt hast – du«, sagte er leiser, blieb stehen, »ich kann nicht nach Hause zurück, ich kann nicht. In dieses Zimmer. Du begreifst doch, daß ich in dieses Zimmer nicht zurückgehen kann.« Er nahm das Marmeladenglas in die andere Hand, hielt Paul, der weitergehen wollte, am Rockärmel fest. »Das kann ich doch nicht.«
»Nein«, sagte Paul, »in dieses Zimmer würde ich auch nicht zurückgehen.«
»Meine Mutter würde mich zwingen, es sauber zu machen. Du, ich kann doch nicht – auf dem Boden herumrutschen, die Wände, die Bücher, alles sauber machen. Sie würde daneben stehen.«
»Nein, das kannst du nicht. Komm!«
»Was soll ich tun?«
»Warte, erst schießen wir, komm...« Sie gingen weiter, wandten manchmal ihre grünen Gesichter einander zu, Griff ängstlich, Paul lächelnd.
»Du mußt mich erschießen«, sagte Griff, »du, du mußt es tun.«
»Du bist verrückt«, sagte Paul, er biß sich auf die Lippen, hob die Pistole, legte auf Griff an, der duckte sich, wimmerte

leise, und Paul sagte: »Siehst du, du würdest schreien, dabei ist sie gesichert.«
Er nahm die linke Hand vor die Augen, als sie in die Lichtung kamen, blinzelte zu den Tennisbällen hin, die auf einem gefällten Baum aufgereiht lagen: Drei waren noch makellos, weiß und haarig, wie das Fell des Lammes, die anderen schmutzig von der feuchten Walderde.
»Geh hin«, sagte Paul, »stell das Glas zwischen den dritten und den vierten Ball.« Griff taumelte durch die Lichtung, stellte das Glas hinter die Bälle, so daß es schräg stand und nach hinten wegzukippen drohte.
»Der Abstand ist zu klein, es geht nicht dazwischen.«
»Weg«, sagte Paul, »ich schieße, komm an meine Seite.«
Er wartete, bis Griff neben ihm im Schatten stand, hob die Pistole, zielte, drückte ab, und erschreckt vom Echo des ersten Schusses knallte er wird drauflos, das ganze Magazin leer – hell kam das Echo der beiden letzten Schüsse aus dem Wald zurück, als er längst schon nicht mehr schoß. Die Bälle lagen noch da, nicht einmal das Marmeladenglas war getroffen. Es war ganz still, roch nur ein wenig nach Pulver – der Junge stand noch da, mit der erhobenen Pistole in der Hand, er stand da, als würde er ewig dort stehen bleiben. Er war blaß, die Enttäuschung füllte seine Adern mit Kälte, und in seinen Ohren knallte das helle Echo, das gar nicht mehr da war: Helles, trockenes Gebell tönte aus der Erinnerung in ihn zurück. Er schloß die Augen, öffnete sie wieder: Die Bälle lagen noch da, und nicht einmal das Marmeladenglas war getroffen.
Er zog seinen Arm wie aus sehr weiter Ferne zu sich heran, tastete über den Lauf: Der war wenigstens ein bißchen heiß. Paul riß mit dem Daumennagel das Magazin heraus, schob ein neues ein und legte den Sicherungsflügel herum.
»Komm her«, sagte er leise, »du bist an der Reihe.«
Er gab Griff die Pistole in die Hand, zeigte ihm, wie er sie entsichern mußte, trat zurück und dachte, während er im

Schatten an seiner Enttäuschung schluckte: Hoffentlich triffst du wenigstens, hoffentlich triffst du. Griff warf den Arm mit der Pistole hoch, senkte ihn dann langsam ins Ziel – das hat er gelesen, dachte Paul, irgendwo gelesen, es sieht aus, als wenn er es gelesen hätte – und Griff schoß stotternd: einmal – dann wurde es still; da lagen die Bälle, und das Glas stand noch da; dann dreimal – dreimal auch kläffte das Echo auf die beiden Jungen zurück. Friedlich wie ein seltsames Stilleben lag der dunkle Baumstamm da, mit seinen sechs Tennisbällen und dem Glas voll Pflaumenmus.
Nur Echo kam, es roch ein wenig nach Pulver, und Griff reichte Paul kopfschüttelnd die Pistole zurück.
»Einen Schuß hab' ich noch gut«, sagte Paul, »den ich eben in die Luft schoß – bleiben für jeden noch zwei, und einer bleibt übrig.«
Diesmal zielte er lange, aber er wußte, daß er nicht treffen würde, und er traf auch nicht: Dünn und einsam kam das Echo seines Schusses auf ihn zurück, das Echo drang wie ein roter Punkt in ihn ein, kreiste in ihm, flog wieder aus ihm heraus, und er war ruhig, als er Griff die Pistole gab.
Griff schüttelte den Kopf. »Die Ziele sind zu klein, wir müssen größere wählen, vielleicht die Bahnhofsuhr oder die Reklame für Waffenbier?«
»Wo ist eine?«
»An der Ecke, dem Bahnhof gegenüber, wo Drönsch wohnt.«
»Oder eine Fensterscheibe, oder den Samowar bei uns zu Hause. Wir *müssen* etwas treffen. Hast du denn wirklich mit deiner Pistole bei acht Schuß siebenmal getroffen? Eine Konservendose auf dreißig Meter?«
»Nein«, sagte Griff, »ich habe gar nicht geschossen, noch nie vorher.« Er ging auf den Baumstamm zu, trat mit dem rechten Fuß nach den Bällen, dem Marmeladenglas, die Bälle rollten ins Gras, das Glas rutschte ab und kippte auf den weichen Waldboden, der im Schatten des Baumstamms ohne Gras ge-

blieben war. Griff packte das Glas, wollte es gegen den Baum werfen, aber Paul hielt seinen Arm zurück, nahm ihm das Glas aus der Hand und stellte es auf den Boden. »Bitte, laß es«, sagte er, »laß es – ich kann es nicht sehen. Laß es stehen, soll Gras drüber wachsen, viel Gras...«
Und er dachte sich aus, wie das Gras wuchs, bis das Einmachglas überdeckt war; Tiere schnupperten daran, Pilze wuchsen in dichter Kolonie, und er ging nach Jahren im Wald spazieren und fand es: die Pistole verrostet, das Mus zu einem modrigen, schwammartigen Schaum verwest. Er nahm das Glas, legte es in eine Höhlung am Rande der Lichtung und warf mit den Füßen lockere Erde darüber. »Laß es«, sagte er leise, »laß auch die Bälle – nichts haben wir getroffen.«
»Gelogen«, sagte Griff, »alles gelogen.«
»Ja, alles«, sagte Paul, aber während er die Pistole sicherte und in die Tasche steckte, flüsterte er: »Jerusalem, Jerusalem.«
»Woher wußtest du, daß sie wegfährt?«
»Ich habe ihre Mutter getroffen, als ich auf dem Wege zu dir war.«
»Aber sie kommt zurück?«
»Nein, sie kommt nicht zurück.«
Griff ging noch einmal in die Lichtung, trat nach den Bällen, zwei rollten weiß und lautlos in den schattigen Wald. »Komm her«, sagte er, »sieh dir das an, wir haben viel zu hoch gehalten.«
Paul ging langsam hinüber, sah den zerfetzten Brombeerstrauch, Einschüsse an einer Tanne, frisches Harz, einen geknickten Ast.
»Komm«, sagte er, »wir schießen auf die Waffenbierreklame, die ist so groß wie ein Wagenrad.«
»Ich geh' nicht in die Stadt zurück«, sagte Griff, »nie mehr, ich werde nach Lübeck fahren, ich habe die Fahrkarte schon in der Tasche. Ich komme nicht wieder.«
Sie gingen langsam den Weg, den sie gekommen waren, zu-

rück, an der Schranke vorbei, an der langen Weinbergmauer, vorbei an der Schule. Längst waren die parkenden Autos weg, aus der Stadt herauf klang Musik. Sie kletterten auf die beiden Pfeiler des Friedhofseingangs, saßen drei Meter voneinander entfernt auf gleicher Höhe und rauchten.

»Siegerehrung«, sagte Griff, »Ball. Weinlaub um die Stirn. Dort unten kannst du die Waffenbierreklame an Drönschs Haus sehen.«

»Ich werde sie treffen«, sagte Paul, »du kommst nicht mit?«

»Nein, ich bleibe hier, ich werde hier sitzen und warten, bis du sie heruntergeschossen hast. Dann geh' ich langsam nach Dreschenbrunn, steig' dort in den Zug und fahr' nach Lübeck. Ich werde baden, lange im salzigen Wasser baden, und ich hoffe, es wird Sturm sein, hohe Wellen und viel salziges Wasser.«

Sie rauchten schweigend, blickten sich manchmal an, lächelten, lauschten in die Stadt hinunter, aus der der Lärm immer heftiger aufstieg.

»Haben die Hufe wirklich gedonnert?« fragte Griff.

»Nein«, sagte Paul, »nein, es war nur ein Pferd, und seine Hufe klapperten nur – und die Lachse?«

»Ich habe nie einen gesehen.« Sie lächelten sich zu und schwiegen eine Zeitlang.

»Jetzt steht mein Vater vor dem Schrank«, sagte Paul dann, »mit hochgekrempelten Ärmeln, meine Mutter breitet das Wachstuch aus; jetzt schließt er die Schublade auf; vielleicht sieht er den Kratzer, den ich gemacht habe, als mir der Schraubenzieher ausrutschte; aber er sieht es nicht, es ist jetzt dunkel in der Ecke dort; er öffnet die Schublade, stutzt, denn die Scheckbücher und Kontoauszüge liegen nicht so, wie er sie eingeordnet hat – er wird unruhig, schreit meine Mutter an, wirft den ganzen Krempel auf die Erde, wühlt in der Schublade herum – jetzt, gerade jetzt – genau jetzt.« Er blickte auf die Kirchturmuhr, deren großer Zeiger gerade auf die Zehn rutschte, während der kleine ruhig vor der Acht stand. »Früher«, sagte Paul, »ist er Divisionsmeister im Pistolenreinigen gewesen: in drei Minuten eine Pistole auseinandergenommen, gereinigt, wieder zusammengesetzt – und zu Hause mußte ich immer neben ihm stehen und die Zeit stoppen: Nie brauchte er mehr als drei Minuten.«

Er warf den Zigarettenstummel auf den Weg, starrte auf die Kirchturmuhr. »Punkt zehn vor acht war er immer mit allem fertig, dann wusch er sich die Hände und war immer noch Punkt acht am Stammtisch.« Paul sprang von dem Pfeiler herunter, reichte Griff die Hand hinauf und sagte: »Wann werde ich dich wiedersehen?«

»Lange nicht«, sagte Griff, »aber zurück komm' ich mal. Ich werde bei meinem Onkel arbeiten, Fische einmachen, aufschlitzen – die Mädchen lachen immer, und abends gehen sie ins Kino, vielleicht – sie kichern nicht, bestimmt nicht. Sie haben so weiße Arme und sind so hübsch. Sie steckten mir Schokolade in den Mund, als ich noch klein war, aber so klein bin ich ja nicht mehr. Ich kann nicht –«, sagte er leiser, »du verstehst, daß ich in dieses Zimmer nicht zurückgehen kann. Sie würde neben mir stehen, bis es ganz sauber ist. Hast du Geld?«

»Ja, ich habe mein ganzes Feriengeld schon. Willst du was?«

»Ja, gib mir was, ich schick's dir zurück, später.«

Paul öffnete sein Portemonnaie, zählte die Münzen, öffnete die Tasche für die Scheine. »Mein ganzes Geld für Zalligkofen, ich kann dir achtzehn Mark geben. Willst du sie?«

»Ja«, sagte Griff; er nahm den Schein, die Münzen, schob alles zusammen in die Hosentasche. »Ich warte hier«, sagte er, »bis ich höre und sehe, daß du die Waffenbierreklame herunterknallst; schieß schnell und das ganze Magazin leer. Wenn ich es höre, wenn ich es sehe, gehe ich langsam nach Dreschenbrunn und steige in den nächsten Zug. Aber sag' niemand, daß du weißt, wo ich bin.«

»Nein«, sagte Paul; er lief, stieß im Laufen Steine beiseite, schrie laut, um das wilde Echo seiner Stimme zu hören, als er durch die Unterführung rannte; er ging erst langsamer, als er an der Bahnhofsmauer entlang auf die Kneipe in Drönschs Haus zukam; er ging immer langsamer, wandte sich um, aber er konnte den Friedhofseingang noch nicht sehen, nur das große, schwarze Kreuz in der Mitte des Friedhofs und die weißen Grabsteine oberhalb des Kreuzes; je näher er auf den Bahnhof zukam, um so mehr Gräberreihen sah er unterhalb des Kreuzes: zwei Reihen, drei, fünf, dann den Eingang, und Griff saß noch da. Paul ging quer über den Bahnhofsvorplatz, langsam; sein Herz schlug heftig, aber er wußte, daß es keine Angst war, eher Freude, und am liebsten hätte er das ganze Magazin in die Luft hineingeschossen und »Jerusalem« geschrien; es tat ihm fast leid um die große, runde Waffenbierreklame, auf der zwei gekreuzte Säbel einen Bierkrug, der schäumend überlief, zu schützen schienen.

Ich muß treffen, dachte er, bevor er die Pistole aus der Tasche nahm, ich muß. Er ging an den Häusern vorbei, trat rückwärts in den Eingang zu einer Metzgerei und hätte fast einer Frau, die den fliesenbelegten Gang aufwusch, auf die Hände getreten. »Du Lümmel«, sagte sie aus dem Halbdunkel heraus, »mach, daß du wegkommst.«

»Entschuldigen Sie«, sagte er und stellte sich außen neben den Eingang. Die Seifenlauge lief zwischen seinen Füßen über den Asphalt in die Gosse. Von hier ist es am besten, dachte er, sie hängt genau vor mir, rund wie ein großer Mond, und ich muß sie treffen. Er nahm die Pistole aus der Tasche, entsicherte sie und lächelte, bevor er sie hochhob und anlegte: Er fühlte nicht mehr, daß etwas zerstört werden mußte, und doch mußte er schießen: Es gab Dinge, die man tun mußte, und wenn er nicht schoß, würde Griff nicht nach Lübeck fahren, nicht die weißen Arme der hübschen Mäd-

chen sehen und nie mit einer von ihnen ins Kino gehen. Er dachte: Mein Gott, hoffentlich bin ich nicht zu weit davon entfernt – ich *muß* treffen, ich *muß*; aber er hatte schon getroffen, das Klirren des fallenden Glases war fast lauter als das Geräusch der Schüsse. Erst brach ein rundes Stück aus der Reklame heraus: der Bierkrug, dann fielen die Säbel, er sah, wie der Putz aus der Hauswand in kleinen Staubwolken heraussprang, sah den Eisenkranz, der die Lichtreklame gehalten hatte, Glasreste hingen noch wie Fransen am Rand.
Am deutlichsten hörte er die Schreie der Frau, die aus dem Flur gestürzt war, dann zurücklief und drinnen im Dunkel weiterschrie – auch Männer schrien, aus dem Bahnhof kamen Leute, wenige; viele stürzten aus der Kneipe. Ein Fenster wurde geöffnet, und oben erschien für einen Augenblick Drönschs Gesicht. Aber niemand kam ihm nahe, weil er die Pistole noch in der Hand hielt. Er blickte nach oben zum Friedhof hin: Griff war nicht mehr zu sehen.
Unendlich viel Zeit verging, ehe jemand kam und ihm die Pistole aus der Hand nahm. Er konnte noch an vieles denken: Jetzt, dachte er, brüllt Vater schon seit zehn Minuten im Haus herum, schiebt Mutter die Schuld zu, Mutter, die längst erfahren hat, daß ich zu Katharina hinaufgeklettert bin; alle wissen es, und niemand wird verstehen, daß ich es tat und daß ich dies tat: auf die Lichtreklame schießen. Vielleicht wäre es besser gewesen, ich hätte in Drönschs Fenster geschossen. Und er dachte: Vielleicht sollte ich beichten gehen, aber sie werden mich nicht lassen; und es war acht, und nach acht konnte man nicht mehr beichten. Das Lamm hat mein Blut nicht getrunken, dachte er, o Lamm.
Nur ein paar Scherben hat es gegeben, und ich habe Katharinas Brust gesehen. Sie wird wiederkommen. Und nun hat Vater wirklich einmal Grund, die Pistole zu reinigen.
Er konnte sogar noch an Griff denken, der nun auf dem Weg nach Dreschenbrunn war, über die Höhen, an den Weinber-

gen vorbei, und er dachte noch an die Tennisbälle und das Marmeladenglas, von dem er die Vorstellung hatte, daß es längst überwuchert war.
Sehr viele Leute standen um ihn herum in weitem Abstand. Drönsch lag jetzt oben im Fenster, mit aufgestützten Armen, die Pfeife im Mund. Nie will ich so aussehen, dachte er, nie. Drönsch sprach immer von Tirpitz. »Tirpitz ist Unrecht geschehen. Die Geschichtswissenschaft wird Tirpitz noch einmal Gerechtigkeit widerfahren lassen. Objektive Forscher sind am Werke, um die Wahrheit über Tirpitz herauszufinden.« – Tirpitz? Ach ja.
Von hinten, dachte er, das hätte ich mir denken können, daß sie von hinten kommen. Kurz bevor der Polizist ihn packte, roch er dessen Uniform: Ihr erster Geruch war Reinigungsbenzin, ihr zweiter Ofenqualm, ihr dritter...
»Wo wohnst du, du Lümmel?« fragte der Polizist.
»Wo ich wohne?« Er blickte den Polizisten an. Er kannte ihn, und der Polizist mußte ihn kennen: Er brachte doch immer die Verlängerung für Vaters Waffenschein, freundlich war er, lehnte die Zigarre dreimal ab, bevor er sie annahm. Auch jetzt war er nicht unfreundlich, und sein Griff war nicht fest.
»Ja, wo du wohnst.«
»Ich wohne im Tal der donnernden Hufe«, sagte Paul.
»Das ist nicht wahr«, rief die Frau, die den Flur geputzt hatte, »ich kenne ihn doch, er ist der Sohn...«
»Ja, ja«, sagte der Polizist, »ich weiß. Komm«, sagte er, »ich bring' dich nach Hause.«
»Ich wohne in Jerusalem«, sagte Paul.
»Hör jetzt auf damit«, sagte der Polizist, »und komm.«
»Ja«, sagte Paul, »ich werde damit aufhören.«
Die Leute schwiegen, als er vor dem Polizisten her die dunkle Straße hinunterging. Er sah aus wie ein Blinder: die Augen auf einen bestimmten Punkt gerichtet, und doch schien er an allem vorbeizusehen; nur eins sah er: die zusammengefaltete

Abendzeitung des Polizisten. Und er konnte in der ersten Zeile lesen: »Chruschtschow« und in der zweiten: »offenes Grab.«

»Mein Gott«, sagte er zu dem Polizisten, »Sie wissen doch genau, wo ich wohne.«

»Natürlich weiß ich's«, sagte der Polizist, »komm!«

(1957)

Keine Träne um Schmeck

1

Als Müllers Übelkeit sich jenem Punkt näherte, wo die Entladung unvermeidlich war, herrschte im Hörsaal weihevolle, hingegebene Stille. Die gepflegt klanglose, mit hoher Kultur auf heiser gehaltene Stimme von Professor Schmeck hatte sich jetzt (siebzehn Minuten vor Ende der Vorlesung) in jenes sanfte, sowohl einschläfernde wie aufreizende Leiern hineingesteigert, das einen bestimmten Studentinnentyp (den ausgesprochen intellektuellen, den man früher Blaustrumpf nannte) in fast sexuelle Erregung versetzte; in diesem Augenblick waren sie bereit, für Schmeck zu sterben. Schmeck selbst pflegte – im vertrauten Gespräch – diesen Punkt der Vorlesung als den zu bezeichnen, an dem »das bis auf die Spitze, bis an den äußersten Rand seiner Möglichkeiten getriebene Rationale irrational zu wirken beginnt, und«, pflegte er hinzuzufügen, »meine Freunde, wenn Sie bedenken, daß ein Gottesdienst anständigerweise fünfundvierzig Minuten dauert, wie der Liebesakt – nun, dann werden Sie begreifen, meine Freunde, daß Rhythmus und Langeweile, Steigerung und Nachlassen, Höhepunkt – Ausatmen – zum Gottesdienst, zum Liebesakt und – jedenfalls meiner Ansicht nach – zum akademischen Vortrag gehören.«
An diesem Punkt, etwa in der dreiunddreißigsten Minute der Vorlesung, gab es keine Gleichgültigkeit mehr im Saal, nur Anbetung und Abneigung; die anbetenden Zuhörer hätten jeden Augenblick in unartikuliert rhythmisches Geschrei ausbrechen können, das die ablehnenden Zuhörer (die in der

Minderheit waren) zu provokativem Geschrei veranlaßt hätte. Aber in diesem Augenblick, wo solch unakademisches Gebaren zu fürchten gewesen wäre, brach Schmeck mitten im Satz ab und führte durch eine prosaische Geste jene Ernüchterung herbei, die er brauchte, um die Vorlesung zu einem überschaubaren Ende zu bringen: Er putzte sich mit einem großkarierten, bunten Taschentuch (wie sie früher unter der Bezeichnung ›Fuhrmannstaschentuch‹ bekannt waren) die Nase, und der obligatorische Blick, den er auf sein Taschentuch warf, bevor er es wieder einsteckte, brachte auch die allerletzte Studentin im Saal, der möglicherweise schon leichter Schaum vor dem Mund stand, zur Ernüchterung. »Ich brauche Anbetung«, pflegte Schmeck zu sagen, »und kann sie doch nicht ertragen.«
Ein tiefes Seufzen ging durch den Hörsaal, Hunderte schworen sich, nie mehr in Schmecks Vorlesung zu gehen – und würden sich am Dienstagnachmittag an der Hörsaaltür drängen, würden eine halbe Stunde vor Beginn schon Schlange stehen, die Vorlesung des Schmeck-Gegners Livorno versäumen, um Schmeck zu hören (der seine Vorlesungstermine immer erst dann bekanntgab, wenn Livorno seine schon festgesetzt hatte; Schmeck scheute sich nicht, immer dann, wenn er fürs Vorlesungsverzeichnis seine Termine hätte bekanntgeben müssen, so weit zu verreisen, daß er selbst telegrafisch nicht zu erreichen war; im vergangenen Semester hatte er eine Expedition zu den Warrau-Indianern unternommen, war für Wochen im Mündungsgebiet des Orinoko unauffindbar und hatte nach Beendigung seiner Expedition aus Caracas seinen Vorlesungstermin telegrafiert, der genau mit dem von Livorno übereinstimmte – eine Tatsache, die eine Quästurangestellte zu der Bemerkung veranlaßte: »Der hat natürlich auch in Venezuela seine Spione«).
Das tiefe Seufzen erschien Müller als die rechte Gelegenheit, endlich zu tun, was er schon vor einer Viertelstunde hätte tun

sollen, aber nicht riskiert hatte: hinauszugehen und seinen Magen zu befreien. Als er, seine Aktentasche nur lose unter den Arm geklemmt, in der ersten Reihe aufstand, sich durch die dichten Reihen hindurchdrängte, nahm er flüchtig den Ausdruck von Empörung, von Erstaunen auf den Gesichtern der Studenten wahr, die ihm widerwillig Platz machten. Selbst den Schmeck-Gegnern erschien es wohl unvorstellbar, daß es jemand geben konnte – und außerdem einen dezidierten Schmeck-Anhänger, von dem man munkelte, er kandidiere für die Stelle des ersten Assistenten –, der sich diese perfide Brillanz auch nur teilweise entgehen ließe. Als Müller den Ausgang endlich erreicht hatte, hörte er noch mit halbem Ohr die zweite Hälfte des Satzes, den Schmeck abgebrochen hatte, um sich die Nase zu putzen – »zum Kernpunkt des Problems: Ist der Lodenmantel eine zufällige oder eine typische Bekleidung? Ist er soziologisch repräsentativ?«

2

Müller erreichte die Toilette im allerletzten Augenblick, er riß seinen Krawattenknoten nach unten, das Hemd auf, hörte das abgerissene Hemdknöpfchen mit hellem Geräusch in die Nebenkabine rollen, ließ seine Mappe einfach auf den Fliesenboden fallen – und erbrach sich; er spürte, wie der kalte Schweiß auf seinem sich wieder erwärmenden Gesicht noch kälter wurde, brachte, ohne die Augen zu öffnen, indem er nach dem Knopf tastete, die Spülung in Gang und war erstaunt, daß er sich auf eine endgültige Weise nicht nur befreit, auch gereinigt fühlte: Was da hinuntergespült wurde, war mehr als Erbrochenes: eine halbe Weltanschauung, die Bestätigung eines Verdachts, Wut – er lachte vor Erleichterung, wischte sich mit dem Taschentuch über den Mund, schob den Krawattenknoten flüchtig wieder hoch, hob seine Mappe auf und verließ die Kabine. Sie hatten ihn schon hundertmal deswegen verlacht, aber nun erwies sich, wie nützlich es war, daß er immer Handtuch und Seife mit sich trug, Hunderte Mal schon hatten sie ihn seiner ›kleinbürgerlichen‹ Seifendose wegen verspottet; als er sie jetzt öffnete, hätte er seine Mutter, die sie ihm aufgedrängt hatte, als er vor drei Jahren auf die Universität zog, küssen mögen: Seife war genau das, was er jetzt brauchte; er griff zögernd an seine Krawatte, ließ sie, wo sie war, hängte seine Jacke an die Klinke der Toilettentür, wusch sich gründlich Gesicht und Hände, fuhr sich flüchtig über den Hals und verließ eilig die Toilette. Noch waren die Flure leer, und wenn er sich beeilte, konnte er noch vor Marie auf seinem Zimmer sein. Ich werde sie fragen, dachte er, ob Ekel, der ganz eindeutig geistigen Ursprungs ist, einem so heftig auf den Magen schlagen kann.

3

Es war ein milder, feuchter Vorfrühlingstag, und zum erstenmal in den drei Jahren Universität verfehlte er die letzte, die dritte Stufe am Hauptportal – er hatte nur zwei eingerechnet –, stolperte, und während er sich wieder fing und in Schritt zu fallen versuchte, spürte er die Nachwirkungen der vergangenen fürchterlichen Viertelstunde; ihm war schwindlig, und die Umwelt erschien ihm in einer freundlichen, träumerischen Verschwommenheit; von impressionistischer Sinnlichkeit waren die Gesichter der Mädchen, die er auf Germanistinnen schätzte, träge schlenderten sie mit ihren Mappen und Büchern unter grünen Bäumen daher, und sogar die buntbemützten Katholiken, die da zu irgendeinem Konvent auf dem Vorplatz sich eingefunden hatten, wirkten weniger abstoßend als sonst; ihre farbigen Bänder und Mützen hätten Fetzen eines sich auflösenden Regenbogens sein können. Müller taumelte weiter, erwiderte automatisch Grüße, kämpfte gegen den Strom an, der sich jetzt, gegen halb zwölf, in die Universität ergoß, ein Arbeiterstrom bei Schichtwechsel.

4

Erst in der Straßenbahn, als er schon drei Stationen weit gefahren war, fing er an, wieder recht zu sehen, als habe er eine Brille aufgesetzt, die eine Dioptrie korrigierte; von der einen Vorstadt ins Stadtzentrum, vom Zentrum wieder in eine andere Vorstadt hinaus: fast eine Stunde Zeit, nachzudenken und alles ›ins rechte Licht zurücken‹. Es konnte doch gar nicht wahr sein! Hatte Schmeck nötig, ihn – das sechste Semester Rudolf Müller – zu beklauen? Er hatte doch Schmeck vorgeschlagen, eine Reihe ›Soziologie der Kleidung‹ zu begründen, als ersten Titel seine Arbeit: ›Versuch einer Soziologie des Lodenmantels‹ zu nehmen, und Schmeck hatte begeistert zugestimmt, ihn beglückwünscht, ihm angetragen, die ganze zu begründende Reihe zu überwachen. Und hatte er nicht Schmeck in dessen Arbeitszimmer die ersten Seiten seiner ›Soziologie des Lodenmantels‹ vorgelesen, Sätze, die er heute wortwörtlich aus Schmecks Munde wiedergehört hatte? Müller wurde wieder blaß, riß seine Mappe auf, durchwühlte sie: Die Seifendose fiel auf den Boden, dann ein Buch von Schmeck: ›Anfangsgründe der Soziologie‹. Wo war sein Manuskript? War's Traum, Erinnerung oder Halluzination, was er plötzlich vor sich sah: Schmecks Lächeln an der Tür des Arbeitszimmers, die weißen Manuskriptblätter in Schmecks Hand. »Natürlich werde ich mir gerne einmal Ihre Arbeit anschauen!« Dann die Osterferien – zunächst nach Hause, später mit einer Studiengruppe drei Wochen in London – und heute Schmecks Vorlesung ›Ansätze zu einer Soziologie der Kleidung, erster Teil: Zur Soziologie des Lodenmantels...‹

5

Umsteigen. Er stieg automatisch aus, wieder ein, als seine Bahn kam, seufzte bekümmert, als die ältliche Schaffnerin auf ihrem Thron ihn erkannte. Würde sie wieder den Witz machen, den sie immer machte, seitdem sie seinen Studentenausweis gesehen hatte? Sie machte den Witz: »Na, die Herren Studenten, um halb zwölf Feierabend – und jetzt mit die Mädchen los, was?« Die Fahrgäste lachten, Müller wurde rot, drängte sich nach vorne, wäre am liebsten ausgestiegen, schneller gelaufen, als die Bahn fuhr, um endlich nach Hause auf sein Zimmer zu kommen und Gewißheit zu haben. Sein Tagebuch würde es beweisen – oder ob Marie als Zeugin etwas nützen würde? Sie hatte für ihn die Arbeit getippt, er erinnerte sich noch ihres Vorschlags, einen Durchschlag zu machen, sah ihre Hand, die das Durchschlagpapier schon hochhielt, aber er hatte abgewinkt, darauf hingewiesen, daß es ja nur ein Entwurf sei, eine Skizze – und er sah Maries Hand, die das Pauspapier wieder in die Schublade legte und anfing zu schreiben. ›Rudolf Müller, stud. phil., Buchweizenstraße 17‹ – und während er ihr den Kopf der Arbeit diktierte, war ihm eingefallen: Man könnte auch eine Soziologie der Speisen schreiben: Buchweizengrütze, Pfannkuchen, Sauerbraten – der in der Arbeitersiedlung, in der er aufgewachsen war, als die Krone des Feinschmeckers galt, in der Skala der Seligkeiten gleichrangig neben geschlechtlichen Freuden rangierte –, Reis mit Zimt, Erbsensuppe mit Speck; und noch bevor er anfing, Marie seine Arbeit zu diktieren, träumte er davon, der Soziologie des Lodenmantels eine der Bratkartoffeln folgen zu lassen. Einfälle, Einfälle genug – und er wußte, daß er das Zeug dazu hatte, diese Einfälle zu realisieren.

6

Diese unendlich langen Ausfallstraßen, römisch, napoleonisch – schon waren die Hausnummern über 900 dran. Erinnerung in Bruchstücken: Schmecks Stimme – der plötzliche Brechreiz, als zum erstenmal das Wort ›Lodenmantel‹ fiel – acht oder neun Minuten da vorne in der ersten Reihe, der

Drang zum Erbrechen – dann die dreiunddreißigste Minute, Schmecks Taschentuch, sein Blick auf das Ergebnis seiner geräuschvollen Bemühungen – endlich die Toilette – nebelhafte Feuchtigkeit vor der Universität – sinnlich verschwimmende Germanistinnengesichter – katholische Couleurbänder wie Reste eines sterbenden Regenbogens; in die 12 eingestiegen, in die 18 umgestiegen – der Witz der Schaffnerin – und schon die Hausnummern Mainzer Straße 980, 981. Er zog eine der drei Zigaretten heraus, die er in der oberen Jackentasche als Vormittagsration mitgenommen hatte, tastete nach dem Feuerzeug.

»Komm her, Student, gib mir auch Feuer.« Er stand auf, lächelte müde, während er nach hinten ging, wo die alte Schaffnerin sich von ihrem Thron herunterquetschte. Er hielt das brennende Feuerzeug an ihren Zigarettenstummel, zündete auch seine Zigarette an und war angenehm überrascht, als ihm nicht übel wurde. »Kummer, junger Mann?« Er nickte, forschte angestrengt auf ihrem derben, rotgeäderten Gesicht, die Zote fürchtend, die sie als Trost anbieten könnte, aber sie nickte nur, sagte »Danke, Kavalier«, hielt sich an seiner Schulter fest, als die Bahn in die Endstationsschleife einbog, stieg vor ihm aus, als die Bahn hielt, und wackelte auf den ersten Wagen zu, wo der Fahrer schon seine Thermosflasche entkorkte.

7

So klein waren diese grauen Häuser und so eng diese Straßen. Schon ein geparktes Motorrad versperrte sie; vor dreißig Jahren hatten die damals Fortschrittsgläubigen nicht geglaubt, daß Autos selbstverständlich werden könnten; Zukunftsträume waren hier Gegenwart geworden und gestorben; alles, was später beanspruchen würde, fortschrittlich und zukünftig zu sein, wurde als feindselig empfunden; alle Straßen waren gleich, von der Ahornallee bis zur Zwiebelstraße; Kamille und Lauch, Kapuzinerkresse (war zunächst abgelehnt worden, denn es klang so klerikal, wurde aber als botanisch eindeutig und des Klerikalismus unverdächtig dann doch vom Vorstand genehmigt) und Liguster – ›alles, was wächst‹, war hier als Straßenname vertreten, war umrandet von einer Marxallee und hatte sein Zentrum in einem Engelsplatz (die Marx- und Engelsstraße waren von älteren Arbeitersiedlungen schon besetzt). Die kleine Kirche war später erbaut worden, als sich herausstellte, daß die erklärten Atheisten alle mit frommen Frauen verheiratet waren – als der Wohnbezirk ›Blumenhof‹ eines Tages (fromme Mütter hatten ihre inzwischen erwachsenen Söhne und Töchter auf ihrer Seite) mehr Zentrums- als SPD-Stimmen melden mußte, als schamrote alte Sozialisten sich vor Kummer betranken, entschlossen zur KPD überwechselten. Nun war die kleine Kirche schon längst viel zu klein, quoll sonntags über, und im Rektoratshaus konnte man das Modell der geplanten neuen bewundern. Sehr modern. Außerhalb der Marxallee hatte die benachbarte Kirchengemeinde St. Bonifatius Land geschenkt für die neue Kirche des heiligen Joseph, Schutzpatron der Arbeiter. Schon ragten Baukräne triumphierend in den Frühlingshimmel.

Müller versuchte zu lächeln, aber es gelang ihm nicht, wenn er an seinen Vater dachte: Ihm schien immer, als sei das aufklärerische Atheistenpathos der zwanziger Jahre hier noch zu riechen, das Freie-Liebe-Klima noch vorhanden, und obwohl es nie mehr zu hören war, schien ihm in diesen Straßen das ›Brüder, zur Sonne, zur Freiheit‹ noch nachzuklingen; sein Lächeln mißlang. Rosmarinstraße, Tulpenstraße, Thymianweg – und wieder ein neuer Straßenzyklus, mit dem Alphabet beginnend: Akazienaue, endlich die Buchweizenstraße – ›alles, was wächst‹; da das Haus Nummer 17, und sein Lächeln gelang, als er Maries Fahrrad entdeckte: Es lehnte gegen das eiserne Gestänge, mit dem Onkel Willi den

Mülleimer eingerahmt hatte, das schlechtgeputzte, wacklige Fahrrad der Freiin von Schlimm, jüngere Linie. Sein Wunsch, auch dem Fahrrad Zärtlichkeit zu erweisen, realisierte sich in einem leichten Tritt gegen die Felgen des Hinterrades. Er schloß die Tür auf, rief »Tag, Tante«, in den engen Flur, aus dem es nach Bratkartoffeln roch, hob das Paket auf, das auf der untersten Treppenstufe lag, und stürmte nach oben. Der Aufgang war so eng, daß er jedesmal mit seinem Ellenbogen die rötlichbraune Rupfenbespannung berührte, und Tante Käthe behauptete, daß sie die Heftigkeit und die Anzahl seiner Treppenersteigungen an den Verschleißspuren abzulesen imstande sei – im Laufe der drei Jahre hatte sich eine Verdünnungsspur gebildet, deren Grundton an einen Kahlkopf erinnerte.

8

Marie. Er war jedesmal wieder gerührt über die Heftigkeit seiner Gefühle für sie, und jedesmal (er hatte sie jetzt schon mehr als dreihundertmal getroffen, er führte an Hand seines Tagebuches eine Art Statistik darüber), jedesmal kam sie ihm magerer vor, als er sie in Erinnerung hatte. Im Laufe jedes Rendezvous schien sie sich zu füllen, er behielt sie voll in Erinnerung und war immer wieder überrascht, wenn er sie in ihrer ursprünglichen, unveränderten Magerkeit wiedersah. Sie hatte die Schuhe und Strümpfe ausgezogen, lag auf seinem Bett, dunkelhaarig und von einer Blässe, die für ein Zeichen von Schwindsucht zu halten er immer noch nicht lassen konnte.

»Bitte«, sagte sie leise, »küß mich nicht; den ganzen Morgen über habe ich schmutzige Witze über alle Arten der Liebe gehört. Wenn du lieb sein willst, massiere meine Füße.« Er warf seine Mappe und das Paket hin, kniete sich vors Bett und nahm ihre Füße in seine Hände. »Ach, du bist lieb«, sagte sie; »ich hoffe nur, du bekommst keinen Krankenwärterkomplex – bei euch weiß man nie, was man anrichtet; und bitte«, sagte sie leiser, »laß uns zu Hause bleiben, ich bin zu müde, um noch irgendwohin zum Essen zu gehen. Daß ich mittags immer weg bin, wird von unserer Fürsorgerin, die sich ums Betriebsklima kümmert, sowieso schon als gemeinschaftsfeindlich registriert.«

»Verflucht«, sagte er, »warum machst du nicht Schluß mit der Quälerei? Diese Schweine!«

»Wen meinst du damit? Die Chefs oder die Kolleginnen?«

»Die Chefs«, sagte er, »was du schmutzige Witze nennst, ist der Ausdruck der einzigen Freude, die diese Mädchen haben; deine bürgerlichen Ohren ...«

»Ich habe feudale Ohren, wenn meine Ohren schon ein soziologisches Beiwort nötig haben.«

»Der Feudalismus hat dem Bürgertum nicht widerstanden, er hat sich mit der Industrie verheiratet, die ihn verbürgerlicht hat; du verwechselst das, was zufällig an dir ist, mit dem, was typisch an dir ist; so viel Wert auf den Namen zu legen, indem man ihn so unwert findet wie du den deinen, ist auch spätbürgerlicher Idealismus. Genügt es dir nicht, daß du bald – vor Gott und den Menschen, wie ihr es nennt – Marie Müller heißen wirst?«

»Deine Hände sind gut«, sagte sie. »Wann wirst du in der Lage sein, Frau und Kinder damit zu ernähren?«

»Sobald du die Mühe auf dich nimmst, auszurechnen, was uns nach dem Honnefer-Modell bleibt, wenn wir verheiratet sind und du weiterarbeitest.«

Sie richtete sich auf und leierte wie ein Schulmädchen ab: »Zweihundertdreiundvierzig bekommst du im Monat, den Höchstsatz, als Hilfsassistent verdienst du zweihundert, wovon einhundertfünfundzwanzig, weil studienverwandt verdient, frei sind: macht dreihundertachtundsechzig – dein Vater verdient aber siebenhundertundzehn netto, das heißt zweihundertundsechzig mehr als den Freibetrag, so bekommst du, weil du Einzelkind bist, einhundertunddreißig wieder abgezogen, was bedeutet, daß du deine Hilfsassistentenarbeit ganz umsonst tust – effektiver Rest: zweihundertunddreißig. Sobald wir heiraten, wird die Hälfte von dem, was ich über dreihundert verdiene – also genau zwei Mark fünfzehn – abgezogen, so daß ein effektives Einkommen als verheirateter Honnefer sich auf zweihundertdreißig Mark fünfundachtzig Pfennig belaufen wird.«

»Ich gratuliere«, sagte er, »du hast dich also wirklich drangegeben?«

»Ja«, sagte sie, »vor allem habe ich immerhin ausgerechnet, daß du dich vollkommen umsonst bei diesem Schmeck-Schwein abrackerst...«

Er nahm die Hände von ihren Beinen. »Schmeck-Schwein, wie kommst du darauf?«

Sie blickte ihn an, warf ihre Beine herum, setzte sich aufs Bett, er schob ihr seine Pantoffeln hin. »Was ist los mit Schmeck? Was Neues? Sag's mir doch – laß meine Füße jetzt –, sag doch, was los ist.«

»Kannst du einen Augenblick warten?« sagte er, hob seine Mappe und das Paket vom Boden auf, nahm die beiden restlichen Zigaretten aus der Brusttasche, zündete beide an, gab eine davon Marie, warf Mappe und Paket neben Marie aufs Bett, ging zum Bücherregal und suchte sein Tagebuch, eine dicke Schulkladde, die zwischen Kierkegaard und Kotzebue stand, heraus, setzte sich zu Maries Füßen vors Bett.

»Paß auf«, sagte er. »Hier. 13. Dezember. Beim Spaziergang mit Marie, als wir durch den Park gingen, kam mir plötzlich die Idee zu einer ›Soziologie des Lodenmantels‹.«

»Ja«, sagte Marie, »du hast mir sofort davon erzählt, und du erinnerst dich meiner Einwände.«

»Natürlich.« Er blätterte weiter. »Hier. 2. Januar. Angefangen mit den ersten Studien. Skizzen, Gedanken – auch Material gesichtet. Ging zu Loden-Meier und versuchte vergebens, Einblick in die Kundenkartei zu bekommen... Dann weiter, Januar, Februar, jeden Tag Eintragungen über den Fortgang der Arbeit.«

»Ja, natürlich«, sagte Marie, »und Ende Februar hast du mir die ersten dreißig Seiten diktiert.«

»Ja, und hier, das suche ich: 1. März. Besuch bei Schmeck, dem ich die ersten Seiten meines Entwurfes zeigte, stellenweise vorlas. Schmeck bat mich, ihm das Manuskript zur Durchsicht dort zu lassen...«. – »Ja, am Tag darauf bist du nach Hause gefahren.«

»Dann nach England. Gestern zurückgekommen – und heute war Schmecks erste Vorlesung, und die Zuhörerschaft war so interessiert, so hingegeben, so berauscht wie noch nie, weil das Thema so neu, so spannend war – jedenfalls für die Zuhörer. Ich geb' dir nur zu raten, worüber Schmeck gelesen hat. Rat doch mal, meine liebe Baronin.«

»Wenn du mich noch einmal Baronin nennst, nenn' ich dich – nein«, sie lächelte, »hab keine Angst, ich nenn' dich nicht so, auch wenn du mich Baronin nennst. Würd' es dir weh tun, wenn ich dich so nenne?«

»Wenn *du* mich so nennst, nicht«, sagte er leise, »du kannst mich nennen, wie du willst – aber du glaubst nicht, wie schön das ist, wenn sie hinter dir her rufen, hinter dir her flüstern, wenn sie's hinter deinem Namen ans Schwarze Brett schreiben: ›Rudolf, Arbeiterkind‹. Ich bin eben eine Rarität, ich bin das große Wunder, ich bin einer von denen, von denen es nur fünf auf Hundert gibt, nur fünfzig auf Tausend, und – je höher du die Beziehungsgröße hinaufschraubst, desto phantastischer wird die Relation – ich bin einer von denen, von denen es nur fünftausend auf Hunderttausend gibt: tatsächlich der Sohn eines Arbeiters, der an einer westdeutschen Universität studiert.«

»An den ostdeutschen Universitäten wird es wohl umgekehrt sein; da sind von hundert fünfundneunzig Arbeiterkinder.«

»Da wäre ich eine lächerlich alltägliche Erscheinung; hier bin ich das berühmte Beispiel bei Diskussionen, bei Beweisen und Gegenbeweisen, ein wirkliches, richtiges, unverfälschtes Arbeiterkind – und sogar begabt, begabt; aber du hast immer noch nicht zu raten versucht, welchen Gegenstand Schmeck heute zelebriert hat.«

»Das Fernsehen vielleicht?«

Müller lachte. »Nein, die großen Snobs sind jetzt *fürs* Fernsehen.«

»Doch nicht« – Marie drückte ihre Zigarette in dem Aschenbecher aus, den Müller in der Hand hielt –, »doch nicht die Soziologie des Lodenmantels?«

»Worüber sonst«, sagte Rudolf leise, »worüber sonst?«

»Nein«, sagte Marie, »das kann er doch nicht tun.«

»Er hat's aber getan, und ich habe Sätze in seiner Vorlesung wiedererkannt, von denen ich mich noch erinnere, wieviel Spaß es mir gemacht hat, sie zu formulieren...«

»Zuviel Spaß hat's dir gemacht...«

»Ja, ich weiß – ganze Abschnitte hat er zitiert.«

Er erhob sich vom Boden und fing an, im Zimmer auf und ab zu gehen. »Du weißt doch, wie das ist, wenn man herauszukriegen versucht, ob man sich selbst zitiert oder einen anderen – wenn man etwas hört, das man schon einmal gehört, schon einmal gesagt zu haben glaubt, und man versucht dann herauszufinden, ob man es selbst vorher gesagt oder nur gedacht hat, ob man's wiedererkennt oder gelesen hat – und es macht dich ganz verrückt, weil deine Erinnerung nicht funktioniert.«

»Ja«, sagte Marie, »früher grübelte ich immer darüber nach, ob ich Wasser getrunken hatte oder nicht – vor der heiligen Kommunion. Du glaubst, du hättest Wasser getrunken, weil du schon so oft im Leben, schon tausendmal Wasser getrunken hast, auf den nüchternen Magen – und hast doch nicht Wasser getrunken.«

»Und kommst nicht zu einem überzeugenden Ergebnis – da ist eben ein Tagebuch sehr wichtig.«

»Das Grübeln über diese Frage hättest du dir ersparen können: ganz klar, daß Schmeck dich beklaut hat.«

»Und mich um meine Dissertation gebracht hat.«

»Mein Gott«, sagte Marie – sie stand vom Bett auf, legte Rudolf die Hand auf die Schulter, küßte ihn auf den Hals –, »mein Gott, du hast recht – das ist ja wahr –, den Lebensnerv hat er dir abgeschnitten – kannst du ihn nicht verklagen?«

Müller lachte. »Alle Universitäten auf der ganzen Erde, von Massachusetts über Göttingen bis Lima, von Oxford bis Nagasaki werden ein geschlossenes irres Gelächter anstimmen, wenn da ein gewisser Müller, Rudolf, Arbeiterkind, auftreten und behaupten wird, Schmeck habe ihn beklaut. Sogar die Warraus werden in das höhnische Gelächter einstimmen, denn selbst die wissen, daß der weise weiße Mann Schmeck alles weiß, was zwischen Menschen geschieht. Wenn aber, was die Folge meiner Klage sein würde, Schmeck aufträte und sagte, ein gewisser Müller habe ihn beklaut, werden sie alle nicken, sogar die Botokuden.«

»Man müßte ihn umbringen«, sagte Marie.

»Endlich fängst du an, unbürgerlich zu denken.«

»Ich versteh' nicht, daß du noch lachen kannst«, sagte Marie.

»Daß ich noch lachen kann, hat einen sehr guten Grund«, sagte Müller. Er ging zum Bett, nahm das Postpaket dort weg, brachte es zum Tisch und fing an, es aufzuschnüren. Er löste geduldig die vielfache Verknotung des Bindfadens, so langsam, daß Marie die Schublade aufriß, ein Messer herausnahm, es ihm wortlos hinhielt.

»Umbringen, ja«, sagte Müller, »das wäre eine Idee – aber nicht um alles in der Welt würde ich den Bindfaden durchschneiden: das wäre ein Schnitt genau ins Herz meiner Mutter, die nun einmal Bindfaden sorgfältig abwickelt, aufrollt, noch einmal verwendet – sie wird mich bei ihrem nächsten Besuch nach dem Bindfaden fragen, und wenn ich ihn nicht vorweisen kann, wird sie den baldigen Untergang der Welt prophezeien.«

Marie klappte das Messer wieder zu, legte es in die Schublade zurück, lehnte sich gegen Müller, während der das Papier von seinem Paket abwickelte und sorgfältig zusammenfaltete.

»Du hast mir noch gar nicht gesagt, warum du noch lachen kannst«, sagte sie, »das ist doch die perfideste, ekelhafteste, dreckigste Gemeinheit, die Schmeck an dir begehen konnte – wo er dich doch zum ersten Assistenten machen wollte und dir eine glänzende Zukunft prophezeit hat.«

»Nun«, sagte Müller, »willst du den Grund wirklich wissen?«

Sie nickte. »Sag's«, sagte sie.

Er ließ vom Paket ab, küßte sie. »Verflucht«, murmelte er, »wenn du nicht wärst, hätte ich etwas Verzweifeltes getan.«

»Tu's auch so«, sagte sie leise.

»Was?«

»Tu was Verzweifeltes mit ihm«, sagte Marie, »ich werde dir helfen.«

»Was soll ich denn tun, ihn wirklich umbringen?«

»Tu was Körperliches mit ihm, nichts Geistiges – bring ihn halb um.«

»Wie?«

»Vielleicht Prügel – aber jetzt wollen wir erst essen. Ich hab' Hunger und muß in fünfunddreißig Minuten wieder losradeln.«

»Ich bin gar nicht so sicher, daß du losradeln wirst.«

Er faltete sorgfältig eine zweite Schicht Packpapier ab, löste eine schwächere Schnur, die um das Innerste des Pakets, einen Schuhkarton, gebunden war, nahm den Zettel weg, der zwischen Schnur und Kartondeckel geklemmt gewesen (›In jedes Paket obenauf Doppel der Anschrift legen‹), und endlich, während Marie seufzte, nahm er den Deckel vom Schuhkarton: Blutwurst, Speck, Kuchen, Zigaretten und eine Packung Glutamin. Marie nahm den Zettel vom Tisch und las leise vor: »Lieber Junge, es freut mich sehr, daß Du so billig die weite Reise nach England mitmachen konntest. Sie tun doch heutzutage allerlei an den Universitäten. Erzähl uns von London, wenn Du zu Besuch kommst. Vergiß nicht, wie stolz wir auf Dich sind. Nun bist Du also wirklich an der Doktorarbeit – ich kann's gar nicht glauben. Deine Dich liebende Mutter.«

»Sie sind wirklich stolz auf mich«, sagte Müller.

»Und haben allen Grund dazu«, sagte Marie. Sie räumte den Inhalt des Pakets in einen kleinen Schrank unterhalb der Bücherborde, nahm eine angebrochene Packung Tee heraus. »Ich geh' rasch runter und mach' uns Tee.«

9

»Komisch«, sagte Marie, »als ich heute mittag das Rad unten gegen das Gestänge legte, wußte ich schon, daß ich nach der Mittagspause nicht in die Kunststoffhölle zurückradeln würde; es gibt solche Vorgefühle – eines Tages, als ich aus der Schule kam, warf ich das Fahrrad zu Haus wie jeden Mittag gegen die Hecke; es versank immer halb darin, kippte, die Lenkstange hakte sich an irgendeinem dickeren Ast fest und das Vorderrad schwebte in der Luft – und ich wußte, als ich das Rad da hineinwarf, daß ich am anderen Tag nicht mehr in die Schule gehen würde, daß ich nie mehr in eine Schule gehen würde. Ich war's nicht einfach satt – es war vielmehr, ich wußte eben, daß es einfach ungehörig sein würde, auch noch einen Tag länger zu gehen. Vater konnte nicht drüberkommen, weil es genau vier Wochen vor dem Abitur war, aber ich sagte zu ihm: ›Hast du schon mal was von der Sünde der Völlerei gehört?‹ ›Ja‹, sagte er, ›aber du hast doch mit der Schule nicht Völlerei getrieben.‹ ›Nein‹, sagte ich, ›es ist ja nur ein Beispiel – aber wenn du einen Schluck Kaffee mehr trinkst oder ein Stück Kuchen mehr ißt, als du bis zu einem gewissen Punkt essen oder trinken solltest, ist das nicht Völlerei?‹ ›Ja‹, sagte er, ›und ich kann mir auch was unter geistiger Völlerei vorstellen, nur‹ – aber da unterbrach ich ihn und sagte: ›Es geht einfach nicht mehr in mich rein, ich fühl' mich jetzt schon wie 'ne gestopfte Gans.‹ ›Schade‹, sagte Vater, ›daß dir das vier Wochen vor dem Abitur passieren muß. Es ist so praktisch, das zu haben.‹ ›Wofür denn?‹ fragte ich, ›vielleicht für die Universität?‹ ›Ja‹, sagte er, und ich sagte: ›Nein, wenn ich schon in 'ne Fabrik gehe, dann in 'ne richtige‹ – und das hab' ich getan. Tut dir das weh, wenn ich so was erzähle?«

»Ja«, sagte Müller, »das tut sehr weh, wenn einer etwas wegschmeißt, das zu besitzen für unzählige Menschen der Gegenstand ihrer Träume und Sehnsüchte ist. Man kann auch über Kleider lachen, sie verachten, wenn man sie im Schrank hängen hat oder jederzeit die Möglichkeit, sie sich zu besorgen – man kann über alles lachen, was einem von Natur selbstverständlich ist.«

»Aber ich hab' ja gar nicht drüber gelacht und hab's gar nicht verachtet, und ich bin wirklich lieber in eine richtige Fabrik gegangen als auf die Universität.«

»Ich glaub' dir's ja«, sagte er, »dir ja, dir glaub' ich sogar, daß du katholisch bist.«

»Übrigens habe ich gestern ein Paket von zu Hause bekommen«, sagte Marie, »rat mal, was drin war.«

»Blutwurst, Speck, Kuchen, Zigaretten«, sagte Müller, »und kein Glutamin – und natürlich hast du die Schnur mit der Schere zerschnitten, das Papier zusammengeknüllt und ...«

»Genau«, sagte Marie, »genau, nur hast du etwas vergessen ...«

»Nein«, sagte Müller, »ich habe nichts vergessen, du hast

mich nur unterbrochen – dann hast du sofort in die Blutwurst reingebissen, in den Kuchen und dir sofort eine Zigarette angesteckt.«

»Los, auf jetzt, gehen wir ins Kino, und dann bringen wir Schmeck halb um, heute noch.«

»Heute noch?« sagte Müller.

»Natürlich heute noch«, sagte Marie, »alles, was man für richtig findet, soll man sofort tun – und die Frau soll an der Seite ihres Mannes streiten.«

10

Es war schon dunkel, als sie aus dem Kino kamen, und sie fanden den Wächter an der Fahrradwache in tiefer Verbitterung; er bewachte als letztes Maries schmutziges, rappeliges Fahrrad; ein alter Mann, der mit fast auf dem Boden schleppendem Mantel, sich die Hände warm reibend, auf und ab ging, Flüche vor sich hin murmelnd.

»Gib ihm ein Trinkgeld«, sagte Marie leise. Sie blieb ängstlich an der Kette stehen, die die Radwache vom Opernplatz abtrennte.

»Meine Prinzipien verbieten es mir, Trinkgeld zu geben, außer da, wo sie zum Lohn gehören. Es ist gegen die Würde des Menschen.«

»Vielleicht hast du eine falsche Vorstellung von der Würde des Menschen; mein Urahn, der erste Schlimm, bekam vor siebenhundert Jahren eine ganze Baronie als Trinkgeld.«

»Und vielleicht hast du deshalb so wenig Gefühl für Menschenwürde. Mein Gott«, sagte er leiser, »was gibt man denn in einem solchen Fall?«

»Ich denke, zwanzig oder dreißig Pfennig oder entsprechend viel Zigaretten. Los, bitte, geh du voran, hilf deiner Gehilfin. Es ist mir schrecklich peinlich.«

Müller näherte sich zögernd dem Wächter, hielt das winzige Zettelchen wie einen Ausweis, dem er nicht recht zu trauen schien, vor sich hin, riß, als sich das wütende Gesicht des alten Mannes ihm zuwandte, die Zigarettenschachtel aus der Tasche, sagte: »Tut mir leid, wir haben uns etwas verspätet« – der alte Mann nahm die ganze Schachtel, steckte sie in seine Manteltasche, wies mit stummer Verachtung auf das Fahrrad und ging an Marie vorbei auf die Straßenbahn zu.

»Wenn man leichte Männer liebt«, sagte Marie, »hat man den Vorteil, sie auf dem Gepäckständer mitnehmen zu können.« Sie fuhr zwischen wartenden Autos hindurch bis vorne an die rote Ampel. »Paß auf, Müller«, sagte sie, »daß du nicht mit den Füßen ihren Autolack abkratzt, darin sind sie empfindlich, das ist schlimmer für sie, als wenn ihre Frau einen Kratzer hat.« Und als der Fahrer des neben ihr wartenden Autos die Scheibe herunterdrehte, sagte sie laut: »Ich würde ja an deiner Stelle eine Soziologie der Automarken schreiben. Das Autofahren ist die Schule des Übervorteilens – und die schlimmsten Erscheinungen sind die sogenannten Ritter am Steuer: Diese krampfhafte demokratische Freundlichkeit ist wirklich zum Erbrechen; es ist die perfekte Heuchelei, weil man sozusagen für das Selbstverständliche einen Orden verlangt.«

»Ja«, sagte Müller, »und das Schlimmste an ihnen ist, daß sie alle glauben, *sie* sähen anders als die anderen aus, dabei ...«

Der Autofahrer drehte rasch seine Scheibe wieder hoch.

»Gelb, Marie«, sagte er.

Marie fuhr los, quer vor den Autos her auf die rechte Straßenseite, während Müller brav den rechten Arm ausstreckte.

»Ich habe eine gute Gehilfin erwischt«, sagte er, als sie in die dunkle Nebengasse einbogen.

»Gehilfin«, sagte Marie, sich halb zurückwendend, »ist eine schwache Übersetzung von Adjutorium – da steckt noch mehr drin: Beistand, und auch ein bißchen Freude. Wo wohnt er denn?«

»Mommsenstraße«, sagte Müller, »Nummer 37.«

»Da hat er Gott sei Dank einen Straßennamen erwischt, an dem er sich ärgert, sooft er ihn liest, ausspricht, hinschreibt – und ich hoffe, daß er jedes dreimal täglich muß. Er haßt doch sicher Mommsen.«
»Er haßt ihn wie die Pest.«
»Geschieht ihm recht, daß er in der Mommsenstraße wohnt. Wie spät ist es denn?«
»Halb acht.«
»Noch eine Viertelstunde Zeit.«
Sie fuhr in eine noch dunklere Nebenstraße hinein, die auf den Park auslief, sie hielt, Müller sprang ab und half ihr, das Fahrrad durch die Absperrung zu bugsieren. Sie gingen einige Meter in den dunklen Weg hinein, blieben an einem Busch stehen, und Marie warf das Fahrrad gegen einen Strauch, es versank halb darin, fing sich an einem Zweig. »Das ist fast wie zu Hause«, sagte Marie, »für Fahrräder gibt es nichts Besseres als Gebüsch.«
Müller umarmte sie, küßte sie auf den Hals, und Marie flüsterte: »Bin ich nicht doch ein bißchen zu mager für eine Frau?«
»Sei still, Gehilfin«, sagte er.
»Du hast fürchterliche Angst«, sagte sie, »ich habe gar nicht gewußt, daß man tatsächlich jemandes Herzschlag spüren kann – sag, hast du Angst?«
»Natürlich«, sagte er, »es ist mein erster Überfall – und es kommt mir ganz unglaublich vor, daß wir wirklich hier stehen, um Schmeck in eine Falle zu locken, ihn zu verprügeln. Ich kann gar nicht glauben, daß es wahr ist.«
»Du glaubst eben an geistige Waffen, an Fortschritt und so, und für solche Irrtümer muß man zahlen; wenn es überhaupt je geistige Waffen gegeben hat – heute kannst du sie nicht mehr verwenden.«
»Versteh mich doch«, flüsterte er, »der Bewußtseinsvorgang: Hier steh ich also...«

»Ihr müßt ja schizophren werden, ihr armen Kerle. Ich wünschte doch, ich wäre nicht so mager. Ich hab' gelesen, magere Frauen wären nicht gut für Schizoide.«

»Dein Haar riecht wirklich nach diesem dreckigen Kunststoff, und deine Hände sind wirklich ganz rauh.«

»Ja«, sagte sie leise, »ich bin eben ein Mädchen wie aus einem modernen Roman. Überschrift: Baronin dreht ihrer Klasse den Rücken, entschließt sich, wahr und wirklich zu leben. – Wie spät ist es denn inzwischen?«

»Fast dreiviertel.«

»Dann muß er bald kommen. Ich finde es so schön, daß wir ihn in seiner eigenen Eitelkeit fangen. Du hättest seine Stimme hören müssen, wie er dem Rundfunkreporter sagte: ›Regelmäßigkeit, Rhythmus, das ist mein Prinzip. Gegen sieben Uhr fünfzehn ein leichtes Mahl, eigentlich nur ein Imbiß – dazu starken Tee –, und um dreiviertel acht der allabendliche Spaziergang im Stadtwald‹ – du weißt also, wie es sich abspielen soll?«

»Ja«, sagte Müller, »sobald er da um die Ecke biegt, legst du dein Fahrrad quer über den Weg, und wenn ich dann tss, tss mache, läufst du hin und legst dich daneben – er wird auf dich zulaufen.«

»Und du kommst aus dem Hinterhalt, prügelst ihn kräftig durch, so fest, daß er einige Zeit braucht, um zu sich zu kommen, und wir türmen...«

»Das klingt nicht sehr fair.«

»Fair«, sagte sie, »das sind so Vorstellungen.«

»Und wenn er um Hilfe schreit? Wenn es ihm gelingt, mich zu überwältigen? Er wiegt rund einen Zentner mehr als ich! Und, wie gesagt, das Wörtchen ›Hinterhalt‹ gefällt mir nicht.«

»Natürlich, ihr habt so eure Vorstellungen. Fairer Wahlkampf und so – und dann unterliegt ihr natürlich immer. Vergiß nicht, daß ich komme und dir helfe, daß ich tüchtig drauflosschlagen werde – und notfalls lassen wir das Fahrrad im Stich.«

»Als corpus delicti? Ich glaube, es ist das einzige Fahrrad in der Stadt, dessen Physiognomie unverkennbar ist.«

»Dein Herz schlägt immer heftiger, immer schneller, du mußt tatsächlich eine Heidenangst haben.«

»Hast du denn keine?«

»Natürlich«, sagte sie, »aber ich weiß, daß wir im Recht sind und daß dies die einzige Möglichkeit ist, eine Art Urteil zu vollstrecken, wo doch die ganze Welt, bis zu den Botokuden, auf seiner Seite ist.«

»Verdammt«, sagte Müller leise, »da kommt er wirklich.«

Marie sprang auf den Weg, riß ihr Fahrrad aus dem Strauch, legte es mitten auf den feuchten Weg. Müller beobachtete Schmeck, der ohne Hut, mit offenem, wehendem Mantel die kleine Straße herunterkam. »Gott«, flüsterte er Marie zu, »wir haben den Hund vergessen, sieh dir dieses Vieh an, ein Schäferhund, fast so groß wie ein Kalb.« Marie stand wieder neben ihm, blickte über seine Schulter auf Schmeck, der heiser »Solveig, Solveig« rief, den Hund, der freudig an ihm hochsprang, abwehrte, einen Stein von der Straße aufhob und diesen auf das Gebüsch zuwarf, wo er kaum zehn Meter von Müller entfernt liegenblieb.

»Verdammt«, sagte Marie, »es mit diesem Köter aufzunehmen, hat gar keinen Zweck; der ist scharf und auf den Mann dressiert – das merk' ich ihm an. Wir werden Komplexe kriegen, weil wir's nun doch nicht getan haben – aber es hat gar keinen Zweck.« Sie ging auf den Weg, hob ihr Fahrrad auf, stieß Müller an und sagte leise: »Nun komm doch, wir müssen weg, was hast du denn noch?«

»Nichts«, sagte Müller; er nahm Maries Arm, »ich wußte nur nicht mehr, wie sehr ich ihn hasse.«

Schmeck stand unter der Laterne und streichelte den Hund, der ihm den Stein vor die Füße gelegt hatte; er blickte auf, als das Paar in den Lichtbereich der Lampe trat, blickte noch einmal auf den Hund, dann plötzlich hoch und kam mit ausgestreckten Händen auf Müller zu. »Müller«, sagte er herzlich, »lieber Müller, daß ich Sie hier treffe« – aber Müller gelang es, Schmeck an- und doch durch ihn hindurchzublicken; Schmecks Augen nicht zu treffen; wenn ich sie treffe, dachte er, bin ich verloren, ich muß einfach so tun, als wenn er nicht da wäre; er ist da, und ich lösche ihn mit meinen Augen aus – ein Schritt, zwei, drei –, er spürte Maries Hand fest auf seinem Arm und atmete schwer wie nach einer ungeheuren Anstrengung.

»Müller«, rief Schmeck, »Sie *sind* es doch – verstehen Sie denn keinen Spaß?«

Der Rest war leicht: einfach weitergehen, rasch und doch nicht zu rasch... Sie hörten, wie Schmeck noch einmal »Müller« rief, laut, dann leiser: »Müller, Müller, Müller« – dann waren sie endlich um die Ecke herum.

Marie seufzte so schwer, daß er erschrak; als er sich ihr zuwandte, sah er, daß sie weinte. Er nahm ihr das Fahrrad aus der Hand, lehnte es gegen einen Gartenzaun, wischte mit dem Zeigefinger ihre Tränen beiseite, legte ihr die freie Hand auf die Schulter. »Marie«, sagte er leise, »was ist denn?«

»Ich habe Angst vor dir«, sagte sie, »das war kein Überfall, sondern Mord. Ich habe Angst, daß er ›Müller, Müller, Müller‹ flüsternd für alle Ewigkeit in diesem kümmerlichen Stadtwald umherirrt – es ist wie ein sehr schlimmer Traum: Schmecks Geist mit dem Hund, im feuchten Gebüsch, der Bart wächst ihm, wird so lang, daß er ihn wie einen zerfransten Gürtel hinter sich her schleppt – und immer flüstert er: ›Müller, Müller, Müller‹ –. Soll ich nicht mal nach ihm schauen?«

»Nein«, sagte Müller, »nein, schau nicht nach ihm, dem geht es ganz gut. Wenn du Mitleid mit ihm hast, schenk ihm zum Geburtstag einen Lodenmantel. Du kannst gar nicht ermessen, was er mir angetan hat; er hat aus mir das Wunderarbeiterkind gemacht, er hat mich gefördert, so nennt man es, und wahrscheinlich erwartet er die Lodenmäntel als selbstverständlichen Tribut – aber ich entrichte ihm diesen Tribut nicht, nicht freiwillig. Der wird morgen früh, so zwischen Tür und Angel, zu Wegelot, seinem ersten Assistenten, sagen: ›Übrigens ist Müller nun doch ins reaktionäre Lager zu Livorno übergewechselt, er rief mich gestern an, sagte, er wolle aus dem Seminar austreten‹ – und er wird die Tür noch einmal zumachen, auf Wegelot zugehen und sagen: ›Schade um Müller, sehr begabt, nur war sein Entwurf zu der Dissertationsarbeit einfach miserabel, unbrauchbar. Es ist halt schwer für diese Leute, die nicht nur gegen die Umwelt, auch noch gegen ihr eigenes Milieu ankämpfen. Schade‹ – dann noch einmal auf die Lippen gebissen und weg.«

»Bist du ganz sicher, daß es so kommen wird?«

»Ganz sicher«, sagte Müller, »komm, wir gehen nach Hause. Keine Tränen um Schmeck, Marie.«

»Es waren keine Tränen um Schmeck«, sagte Marie.

»Um mich etwa?«

»Ja – du bist so schrecklich tapfer.«

»Das klingt nun wirklich wie in einem sehr modernen Roman. Gehn wir nach Hause?«

»Fändest du es schrecklich, wenn ich wenigstens eine (in Worten eine) warme Mahlzeit haben möchte?«

»Schön«, Müller lachte, »fahr mich ins nächste Restaurant.«

»Wir gehen besser zu Fuß. Um diese Zeit sind viele Polizisten unterwegs: Stadtwald, wenig Laternen, Frühlingsluft – Vergewaltigungsversuche – und ein Protokoll kostet uns soviel wie zwei Gulaschsuppen.«

Müller führte das Rad. Sie gingen langsam die Straße hinunter, am Stadtwald entlang; als sie aus dem Licht der nächsten Laterne traten, sahen sie einen Polizisten, der tief im Schatten hinter der Absperrung an einem Baum lehnte.

»Siehst du«, sagte Marie so laut, daß der Polizist es hören konnte, »schon haben wir zwei Mark fürs Protokoll gespart, aber sobald wir außer Sicht sind, kannst du aufsteigen.«
Als sie um die nächste Ecke bogen, stieg Marie aufs Rad, lehnte sich gegen den Bordstein, ließ Müller aufsteigen. Sie fuhr rasch los, beugte sich halb zurück und rief ihm zu: »Was willst du denn jetzt machen?«
»Wie?«
»Was du machen willst.«
»Jetzt oder überhaupt?«
»Jetzt *und* überhaupt.«
»Jetzt geh' ich mit dir essen, und überhaupt werde ich morgen zu Livorno gehen, mich bei ihm einschreiben, anmelden und ihm einen Vorschlag für eine Dissertationsarbeit machen.«
»Worüber?«
»Kritische Würdigung des Gesamtwerkes von Schmeck.«
Marie fuhr an den Bordstein, stoppte, wandte sich auf dem Sattel um: »Worüber?«
»Ich sagte es doch: Kritische Würdigung des Gesamtwerkes von Schmeck. Ich kenn's ja fast auswendig – und Haß ist eine gute Tinte.«
»Liebe nicht?«
»Nein«, sagte Müller, »Liebe ist die schlechteste Tinte, die es gibt. Fahr los, Gehilfin.«
(1962)

Er kam als Bierfahrer

1

Am besten gefielen ihm die schlanken Weinflaschen; sie paßten so gut in seine Manteltaschen; nie hatte er mehr Gepäck, als in seine Manteltaschen paßte; in der einen eine Weinflasche und ein Stück Käse, in der anderen Brot, Tabak, Zigarettenpapier, Zündhölzer; kein Taschentuch, keine Zahnbürste; an Seife genügte ihm, was er in den Toiletten der Züge fand; dort schneuzte er sich auch mit den Fingern, wusch Hemden und Socken und ließ die Wäsche an seinem warmen Leib trocknen. Das äußerste, was er sich an Gepäck zumutete, war ein Papierbeutel mit Brathähnchen, Brot, Früchten: Die Reste konnte er nach der Mahlzeit aus dem Zugfenster werfen.

Was ihm auffiel: Zueinander sagten sie Sie, zu ihm Du; immer war's ein banges, respektvolles Du; außerdem: Wenn er ein Abteil erster Klasse betrat, dieses kurze Zögern, als wenn einer ihm hätte sagen wollen: Verzeihen Sie, aber das ist die erste Klasse. Er tötete dieses kurze Zögern mit einem Lachen: jedesmal dann die leise Spannung, wenn der Schaffner kam und das Vorzeigen der Karte fällig wurde, und dann beides: Erstaunen und Erleichterung, wenn er das grüne und das weiße Pappding aus der Tasche zog und vorzeigte. Nicht einmal gegen sein Rülpsen wagten sie den Blick zu erheben. Die Frauen rückten entweder von ihm ab oder zu nahe an ihn heran, und beides mochte er nicht.

Was ihn am meisten verwunderte: die Lippenstifte; jedesmal, wenn eine Frau einen aus der Tasche zog und an den Mund führte, lachte er laut: Er hatte nicht geglaubt, daß dieser Kult so weit nach Norden vorgedrungen und so verbreitet war. Diese Ungeniertheit der Frauen und die Ahnungslosigkeit der Männer, die ihr eigenes Symbol nicht erkannten, amüsierte ihn. Im Laufe der langen Reise begriff er, daß auch die Frauen sich ahnungslos dieses offenkundigen Symbols bedienten, und er lachte noch lauter. Kein Sinn für Zeichen und Wunder. Nur die Kellner schienen etwas zu ahnen: Sie bedienten ihn ohne bösartige Untertänigkeit, brachten ihm, ohne daß er fragen mußte, nur Dinge, die er mit den Händen essen konnte: Huhn, Brot, Früchte, und waren nicht einmal über die Höhe seiner Trinkgelder erstaunt.

Zweimal, in Wien und München, dauerte der Aufenthalt länger, und er ging in die nächstgelegene Kneipe, hockte sich an die Theke, trank Bier, küßte die Wirtinnen in die Handfläche, streichelte ihren Unterarm, und beide Wirtinnen fuhren ihm mit der freien Hand durchs Haar und murmelten: »Was suchst du denn hier?«; beide Male antwortete er: »Europa«; die eine – er wußte nicht, ob's in Wien oder München gewesen war – murmelte: »Europa? Hier nicht«; die andere: »Europa, aber doch nicht hier?«; und die eine sagte, als er sie in die Hand küßte: »Gott«, die andere: »Bulle«.

Die fremden Ortsnamen nahm er in den Mund wie Weinproben; München schmeckte nicht, Ulm schmeckte; Stuttgart und Frankfurt schmeckten ihm nicht, Mainz: Er nickte. Der Rhein war gut, sehr gut war er; er blieb am Fenster stehen, solange der Zug am Rhein entlang fuhr; gut, er nickte vor sich hin und rauchte; bei Koblenz (schmeckte nicht) wurde es dunkel, er ging ins Abteil zurück und schlief, bis ihn ein Ruf weckte, der wie ein Schuß klang: Bonn. Er lachte und nahm einen langen Zug aus seiner Weinflasche.

Köln schmeckte nicht; er mußte umsteigen. Im Zug nach Ostende saß er einem weißhaarigen Herrn gegenüber, der ihn über Zeitung, Brille und ein violettes Jabot hinweg anlä-

chelte, die Zeitung weglegte, die Brille abnahm, und er hörte in seiner Sprache: »Du, wo kommst du denn her?«
»Weißt du es nicht?« sagte er, und sein Mund war voll Wohlgeschmack, als er seine Sprache sprechen konnte.
Der alte Herr nickte, lächelte nicht mehr: »Was suchst du hier?«
»Europa.«
»Und wohin fährst du?«
»Nach London.«
Der Alte lachte, schüttelte den Kopf: »Europa ist doch nicht in London.«
»Wo, wo ist sie?«
»Nicht zu weit von Aachen.«
»Und wo ist Aachen?«
»Die übernächste Station.«
Der Alte war der erste, der die dargebotene Weinflasche nahm und draus trank. »Gott«, sagte er, als er absetzte, »ist der gut«, und als er die Flasche zurückgab, fragte er leise: »Warum bist du so traurig? Du wirst sie schon finden.«
»Es ist nicht Trauer, was du in meinen Augen siehst, es ist Neid.«
»Neid? Worauf?«
»Auf euch, weil ihr sterblich seid.«
»Auch du bist sterblich«, sagte der alte Herr, nahm seine Zeitung unter den Arm, eine Tasche aus dem Netz und stand auf. Der Zug hielt. »Vergiß nicht, Aachen ist die nächste Station.«
Er blieb im Gang stehen, rauchte, dachte nach: War der Alte der Tod gewesen? Violett und weiß, und sprach so wunderbar seine Sprache. Eine junge Frau mit zuckendem Gesicht humpelte am Stock auf ihn zu, wollte vorbei; er nahm ihr zuckendes Gesicht in seine Hände wie eine Frucht, es wurde glatt und sanft; zwei, drei Griffe auf ihrem verkrümmten Rücken wie auf einem Musikinstrument; er nahm ihr den Stock weg

und schleuderte ihn in den Gang; sie stöhnte: »Gott, o Gott«, wollte seine Hände küssen; er löste sich von ihr, lief in den nächsten Waggon, zog die Notbremse und sprang ab, bevor der Zug seinen letzten Ruck getan hatte.
Zwischen Bohnensträuchern lag er lächelnd auf dem Rücken, hörte Geschrei, sah, wie Lampen geschwenkt wurden; einer rief: »Es war dieser Grieche, dieser Gastarbeiter!« Er riß sich Bohnenhülsen ab, nahm die jungen Früchte aus der wattigen Schale, trank Wein dazu, wartete, bis der Zug nach vielem Lampengeschwenke weiterfuhr. Er stand auf, ging, ohne sich die Erde von Mantel und Hose abzustreifen, zur Straße, auf den nächsten Ort zu. Was auf dem Ortsschild stand, gefiel ihm, gefiel ihm sehr: Langerwehe. An der nächsten Kneipe sah er hinter der Glastür den Schatten der Wirtin, die gerade abschließen wollte; er drückte die Tür sanft nach innen auf, blickte ihr in das breite, müde Gesicht und sagte: »Gib mir rasch noch ein Bier.« Sie schloß hinter ihm ab, ging zur Theke, nahm ein Glas aus dem Schrank und hielt es unter den Zapfhahn.
»Du kannst nicht zufällig Auto fahren?« fragte sie.
»Doch«, sagte er.
»Auch Lastwagen?«
»Ja.«
»Hast du Papiere?«
Er zog sie aus der Tasche, gab sie ihr, sie studierte sie sorgfältig. »Tauros?«, sagte sie, »heißt das nicht Stier?«
»Mein Gott«, sagte er, »bist du aber gebildet.«
»Ich war bei Nonnen auf der Schule«, sagte sie, »da lernt man was. Also gut. Du bist engagiert. Versuchen wir's miteinander.«
So wurde er Bierfahrer.

2

Nicht nur ihr Vorname war ungewöhnlich; vor allem, daß sie zu diesem Schmitz zog; er war Elektriker in einer Papierfabrik, hatte ein Häuschen geerbt, Stall, Scheune und ein paar Morgen Land; ein etwas versponnener Bursche, der manchen mürrisch vorkam und ein bißchen frömmlerisch, weil er in den Kneipen bockig schwieg, wenn andere – Vertreter, Anstreicher, Briefträger – von ihren Weibergeschichten erzählten; er galt als »andersherum«, weil er nie was mit Frauen und Mädchen hatte, nie zu Tanzereien ging; nur dieses eine Mal mit einer Kusine aus Langerwehe, die ihn einfach in ihrem Auto abschleppte, weil sie für den Abend keinen Begleiter hatte; an diesem Abend traf er mit ihr zusammen auf dem Ball ihrer Schulfreundin mit dem ungewöhnlichen Vornamen; da konnte er sogar plötzlich tanzen; er tanzte oft mit ihr, zog sie später an der Hand durch den bunt erleuchteten Biergarten an den Feldrain, versuchte sie zwischen den parkenden Autos zu umarmen. »Nicht hier«, sagte sie leise. »Wo denn?« fragte er.

»Im Wald«, sagte sie, »sehr sehr weit von diesen Autos weg. Doch nicht, wo Autos in der Nähe stehen.«

Sie zog ihn an den Händen fort, tief in den Wald.

Sie gab das Ingenieurstudium auf und zog mit ihm in sein Haus in dem Weiler Frauenbroich.

Die Nonnen in der Schule hatten mehr von ihr erwartet. »Europa«, so hatte auf dem Abgangszeugnis gestanden, »verbindet Intuition und Intellektualität auf eine Weise, die Großes von ihr erwarten läßt.« Nichts Frommes hatten die Nonnen von ihr erwartet, Kühnes: »Die neue architektonische Dimension einer erneuerten Christlichkeit«, so hatte die Direktion es ausgedrückt. Der Ärger mit ihr war vergessen; daß sie sich vor Kirchgang und Gebet meistens in den Garten verdrückte, es vorzog, Unkraut zu jäten oder bei der Obsternte zu helfen, und diese Affäre mit dem ältlichen Gärtner, die nicht sie, sondern er gestand; er behauptete, von ihr – sie war fünfzehn – verführt worden zu sein. Auf alle Vorhaltungen antwortete sie nur mit dem einen Satz:

»Ich bin eine Frau, ich bin eine Frau, ich bin eine Frau.« Später mit einem Lastwagenfahrer, der Zement für den Neubau der Turnhalle brachte, und wieder von ihr nur der eine Satz: »Ich bin eine Frau.« Beide Männer verheiratet. Skandale mit knapper Not vermieden. Der Kommentar ihrer Klassenlehrerin: »Es ist ihre Gewissenlosigkeit, die sie so schön macht.« Höhepunkt ihres Schulruhms: die Meditation über das Wort Vergehen in seiner Doppeldeutigkeit; der Schulrat dazu: »Das könnte man direkt publizieren.« Gleichzeitig ihre erstaunliche Einsicht in mathematische Probleme. Alles machte sie »spielend«: Obstpflücken, Turnen, Physik.

Nun lebte sie mit diesem Elektriker Schmitz, versorgte sein Haus, die Kuh, die Hühner, trieb sich tagelang in den Wäldern herum, sammelte Beeren und Pilze, kochte ein, mähte Heu. In Frauenbroich und den umliegenden Weilern hieß es, sie treibe es im Wald auch mit Männern, doch fand man nie einen Mann, der sich rühmte, es mit ihr getrieben zu haben.

Schmitz war gut zu ihr, sie war gut zu ihm; ihre Herkunft blieb ihm so dunkel, wie sie den Nonnen geblieben war. Findelkind, Waisenkind. Immer, wenn Schmitz sie danach fragte, murmelte sie: »Ich weiß nicht, woher ich komme.« Wenn Schmitz heimkam und sie fragte, wie sie sich fühle, antwortete sie, was sie auch den Nonnen schon auf diese Frage geantwortet hatte: »Fremd, aber gut.«

Nachts legte sie oft ihren rechten Arm unter seinen Nacken, zog seinen linken Arm unter ihren Nacken, summte vor sich hin und sagte Dinge, die Schmitz merkwürdig erschienen.

»Das schönste Wort in eurer Sprache – – – vergehen.«

»Warum sagst du eure Sprache – – ist es nicht auch deine?«

Er spürte auf seinem Arm, daß sie den Kopf schüttelte.

»Du weißt ja«, sagte sie eines Nachts, »daß ich nicht bei dir bleibe?«

Sie spürte im Dunkeln auf ihrem Arm, daß er mit dem Kopf nickte.
Schmitz hatte nie Angst, und doch war ihm bang. Es kam ihm vor, als wäre sie schon unendlich lange bei ihm, wäre immer bei ihm gewesen; ewig, das Wort wurde für ihn so lang und so breit wie es war; die Zeiten gingen ihm durcheinander: An einem Julimorgen waren sie zusammen aus dem Wald gekommen, und sie war bei ihm geblieben; er hatte seinen Urlaub genommen, unbezahlten noch dazu, und es war erst Anfang September, als er die Verkaufsstelle für Flaschenbier übernahm; es schien ihm, als habe er die Ewigkeit hinter sich und die Zeit noch vor sich. Auch Worte verloren sich, wurden fremd: heiraten – es schien ihm, als habe er das Wort nie gehört; Autos: er sah sie und wußte doch, daß sie nicht da waren; Europas Gegenwart löschte Worte und Wirklichkeiten aus.
»Wenn ich dir vergangen bin«, sagte sie in den ersten Septembertagen zu ihm, »dann nimm dir die Trude Weihrauch. Sie ist eine Frau.«

3

Morgens beim Frühstück rügte die Wirtin seine Manieren; daß er sich weigerte, ein Messer zu benutzen, das Brot einfach in Stücke riß, in die Butter, dann ins Salz stippte; hohnlachend ließ er sich zum Gebrauch eines Löffels herab, um die Eier aus ihrer Schale zu kratzen. Brot, Butter, Eier, Salz und Kaffee schmeckten ihm. Er studierte seine Route auf der Landkarte, ließ sich die Liste der Verkaufsstellen erklären, die Stellen wo sie in den Weilern lagen; Flaschenpfandprobleme, und das Hauptprinzip des Geschäfts: »Nur gegen bar. Schließlich haben sie ja das Bier verkauft, dran verdient und können das neue bar bezahlen. Nur diesem Neuen, dem Schmitz in Frauenbroich, kannst du erst mal Kredit geben.« Zum Glück war der Wagen noch von seinem Vorgänger bela-

den worden. »Es wird spät werden«, sagte sie, als er sich ans Steuer setzte, »und verfahr dich nicht, Bulle!«
»Ja«, sagte er, »es wird sehr spät werden«, und fuhr lachend los.
Diese verschlafenen Weiler, zu klein für eine Kneipe oder zu weit von der nächsten Kneipe entfernt, gefielen ihm, müdes Vieh zwischen Obstbäumen; volle Bierkästen ab-, leere aufgeladen, Geld in die große Ledertasche; träge Frauen, mit denen er verhandelte, muntere, die meisten kamen ihm zu nahe; nachmittags gegen zwei fuhr er kurz vor Frauenbroich in einen Waldweg, trank Wein aus seiner Flasche, aß Brot und Käse, rauchte eine Zigarette, ließ den Motor an, um zurückzusetzen. Er sah sie den Weg herauf auf das Auto zukommen, zog die Bremse, ließ den Motor im Leerlauf weiterlaufen, sprang ab und lief auf sie zu. Kurze Schüchternheit, bevor er sie in die Arme nahm; ihn überraschte, daß ihr Haar dunkel war, er hatte sie sich blond gedacht; sie störte, daß er nach Auto roch. »Komm«, sagte er leise, »vergehen wir.«
Den Lastwagen fand ein Liebespaar nachts; der Motor lief noch; Schmitz kam zurück in die Zeit, alle Bangigkeit fiel von ihm. Von den beiden keine Spur. Sie waren in den Wäldern vergangen.
(1969)

Epilog zu Stifters »Nachsommer«

Heinrich Drendorf aus Adalbert Stifter ›Nachsommer‹ (1857)

Im Laufe der Jahre hatte sich bei Natalie eine liebenswürdige Schwäche für die Zahl zwölf, für das Dutzend entwickelt, und mit dem ihr eigen gewordenen herzlich-freundlichen Nachdrucke hatte sie darauf bestanden, die Vollendung der ersten zwölf Jahre unserer Ehe feierlich zu begehen. Ich hatte bei Hofe um Urlaub gebeten, ihn zu diesem erfreulichen Anlaß aufs liebenswürdigste gewährt bekommen, und so stand ich nun, eine halbe Stunde vor Beginn des Festes, schon mit einem gewählten Anzug bekleidet, am Fenster unseres großen Schlafzimmers, blickte in den dunkel werdenden Garten und verfiel, wie es der Stunde und dem Anlaß meines Hierseins entsprach, unwillkürlich in jene Stimmung, in der man Rückblick hält, das Gewonnene und Gewordene betrachtet – oder gar, falls Leben und Sterne einem solches beschert haben, dem Verlorenen nachsinnt.
Wie ich's auch wenden mochte, mir, um nicht in allzu große Selbsttäuschung oder gar Selbstgefälligkeit zu verfallen, Verlorenes und Versäumtes zuerst vorzuhalten versuchte: ich konnte nichts dieser Art entdecken. Diese zwölf Jahre waren reich gewesen, hatten sogar unseren Wohlstand vermehrt, das Ererbte war um ein Beträchtliches größer geworden, zwischen meinem teuren Weibe und mir war keinerlei Disharmonie sichtbar geworden, das Gesinde vertraute ihr und mir, die Freunde waren uns und wir waren ihnen zugetan.
Gustav, der ältere, war vor fünf Jahren zu Mathilde, der älteren, auf den Sternenhof gezogen, und es war eine rechte Freude zuzuschauen, wie die beiden, nun hoch erhaben über

alles Fleischliche, den Leidenschaften gänzlich enthoben, unbekümmert über jene, die Unziemliches hätten in solchem Beisammensein entdecken können, nach fast fünfzig Jahren ihre so jäh und schmerzlich unterbrochene Liebesbeziehung wieder aufnahmen, miteinander Bücher lasen, Kunstwerke betrachteten, reisten und doch die Wirtschaft nicht verkommen ließen. Immer wieder, wenn ich dort zu Gast war oder jene bei uns weilten, wo ihnen ständig eine Wohnung zur Verfügung gehalten wurde, hatte ich Anlaß, mich mit Ausdauer der Meditation über einen Gegenstand hinzugeben, von dem ich ahnte, daß er in meinem weiteren Leben der Hauptgegenstand meiner Interessen und Forschungen sein würde: den Grenzen, Grenzbereichen und Grenzübergängen zwischen Kunst und Künstlichkeit oder, um es praktikabler auszudrücken: den Möglichkeiten der Verkünstlichung. Tatsächlich verlief Gustavs und Mathildes Leben mit einer Präzision, auch waren ihre so verschiedenen Sensibilitäten so präzis aufeinander eingestellt, daß ich im Zusammenhange mit den ersten Experimenten einer nicht mehr nur spielerisch, sondern seriös betriebenen Automation hin und wieder auf den Gedanken verfiel, Gustavs und Mathildes Leben in einem kompliziert angelegten Automaten darzustellen. Jenen Automaten würde ich als Leitspruch mit einem Ausspruch Gustavs versehen, den jener in einer für mich entscheidenden Stunde meines Lebens zu mir gesagt hatte: »Es wird schon alles recht werden, es wird schon alles gut werden.«

Die große und überaus freudige Überraschung unseres Lebens war die plötzliche Entdeckung gewesen, daß Natalies Bruder Gustav und meine Schwester Klotilde eine tiefe Zuneigung füreinander entdeckt, jene einander auch gestanden, im Familienrate darüber gesprochen und ohne allzu großes Zögern miteinander Hochzeit gefeiert hatten. Da außerdem, wenn auch überraschend, so doch keineswegs unangenehm überraschend, sich bei Gustav kaufmännische Neigungen gezeigt hatten, war er inzwischen meines Vaters Nachfolger geworden; so hatte sich auch das aufs beste gefügt, und wir waren nun dreifach, von Natur und aus Neigung, durch meine Bande mit Natalie, durch seine Bande mit Klotilde, miteinander verwandt.

Meine eigene Entwicklung hatte sich besser angelassen, als ich hätte zu träumen gewagt. Ich hatte mich ganz der wissenschaftlichen Kartographie zugewandt, durch Forschungen, erst in der näheren, dann weiteren Heimat, durch Reisen, später als korrespondierendes, noch später als ordentliches Mitglied verschiedener Akademien meine wissenschaftlichen Kenntnisse nicht nur vertiefen, auch feststellen können, daß sie anderen nützlich waren. Und da mein Ruf stieg, mir außerdem vergönnt war, Wissenschaft und Praxis miteinander verbinden zu können, war ich bald vom Hofe, von Seiner Majestät in deren Eigenschaft als Oberkommandierender der Armee, mit der Wichtigkeit der Kartographie für die moderne Strategie vertraut gemacht geworden, schon bald auch zum Leiter der kartographischen Abteilung beim Generalstab befördert, zum Obersten ernannt worden, und es war mir die tiefe Freude zuteil geworden, in den erblichen Adelstand erhoben zu werden.

Nicht verwunderlich und doch schmerzlich waren die Erkenntnis und Erfahrung gewesen, daß die hohe Gunst, in der ich stand, verborgene Neider nicht ruhen ließ, die in einer der Gazetten eine üble Kampagne gegen mich anließen. Man brachte meinen Namen in Zusammenhang mit einer, wenn auch aus Adelskreisen stammenden, so doch übel beleumdeten Frauensperson, von der später bekannt wurde, daß sie für Rußland und Preußen Spionage betrieben hatte. Brauchte ich auch in dieser Sache niemals das Gefühl zu haben, eine Niederlage erlitten zu haben, so blieb doch das schmerzliche Erlebnis, mit Schmutz in Berührung gekommen zu sein. Vom Hofe aus wurde diesem üblen Gazettenbetriebe auf die edelste Weise gekontert: Man ließ die Meldung ausstreuen, meine

Ernennung zum General stünde bevor, und ich konnte mit dieser Beförderung tatsächlich bald rechnen.

In vollendeter Weise hatte meine teuerste Freundin, mein geliebtes Weib, auf die Gerüchte geantwortet. Sie war unvermutet in die Hauptstadt gekommen, hatte eine ganze Woche bei mir verbracht, war zweimal mit mir in die Oper gegangen, wir hatten gemeinsam einen Ball beim Generalissimus besucht, und es war uns die hohe Ehre zuteil geworden, in der kaiserlichen Kutsche heimgefahren zu werden. Der Sache selbst war zwischen uns gar nicht Erwähnung getan worden, dessen bedurfte es nicht. Nur hatten wir am Abschiedsabende bei freundlichem Himmel auf der Terrasse unseres Stadthauses, bei einem Glas gereiften Weins miteinander erwogen, ob es nicht besser sei, wenn die Familie für einige Monate des Jahres zu mir zöge.

Mit einem Seufzer banger Freude wendete ich meine Gedanken nun meinen Kindern zu: Mathilde – keine Macht des Himmels und der Erde hätte uns hindern können, ihr diesen Namen zu geben – war nun elf; in ihr vereinigten sich Erkenntnisfähigkeit und Lebensfreude auf die harmonischste Weise, und was ich mir selbst als heranreifender Knabe zum Ziel gesetzt hatte, ein großer Freund der Wirklichkeit der Dinge zu werden und zu sein, Mathilden schien diese Eigenschaft mit in die Wiege gelegt; ihr unersättliches Interesse galt allem: der lebenden und der toten Natur, der Küche, wo sie, ohne zu ermüden, sich in die Geheimnisse des Kochens und Backens einweihen ließ – doch auch weniger Dinglichem, das ihr in nicht geringerem Maße wirklich war, galt ihr nicht zu stillender Wissensdurst: der Mathematik und dem Klaviere, der Malerei und einem so komplizierten Handwerke wie dem Wagenbau; dabei geriet ihr Sensibilitätssystem in keinerlei Konflikt mit dem Nervensystem, und sie war weder altklug noch vorwitzig; ein kräftiges junges Wesen, das ebenso heftig wie anderen Gegenständen dem Ball- und Reifenspiele huldigte, der Lektüre wie der Betrachtung meiner Sammlungen. Wenn mir hin und wieder ein gewisser Jähmut bei ihr auffiel: heftiges, fast wildes Lachen, wenn ihre Freude überströmte, heftiges, tiefstes Schluchzen, wenn Lebendem in ihrer Umgebung Schmerz oder Leid widerfuhr, so war ich geneigt, solche Ausbrüche nicht als allzu große Störung ihrer inneren Harmonie zu bewerten, eher als Ausdruck ihres ungewöhnlichen Lebensmutes, der dennoch nie in Gier umschlug, mochte sie auch noch so wild in einen köstlichen Apfel beißen oder verzückt auf dem Klaviere ihre Etüden spielen.

Gustav – wie hätte er anders heißen können – war nun neun; ein stilles, heiteres Kind, in seinen Neigungen mehr der Gärtnerei und der Tischlerei zugewandt, in der er oft mehr Stunden zubrachte, als dem notwendigerweise zu erringenden Bücherwissen guttat. Ich mochte ihn wohl manchmal zärtlich schelten, ihn wohl auch gelegentlich bei seinem Schopfe fassen, um ihn von der Werkbank zum Schreibtische zu locken. Ich tat es nie aus rechter Überzeugung, denn seine Neigungen waren zu offensichtlich. Und außerdem hatte er Fürsprecher mit großem Gewicht: Gustav, den älteren, Gustav, den jüngeren, Mathilde, die ältere, Mathilde die jüngere, Klotilde, meinen Vater (meiner Mutter war ich durch ein plötzlich auftretendes Gallenfieber beraubt worden, doch hatte sie die Freude über meine Erhebung in den Adelsstand noch erleben dürfen) – und natürlich die allerliebste, die allerstärkste Fürsprecherin, seine Mutter, meine zärtlich geliebte Freundin, in deren Rockschößen er gelegentlich noch Schutz suchte.

Mit einer gewissen Bangigkeit wandte ich meine Gedanken Heinrich – keine Macht der Erde und des Himmels hätten Natta davon abbringen können, ihn auf diesen Namen taufen zu lassen – zu, nun sieben. Nicht, daß er uns Kummer oder gar Sorgen gemacht hätte, er war an Leib und Seele gesund, nur ein wenig zu ernst für sein Alter. Er spielte schon glänzend und nicht eine Spur virtuos Klavier, war schon in der Lage, seinen weniger ernsten älteren Bruder in Mathematik

zu unterweisen, und als ich einmal mit ihm meines Vaters Bilderkabinett besuchte, gestand er mir seine Vorliebe für die Niederländer, und es erfüllte mich mit Erstaunen, fast Schrecken, als er mir in wohlgesetzten Worten auseinanderzusetzen begann, was er an Van Dyck Rembrandt, an Rembrandt Van Dyck vorzog, wie er Ostade, Potter, Wouvermann und Ruisdael mit treffsicheren Worten gegeneinander abwog, sogar zu erläutern wußte, wieso ein kleineres Genie wie Potter durch Beschränkung zu Großem fähig sei. Mit den gleichen wohlgesetzten Worten wußte er die musikalischen Genies Beethoven und Schubert miteinander zu vergleichen, wobei es mir manchmal schien, als zöge er Schubert Beethoven vor, begründet natürlich, denn ihm schien, wie er sagte, daß es Beethoven oft über die Grenze gedrängt, er jenseits derer versagt habe, während Schubert, was die Grenzen beträfe, sicherer gewesen sei. Heinrich – ich muß es gestehen – erfüllte mich mit einer bangen Freude, beobachtete ich doch bei verschiedenen Gelegenheiten, daß er nicht ganz so selbstverständlich in einen ihm dargebotenen Apfel biß wie seine älteren und jüngeren Geschwister.
Natalie – auf diesem Namen hatte ich bestanden – war nun fünf. Gewiß das derbste unserer Kinder, wenn auch, obwohl ich mich, wenn ich sie mit ihren Geschwistern vergleiche, des irreführenden Superlativs bedienen muß – wenn auch längst noch nicht derb. Sie liebte es, in Wald, Garten und Speicher zu spielen, mit Blättern und Aststücken, Klötzen und Steinen, die sie in eine Welt verzauberte, in die keiner von uns eindrang. Nun, sie aß gern, schlief fest und viel, war unbekümmert, wenn auch nie grob, und wenn ich ihr je imponiert habe, dann nur, als ihr klar wurde, daß ich Oberst geworden war. Kein Zweifel, das Soldatenwesen zog sie an, und Natta glaubte herausgefunden zu haben, daß sie ihre Steine, Klötze, Blätter, Äste in Armeen verwandelte, wobei die Äste zu Kanonen wurden – die sie gegeneinander marschieren ließ. Sie

war denn auch die einzige, der ein Beiname – Napoleon – zugegeben worden war, und sie ließ sich ohne Widerspruch so nennen.
Die Jüngsten, Alfred drei, Klotilde ein Jahr alt, waren für mich, zumal ich so oft abwesend war, noch nicht viel mehr als heiß geliebte Schoßkinder, deren Neigungen noch nicht sichtbar wurden, wenn auch Alfred sich am liebsten in der Bibliothek aufhalten mochte, wo er, wenn es ihm gelang, dort einzudringen, freilich mit Leidenschaft, doch vergleichsweise schädlich zu Werke ging; er liebte die Bücher so sehr, daß er sie zerrupfte, und es hatte seiner mangelhaften Bewachung wegen einige ärgerliche, wenn auch notwendige Wortwechsel mit der Dienerschaft gegeben, die die Jüngsten arg verwöhnte und nicht immer Einsicht zeigte, wenn es um den Schutz kostbarer Gegenstände ging.
Soweit war ich mit meinen Überlegungen gediehen, als mir einfiel, daß ich drauf vergessen hatte, bei Simon anzufragen, ob an unserem Hochzeitstag wieder ein Cereus Peruvianus erblüht sei. Ich hatte zwar als Geschenk für Natta einen solchen aus kostbarstem Porzellan herstellen lassen, doch diese große, weiße, prachtvolle und fremdartige Blume, die für uns eine Art Hochzeitssignum geworden war, pflegte ich ihr alljährlich auch in natura zu schenken, wenn sie im Gewächshause gedieh. Da mir noch zwölf Minuten bis zum Beginn des Festes verblieben – es hatte zwar geheimgehalten werden sollen, war mir aber doch zu Ohren gedrungen, daß es mit einem Feuerwerke eröffnet werden sollte –, verließ ich mein Zimmer, schritt zum Gewächshaus hinab, ganz in den Gedanken vertieft, daß, wenn wir nach zwölf Jahren Ehe mit sechs, wir nach fünfundzwanzig Jahren Ehe wahrscheinlich mit einem runden Dutzend Kindern gesegnet sein würden.
Im Gewächshaus traf ich weder Simon noch seinen Gehilfen an, statt dessen eine mir fremde junge Frauensperson, die mir, wenn auch errötend und schüchtern, dennoch mit einem An-

fluge von Dreistigkeit auseinandersetzte, daß sie Simons Enkelin sei, nur auf Besuch hier weile, um während der Festlichkeit zur Hand zu gehen, ansonsten aber in der Stadt als Blumenbinderin tätig sei. Nach Simon gefragt, wich sie mit einem schelmischen Lächeln, in dem ich eine deutliche Spur Vulgarität entdeckte, aus und sagte, er habe zu tun, woraus ich entnahm, daß er bei den Vorbereitungen zum Feuerwerke beschäftigt, die Frauensperson aber, die ihren Namen – was mir einen leichten Stich versetzte – mit Natalie angab, angehalten sei, um der Überraschung willen, Simons gegenwärtige Tätigkeit nur nicht zu verraten. Natalie, *meine* Natalie mochte damit gerechnet haben, daß ich kurz vor Beginn des Festes noch in die Gärtnerei gehen würde. Mag meine Stimme auch einen leichten Anflug von Barschheit gehabt haben, so konnte ich mich eines Lächelns doch nicht erwehren. Es behagte mir sehr, der Gegenstand solch liebenswürdiger Verschwörungen zu sein. Die junge Frauensperson – ich mochte an sie nicht als an eine Natalie denken – war offenbar von Simon eingeweiht, sie führte mich dorthin, wo der Cereus Peruvianus wuchs und – wie ich zu meiner freudigen Überraschung feststellte – wieder einmal erblüht war, und als sie mit ihren kräftigen und geschickten, sehr braunen Händen die Blüte gewandt gepflückt hatte, umhalste sie mich unverhofft (oder umhalste ich sie?), hatte die Blüte plötzlich in ihrem rötlichblond schimmernden Haar, zog mich (oder ich sie?) auf einen Haufen von erstem herabgefallenem Sommerlaub, das Simon eifrig sammelt, weil er an ihm besondere Düngekraft festgestellt hat – und – war es noch Zeit oder war es Ewigkeit oder Zeitlosigkeit – bevor ich noch hatte zu denken beginnen können, hatte ich mich gründlich an dieser jungen Frauensperson vergangen. Vergebens versuchte ich, während die Frauensperson mit der Blüte immer noch im Haar lächelnd, ihre Röcke zurechtstreichend, im Hintergrund der Gärtnerei verschwand, mich einer unverhofften Freude, die in mir aufstieg, zu entledigen, vergebens auch versuchte ich, mich gewissenhaft zu prüfen; ich befand mich, wie ich zu meinem Schrecken und meiner Freude feststellte, in einem wesentlich gewissenlosen Zustande; in jenem auch muß ich, die Peinlichkeit der detaillierten Gesten vergessend, meinen gewählten Anzug in Ordnung gebracht und – ohne Blüte – ins Haus, auf den Balkon geeilt sein, wo im nächsten Augenblicke Natalie mit den Kindern eintraf. Ich brachte soeben noch die künstliche, aus edelstem Porzellan gebildete Blüte in einem köstlichen, goldenen, blauseiden gefütterten Futteral aus meiner Uhrentasche, da brach mit Getöse das Feuerwerk herein, die Kinder jubelten, sogar über Heinrichs ernstes Gesicht huschte ein knabenhaftes feines Lächeln, und Natta flüsterte mir, vor Freude über das Geschenk errötend, zu: »Dein Anzug, mein teurer Freund, ist nicht in seiner Gänze ordentlich – hast du im Staube gelegen?« Ich flüsterte zurück: »Ich habe im Gewächshause einen Fehltritt getan und bin gestolpert«, und da ich ein moralisches Unglück als lediglich mechanisches hatte darstellen wollen, ging mir die Zweideutigkeit meiner Mitteilung erst wenige Minuten später auf, als das Fest in vollem Gange war.

(1969)

Bis daß der Tod Euch scheidet

Im Luftzug der ein- und ausschwingenden Portaltür ging ihr ein Zündholz aus, ein zweites zerbrach an der Reibfläche, und es war nett von ihrem Anwalt, daß er ihr sein Feuerzeug hinhielt, die Hand schützend davor; so konnte sie endlich rauchen; beides tat wohl: die Zigarette und die Sonne. Es hatte knapp zehn Minuten gedauert, eine Ewigkeit, und vielleicht war es die Ewigkeit und Dauerhaftigkeit dieser endlos langen Flure, die den Uhrzeiger außer Spiel setzte; und dieser Andrang, diese nach Zimmernummern suchenden Menschen erinnerten sie an den Sommerschlußverkauf bei Strössel. Welcher Unterschied bestand zwischen Ehescheidungen und Badetüchern im Sommerschlußverkauf? Schlangestehen bei beiden Anlässen, nur – so schien ihr – wurde bei Ehescheidungen die letzte Entscheidung rascher verkündet, und rasch hatte sie es ja haben wollen. Schröder / Schröder. Geschieden. Naumann / Naumann. Geschieden. Blutzger / Blutzger. Geschieden.

Würde der nette Anwalt jetzt wirklich sagen, was er sagen mußte? Das einzige, was er sagen konnte? Er sagte es: »Nehmen Sie's nicht so schwer.« Sagte es, obwohl er wußte, daß sie's gar nicht so schwer nahm, und doch mußte er es sagen, sagte es nett, und es war nett, daß er es nett sagte. Und natürlich hatte er wenig Zeit, mußte zum nächsten Termin, wieder vor die Schranke, wieder Schlange stehen. Klotz / Klotz. Geschieden.

Ähnlich war's ja auch beim Sommerschlußverkauf gewesen; geduldig, höflich, nie drängend und doch gespannt warten,

bis die Frau, die zu alt war, auch nur noch ein Badetuch zu verschleißen, sich entschlossen hatte, das ganze Dutzend zu nehmen; dann zur nächsten Kundin, die sich drei Badeanzüge gegriffen hatte. Schließlich ging es auch bei Strössel noch individuell zu, das war nicht irgend so ein Hop- und Popladen, in dem offen verramscht wurde. Schließlich konnte der Anwalt nicht stundenlang bei ihr stehen bleiben, wo es doch kaum mehr zu sagen gab als »Nehmen Sie's nicht so schwer.«
Die Position auf der obersten Stufe der Freitreppe erinnerte sie zu sehr an eine andere, vor sieben Jahren eingenommene, auf der obersten Stufe der Freitreppe vor dem Rathaus: Eltern, Trauzeugen, Schwiegereltern, ein Fotograf, die süßen kleinen Kinder von Irmgard, Ute und Oliver, die die Schleppe hielten; Blumensträuße, das mit weißen Rosen geschmückte Taxi, im Ohr noch das »Bis daß der Tod Euch scheidet«, und weiter mit dem Taxi zur zweiten Feierlichkeit, und noch einmal, diesmal kirchlich: »Bis daß der Tod Euch scheidet.«
Auch der Bräutigam war da, unten am Fuß der Freitreppe wartete er auf sie, strahlend wegen des Erfolgserlebnisses, und doch ein bißchen verlegen, und sichtbarlich stolz wegen des zweiten Erfolgserlebnisses an diesem Tag: daß es ihm gelungen war, hier, genau vor der Freitreppe, an einem der schwierigsten Parkplätze der Stadt, einen Platz für sein Auto zu finden. Erfolgserlebnisse verschiedener Art hatten im Scheidungsprozeß eine ziemliche Rolle gespielt.
Nun hatte nicht der Tod, das Gericht hatte sie geschieden, und weniger feierlich hätte es gar nicht sein können. Und wenn das Gericht, indem es die Scheidung aussprach, den Tod festgestellt hatte – warum fand dann nicht wenigstens eine Beerdigung statt? Katafalk, Trauergemeinde, Kerzen, Traueransprache? Oder warum nicht wenigstens die rückgespulte Hochzeit? Süße kleine Kinder, diesmal vielleicht Herberts Kinder, Gregor und Marika, die ihr die Schleppe abnah-

men, den Brautkranz vom Kopf, das weiße Kleid mit einem Kostüm vertauschten, öffentlich auf der Freitreppe eine Art Hochzeitsstrip, wenn schon keine Beerdigung stattfand.
Natürlich hatte sie gewußt, daß er hier auf sie warten würde; noch eine der sinnlosen Aussprachen, wo der Tod doch festgestellt worden war; sinnlos, weil er nicht begriff, daß sie gar nichts mehr von ihm wollte, seitdem sie mit dem Jungen in eine kleine Wohnung umgezogen war; nicht Geld, nicht ihren Anteil am »gemeinsam erworbenen Vermögen«, nicht einmal diese sechs Louis – der wievielte war es doch gleich? – Stühle, die ganz eindeutig ihr gehörten, aus der Erbschaft ihrer Großmutter. Wahrscheinlich würde er sie ihr eines Tages vor die Tür stellen, weil er »unklare Besitzverhältnisse einfach nicht ertragen konnte«. Sie wollte weder die Stühle noch das Meißner (sechsunddreißigteilig), keinen »Wertausgleich«. Nichts. Sie hatte ja den Jungen, vorläufig, weil er ja noch unverheiratet mit dieser anderen – war's nun die Lotte oder die Gaby? – zusammenlebte. Erst wenn er die Lotte oder die Gaby (oder war's eine Conny?) geheiratet hatte, würden sie den Jungen »teilen« müssen (und da war kein Salomon, der das Schwert über den zu teilenden Jungen hielt), diese ekelhafte Tüftelei mit dem Sorgerecht war ja abgemacht, festgelegt, und da würde es dann Pflichtbesuche geben; man lieferte das Kind zur Abfütterung ab. (»Willst du wirklich keine Schlagsahne mehr, und der neue Anorak gefällt dir wirklich, und natürlich bekommst du das Modellflugzeug.«) Für einen Tag, für zwei oder eineinhalben, und man holte ihn wieder zurück. (»Nein, ich kann dir wirklich keinen neuen Anorak kaufen, und auch zur Erstkommunion – oder war's die Konfirmation? – keinen tragbaren Farbfernseher. Nein.«)
Noch eine Zigarette? Besser nicht. Dieser Durchzug, den die Pendeltür verursachte, würde sie zwingen, jetzt, wo der nette Anwalt mit dem hübschen Feuerzeug ihr nicht mehr zur Seite stand, die neue Zigarette an der alten anzuzünden, und solche

Kleinigkeiten würden den Eindruck der Nuttigkeit verstärken, und es würde ihr, wenn es endgültig um den Jungen ging, bestimmt angekreidet werden. Diese Angewohnheit, auf der Straße zu rauchen, war schon in die Scheidungsakten eingegangen, und da sie sich außerdem zugegebenermaßen des Ehebruchs schuldig gemacht hatte (vor ihm, wie ebenfalls zugegeben werden mußte), war sie ohnehin in die Gerichtsakten als eine Art Nutte eingegangen. Dieses Palaver, ob oder warum nicht Frauen auf der Straße rauchen sollten, könnten, dürften, war ihr vom Gegenanwalt als »pseudoemanzipatorisches« Getue angekreidet worden, das nicht zu ihrem »Bildungsstand« passe.

Gut, daß er nicht die Treppe heraufkam, sich auf einladendes Armeschwenken beschränkte, gut auch, daß er mißbilligend den Kopf schüttelte, als sie nun doch die zweite Zigarette anzündete, nicht an der ersten, sondern mit einem Zündholz, das nicht ausging, obwohl der Sommerschlußverkauf die Pendeltür in ständiger Bewegung hielt.

Wenn da schon weder Pfarrer noch Standesbeamter gekommen waren, wenn schon keine tränenfeuchten Mütter- und Schwiegermütteraugen, nicht Fotograf und süße kleine Kinder, so hätte man doch wenigstens einen Beerdigungsunternehmer schicken können, der irgendwas – was? – in einem Sarg davonfuhr, einäschern ließ und irgendwo – wo? – heimlich verscharrte.

Wahrscheinlich versäumte er ihretwegen sogar einen Termin (die Fusionsverhandlungen mit Hocker/Hocker vielleicht, bei denen er die Personalprobleme zu lösen hatte), aber würde er wirklich wegen ein paar Stühlen die Hocker/Hocker-Verhandlungen versäumen? Er begriff nicht, begriff nicht, daß sie ihn gar nicht haßte, daß sie nichts von ihm wollte, daß er ihr nicht einmal gleichgültig geworden war, nur fremd, jemand, den sie mal gekannt, mal geheiratet hatte, der ein anderer geworden war. Es war ihnen alles gelungen: Auf-

stieg und Hausbau, nur das eine nicht: den Tod aufzuhalten, und es war nicht nur er gestorben, auch sie; sogar die Erinnerung an ihn mißlang. Und vielleicht konnten und wollten die Kirchen – und die Verwaltungsleute nicht begreifen, daß dieses »Bis daß der Tod Euch scheidet« gar nicht den physischen Tod meinte oder gar einen Tod vor dem physischen Tod, nur den Eintritt eines völlig Fremden ins eheliche Schlafzimmer, der sich Rechte holen wollte, die er gar nicht mehr besaß. Die Rolle des Gerichts, das diese Todesurkunde ausstellte und sie Scheidung nannte, war so nebensächlich wie die des Pfarrers und des Standesbeamten: Niemand konnte Tote lebendig oder den Tod rückgängig machen.
Sie warf die Zigarette hin, trat sie aus und winkte ihm endgültig und energisch ab. Es gab nichts mehr zu besprechen, und sie wußte genau, wohin er mit ihr fahren würde: in das Café draußen im Haydenpark, wo um diese Zeit die türkische Kellnerin gerade winzige Kupferväschen mit je einer Tulpe und einer Hyazinthe drin auf die Tische stellte, die Tischtücher zurechtzupfte; wo – um diese Zeit – noch irgendwo im Hintergrund staubgesaugt wurde; er hatte es immer »Café der Erinnerungen« genannt, mit seiner Herablassung festgestellt, daß es »ganz gut, nicht fein und schon gar nicht vornehm« war. Nein, sie wiederholte ihre endgültig abwehrende Geste, einmal, zweimal, bis er kopfschüttelnd tatsächlich in sein rotes Auto stieg, aus der Parklücke heraussetzte und ohne ihr noch einmal zuzuwinken davonfuhr, »vorsichtig, aber energisch«, wie sie's an ihm gewohnt war.
Es war noch nicht halb zehn, und sie konnte jetzt endlich die Treppe hinuntergehen, sich eine Zeitung kaufen und ins Café drüben gehen. Welch eine Erleichterung, daß er die Treppe freigegeben hatte. Sie hatte Zeit, und es gab einiges zu bedenken. Um zwölf, wenn der Junge aus der Schule kam, würde sie ihm Pfannekuchen mit Kirschkompott machen, und gegrillte Tomaten dazu, das aß er so gern; sie würde mit ihm

spielen, Hausaufgaben machen und vielleicht ins Kino, vielleicht sogar in den Haydenpark gehen, den endgültigen Tod der Erinnerung festzustellen. Bei Kirschkompott, Pfannekuchen und gegrillten Tomaten würde er sie natürlich fragen, ob sie wieder heiraten würde, und sie würde nein sagen, nein. Ein Tod genügte ihr. Und ob sie wieder bei Strössel arbeiten würde, wo er im Hinterzimmer sitzen, Schulaufgaben machen, mit Stoffmustern spielen konnte und wo der liebe Herr Strössel ihm manchmal freundlich über den Kopf strich. Nein. Nein.
Das Tischtuch im Café gefiel ihr, tat ihren Händen wohl, das war wirklich reine Baumwolle, altrosa mit Silberstreifen, und sie dachte an die Tischtücher im Café im Haydenpark: maisgelb, ziemlich grob waren die ersten, damals vor sieben Jahren, gewesen: später die grünen mit aufgedruckten Margeriten und schließlich die grellgelben, uni, mit einem fransigen Rand, und er hatte (und hätte heute) dauernd an den Fransen gespielt und ihr einzureden versucht, daß sie wirklich ein Recht auf eine Art Abfindung hatte, mindestens fünfzehn-, vielleicht zwanzigtausend Mark, die er sehr leicht als Hypothek aufs unbelastete Haus aufnehmen konnte (und könnte), schließlich war sie ihm immer eine »gute, eine umsichtige, sparsame und doch nicht geizige, wenn auch ungetreue Ehefrau« gewesen und hatte am »Aufbau ihrer Existenz durchaus positiv und produktiv« teilgenommen, und diese Louis-Stühle und das Meißner, die standen ihr wirklich zu. Seine Wut darüber, daß sie von all dem nichts haben wollte, war heftiger als seine Wut über ihren Fehltritt mit Strössel gewesen – und schließlich riß er (und würde es heute auch getan haben) ein paar von den billigen Tischtuchfransen ab und warf sie auf den Boden – mißbilligender Blick der türkischen Kellnerin, die gerade Tee und Kaffee brachte, Tee für ihn, Kaffee für sie – ein weiterer Grund, drohende Bemerkungen über ihre Gesundheit zu machen und höhnisch auf den Aschenbecher zu zeigen (der übrigens häßlich war, dunkel-

braun, fußbodenfarben – mit tatsächlich schon drei Kippen drin!).

Ja. Kaffee. Schon wieder trank sie einen, blätterte in der Zeitung. Hier im Café konnte sie auch ungestört rauchen, ohne blöde angeguckt oder gar angerempelt zu werden, und sie dachte an das Gerenne und Gedränge in den endlosen Gängen des Gerichtsgebäudes, wo sie alle hinauf- und hinunterliefen, die sich beleidigt fühlten oder beleidigt hatten, Miete nicht gezahlt oder nicht empfangen hatten; wo alles entschieden und nichts geklärt wurde, von netten Anwälten und netten Richtern, die den Tod nicht aufhalten konnten.

Immer wieder ertappte sie sich beim Lächeln, wenn sie über den Zeitpunkt des Todes, der sie geschieden hatte, nachdachte. Angefangen hatte es vor einem Jahr, als sie bei seinem Chef zum Abendessen waren und er plötzlich von ihr sagte, sie käme »vom Textil her«, was so klang, als wäre sie Teppichknüpferin, Weberin oder Zeichnerin gewesen, wo sie doch einfach Verkäuferin in einem Textilgeschäft gewesen war, und wie gern war sie's gewesen, mit den Händen alles auseinander-, wieder ineinanderfalten, schön für die Hände, die Augen, und in den verkaufsstillen Stunden wieder Ordnung schaffen, in Regale, Schubladen, Fächer zurückordnen: Handtücher, Leintücher, Taschentücher, Hemden und Socken, und da war eben eines Tages dieser nette Junge gekommen, der jetzt verstorben war, und hatte sich Hemden vorlegen lassen, obwohl er gar nicht vor- (und auch kein Geld) hatte, eins zu kaufen, war gekommen, nur, weil er jemand suchte, dem er brühwarm von seinem Erfolgserlebnis erzählen wollte: daß er drei Jahre nach dem Abendabitur (»Ich komme von der Elektrotechnik her« – dabei war er einfach Elektriker gewesen) schon sein Diplom und schon ein Thema für seine Doktorarbeit bekommen hatte. Und nun also dieser Ausdruck »meine Frau kommt vom Textil her«, was mindestens nach Kunstgewerbe, wenn nicht nach Kunst klingen sollte, und wie er böse, vor Wut fast krank geworden war, als sie sagte: »Ja, ich war Verkäuferin in einem Textilgeschäft und helfe noch manchmal aus.« Im Auto auf der Rückfahrt kein Wort, nicht eine Silbe, eisiges Schweigen, die Hände ums Steuerrad verkrampft.

Der Kaffee war überraschend gut, die Zeitung langweilig (»Unternehmergewinne zu niedrig, Löhne zu hoch«), und was sie so um sich herum aufschnappte, klang alles nach Gericht. (»Tatsachenverdrehung.« »Die Couch gehört nachweislich mir.« »Den Jungen lasse ich mir nicht nehmen.«) Anwaltsroben, Anwaltsaktentaschen. Ein Bürobote brachte Akten, die mit Ernst aufgeschlagen, in denen sorgfältig geblättert wurde. Und wirklich: Die junge Kellnerin, die ihr jetzt den zweiten Kaffee brachte, legte ihr die Hand auf die Schulter und sagte: »Nehmen Sie's nicht zu schwer. Es geht vorüber. Ich habe wochenlang geheult, wochenlang sage ich Ihnen.« – Sie wollte erst wütend werden, lächelte dann und sagte: »Vorüber ist's schon.« Und die Kellnerin sagte: »Und schuldig war ich auch.« Auch? dachte sie. Bin ich schuldig, und wenn ja, wieso sieht man mir das an: weil ich rauche vielleicht? Kaffee trinke, Zeitung lese und lächle? Ja natürlich war sie schuldig, sie hatte sich geweigert, den Tod früh genug festzustellen, und diese mörderischen Monate noch bei ihm und mit ihm gelebt. Bis er ihr eines Tages ein neues Abendkleid mitbrachte, knallrot, tief dekolletiert, und sagte: »Zieh das auf dem Firmenball heut abend an, ich möchte, daß du mit meinem Chef tanzt und ihm alles zeigst, was du hast«, sie hatte aber das alte silbergraue mit dem hübschen Glasschmuck angezogen, und einen Monat später, als die Sache mit Strössel herauskam, seine Wut, als er sagte: »Was du meinem Chef nicht zeigen wolltest, hast du deinem ja nun gezeigt.«

Ja, das hatte sie getan. Nicht lange, nachdem er aus dem Schlaf- ins Gästezimmer gezogen war und am Morgen, nachdem er mit diesem Pornokram und der Peitsche ins Schlafzimmer zurückgekommen war und einen fürchterlichen Disput über seine geschlechtlichen Erfolgserlebnisse anfing, die sie ihm verweigere, die er aber dringend brauche, sie stünden in einem so krassen Gegensatz zu seinen beruflichen Erfolgserlebnissen, daß er in Neurose, fast Psychose verfalle; sie hatte ihm nicht zu einem Erfolgserlebnis verhelfen können, ihm die Peitsche aus der Hand genommen und die Tür hinter ihm abgeschlossen; das Zeug hatte sie eiskalt gemacht, und es war ihre Schuld gewesen, daß sie immer noch nicht den Tod festgestellt, den Jungen genommen, ein Taxi bestellt und weggefahren war, und sogar am Ausbau des Hauses hatte sie noch teilgenommen: Gästezimmer, Gästebad, Fernsehraum, Bibliothek, Sauna, Kinderzimmer, und es war ihre Idee gewesen, zu Strössel zu gehen und um Rabatt zu bitten, für Bade- und Handtücher, Bett- und Kissenbezüge, für Vorhangstoffe. Natürlich war ihr ein bißchen unheimlich geworden, als Strössel ihr tief in die Augen schaute und den Rabatt von zwanzig auf vierzig Prozent erhöhte, und als sich seine Augen verschleierten und er versuchte, über die Theke hinweg nach ihr zu greifen, hatte sie gemurmelt: »Mein Gott, doch nicht hier, nicht hier«, und Strössel verstand das falsch (oder richtig) und meinte, anderswo sei's ihr recht, und sie war tatsächlich mit ihm nach oben gegangen, mit diesem dicklichen, kahlköpfigen Junggesellen, der zwanzig Jahre älter als sie war und selig, als sie sich mit ihm hinlegte. Und er hatte währenddessen den Laden offen und die Kasse unbewacht gelassen, und nicht einmal das unvermeidliche Auf- und Zuknöpfen von Kleidungsstücken war ihr peinlich gewesen. Und als er ihr später unten an der Kasse die Sachen einpackte, hatte er ihr keinen Rabatt gegeben, sondern sie den vollen Ladenpreis bezahlen lassen, und als er die Tür aufhielt, hatte er nicht versucht, sie zu küssen. Der Gegenanwalt hatte tatsächlich versucht, diese Behauptung – des »nicht gewährten Rabatts nach bezeugter Gunst« – von Strössel bezeugen zu lassen, aber es war ihrem netten Anwalt dann doch gelungen, Strössel rauszuhalten. Ja, sie war dann mehrmals zu Strössel gegangen. »Nicht um einzukaufen?« »Nein.« »Wie oft?« Das wußte sie nicht, wußte sie wirklich nicht. Sie hatte das nicht gezählt. Von Heirat war nie gesprochen, das Wort Liebe nie erwähnt worden. Es war diese weiche, gerührte und rührende Seligkeit bei Strössel, die ihr Angst machte, in einem rosa Kissen zu versinken.

Nein sie konnte nicht zu ihm zurückgehen, und doch wäre sein altmodischer Laden für sie das richtige gewesen, wo sie alle Kästen und Kasten, Fächer und Schubfächer, das Lager kannte, wo es wirklich nur Wolle und Baumwolle gab; sie mit ihren Händen, die unfehlbar waren, wenn es galt, auch nur den kleinsten reingepfuschten Kunststoffaden herauszufinden. Nein, sie konnte auch nicht in einem der Hop- und Popläden arbeiten, wie Strössel sie immer nannte. Nein, nicht noch einmal heiraten, noch einmal dabeisein, wenn einer, der noch lebte, starb, und wieder einmal ein Tod sie schied. Es war wohl die Zeit gekommen, in der die Ehemänner auf eine brutale Weise obszön wurden und die Liebhaber auf eine altmodische, fast zu rosa Weise zärtlich und selig.

»Sehen Sie«, sagte die Kellnerin, als sie zahlte, »Jetzt geht's uns schon besser. Sie sind doch noch eine junge und hübsche Frau und« – tatsächlich, sie sagte es – »das Leben liegt noch vor Ihnen, und das Kind wird zu Ihnen halten.« Sie lächelte der Kellnerin noch einmal zu, als sie das Café verließ.

Sie würde dem Jungen noch einen Nußkuchen backen, die Zutaten auf dem Heimweg kaufen, und wenn er sie fragte: »Muß ich wirklich zu dieser Frau?« (Conny, Gaby, Lotte?) würde sie sagen: »Nein.« Und es gab ja noch die Firma Haunschüder, Kremm und Co., Strössels alte Konkurrenz, wo die Unfehlbarkeit ihrer Hände ebenso begehrt sein würde. Nur war's mehr ein Versandgeschäft, und sie würde nicht mehr so oft ein Hemd ausbreiten und glattstreichen können, wie damals bei dem sympathischen Jungen, der gerade sein Diplom

gemacht und das Thema für seine Doktorarbeit bekommen hatte. Vielleicht würde sie doch statt Kirschkompott Bücklinge nehmen; die hatte er ebenso gern, und er würde neben ihr stehen, wenn sie in der Pfanne kroß wurden, der Teig sie umschloß und bräunlich wurde. Wahrscheinlich konnte sie bei Haunschüder, Kremm und Co. Einkäuferin werden; auf ihre Hände konnte sie sich wirklich verlassen, kein eingepfuschter Faden ging ihnen durch.
(1976)

Rendezvous mit Margret oder: Happy-End

Die Hinfahrt war angenehm; der Rhein noch im Frühdunst; Trauerweiden, Schleppkähne, Sirenen; die Fahrzeit gerade so lange, wie ich für ein Frühstück brauche; Kaffee und Brötchen genießbar, die Eier gebraten; kein Gepäck, nur Zigaretten, Zeitung, Zündhölzer, Rückfahrkarte, Kugelschreiber, Brieftasche und Taschentuch, und die Gewißheit, Margret wiederzusehen; nach so vielen Jahren, nach einigen mißglückten Rendezvous; nachdem ich sie schon länger als vierzig Jahre kannte, war ich überrascht und erregt von etwas, das ich noch nicht gekannt hatte: ihrer Handschrift, kräftig und zierlich zugleich und auf eine überraschende Weise energisch auf die Todesanzeige geschrieben: »Komm – ich würd' mich so freuen, dich wiederzusehen.« Das kleingeschriebene »dich« ließ mich ahnen, daß sie mit dem großen »D« nie zurechtgekommen war; jeder hat so seine Buchstaben, an denen er stolpert.

Bei der Ankunft war ich das umfangreichste Gepäckstück los; die Zeitung, ich ließ sie im Speisewagen liegen, und zum Friedhof kam ich auf meine Weise rechtzeitig: zu spät für Largo, De profundis und Weihrauch in der Halle, zu spät auch, als daß ich mich dem Defilee hätte anschließen können. Ich sah noch, wie die Ministranten im Gehen ihre Chorröcke auszogen, unterm Arm zusammenrollten; der größere schraubte das Tragkreuz in drei Teile auseinander, verstaute es in einen offenbar eigens dazu konstruierten Koffer, und als sie in das wartende Taxi stiegen, steckten sie alle Zigaretten an: Pfarrer, Fahrer und Ministranten; der Fahrer gab dem

Pfarrer, der jüngere Ministrant dem älteren Feuer, und dann mußte einer einen Witz gemacht haben: Ich sah sie alle lachen, sah den älteren Ministranten husten vor Lachen und Zigarettenrauch; auch ich mußte lachen, wenn ich an die Sakristeischränke dachte, in denen sie fünf Minuten später ihre Klamotten verstauen würden: Eiche, barock, dreihundert Jahre alt, der Stolz der Pfarre St. Franz Xaver, die 1925 in St. Petrus Canisius umgetauft worden war; und nicht ich, der Verstorbene, soeben Beerdigte, auf dessen Sarg noch immer Erdklumpen plumpsten, er hatte 45 die rettende Idee von der Tiefe der Schränke gehabt, wo wir hinter der säuberlich gestapelten Altarwäsche und allerlei heiligem Gerät Zigaretten und Kaffee versteckten, die wir den Amerikanern klauten, wenn sie ihre Jeeps unbewacht ließen oder uns gruppenweise zu einer Art Wehrwolf-reeducation einluden; er, nicht ich, hatte in europäisch-korrupter Schläue die naive Scheu der Amerikaner vor kirchlichen Institutionen wohl richtig eingeschätzt, und ich hatte mich jahrelang darüber gewundert, warum er diesen Einfall nie als seinen reklamiert, sondern immer mir zugesprochen hatte; erst später, als ich längst von zu Hause weg war, war mir eingefallen, daß eine solche Anekdote seiner Respektabilität nicht dienlich gewesen wäre, während sie zu mir »paßte«, obwohl ich diese Idee nie wirklich gehabt hatte und nie gehabt hätte.

Ich näherte mich umsichtig dem Zerhoffschen Erbbegräbnis, nicht über die Wege, auf denen ich Herren mit und ohne Zylinder, Damen mit und ohne Persianermantel, Schulkameraden und Ordensrittern, Schulkameraden als Ordensritter begegnet wäre; ich ging über den mir vertrauten Pfad zwischen den Grabreihen, über unser Familiengrab hinweg, wo die letzte Beerdigung – mein Vater – vor fünf Jahren stattgefunden hatte; man hatte mich wissen lassen, er sei gramgebeugt gestorben, weil keiner seiner beiden Söhne ihm in irgendeines Weibes Schoß männliche Nachkommen erweckt hatte; nun,

auch weibliche Nachkommen hatte er keine. Die Grabstätte war in Ordnung, das Abonnement lief weiter; die Kiesel waren wirklich schneeweiß, herzförmig die Rabatten mit Stiefmütterchen, die – es waren neun oder elf – in sich wiederum ein Herz formten. Mutters, Vaters, Josefs Namen auf den pultförmigen Marmorsockeln; bei Josef das unvermeidliche eiserne Kreuz; die Sockel der lange schon verstorbenen Ahnen efeuüberwachsen, und, alle Sockel überragend, das schlichte, klassizistische, schon leicht nazarenisch angehauchte Kreuz, mit dem später angebrachten, im Schriftbild wilhelminisch wirkenden Spruchband: DIE LIEBE HÖRET NIMMER AUF. Für mich, den letzten Namensträger, stand auch ein Sockel bereit, der Strich hinter meinem Namen und Geburtsdatum, dieses graphische »bis« hatte etwas Drohendes. Wer würde das (ziemlich teure) Abonnement weiterbezahlen, wenn ich nicht mehr auf dieser Erde weilte. Wohl Margret. Sie war eine gesunde und auch wohlhabende Frau, kinderlos, Teetrinkerin, mäßige Raucherin, und aus der Melodie ihrer Handschrift, besonders aus dem kleinen »d« las ich ihr ein langes Leben heraus.
Ich stand hinter der dichtgewordenen Thujahecke, die das Zerhoffsche Begräbnis von unserem trennt, und jetzt seh' ich sie: Sie gefiel mir besser als je zuvor, besser als die Fünfzehnjährige, mit der ich im Gras gelegen hatte, besser als die Zwanzig-, die Dreißig- und die Fünfunddreißigjährige, mit der ich auf peinliche Weise mißglückte Rendezvous gehabt hatte, das letzte vor fünfzehn Jahren in Sinzig, als sie vor dem Hotelzimmer kehrtmachte und weggefahren war; sie hatte mir nicht einmal erlaubt, sie zum Bahnhof zu bringen; sie mußte jetzt an die Fünfzig sein, ihr kräftiges, fast grobes blondes Haar war auf eine hübsche Weise grau geworden, und Schwarz stand ihr.
Als Kinder hatten wir oft an Sommerabenden herfahren müssen, um die Blumen zu gießen: mein Bruder Josef, Margret, ich und ihr Bruder Fränzchen, in dessen Grab die letzten De-

filanten soeben ihre Blumen oder ihre Schaufel Erde warfen; das vertraute Poltern von Erde auf Holz, der Aufschlag der Mimosensträußchen wie wenn ein Vogel sich niedersetzt. Oft hatten wir uns für das Straßenbahngeld Eis gekauft, den langen Heimweg zu Fuß angetreten, in der Sommerhitze unseren Leichtsinn bereut, aber immer hatte Josef zu irgendwelchen »Reserven« gegriffen, die Rückfahrt spendiert, und in der Straßenbahn stritten wir erleichtert und ermüdet darüber, ob er uns nun das Eis oder das Fahrgeld spendiert hatte.
Immer noch hatte ich Mühe, die Tränen zurückzuhalten, wenn ich an Josef dachte, und ich wußte immer noch nicht, nach vierunddreißig Jahren noch nicht, ob es sein Tod oder sein letzter Wunsch war, über den mir die Tränen kamen. Am äußersten Bahnsteigende, außerhalb der Halle, bevor der Urlauberzug einlief, hatten wir noch einmal alle Möglichkeiten, nicht zurückzufahren, durchgesprochen, Fieber, Unfall, Atteste – und es war schließlich Margret, die das Tabu brach und von »Wie nennt man das doch? – Fahnenflucht oder Desertion« sprach, und Vater hatte wütend mit dem Fuß aufgestampft und gesagt: »Fahnenflucht, das gibt es in unserer Familie nicht«, und Josef hatte gelacht und gesagt: »Wohin denn? Soll ich vielleicht über den Kanal schwimmen oder nach Schweden oder über den Bodensee in die Schweiz – und Wladiwostok, wißt ihr, ist ziemlich weit entfernt«, und er stand schon auf dem Trittbrett, der Stationsvorsteher pfiff schon, da beugte er sich noch einmal zu uns hin und sagte deutlich, mehr zu mir als zu meinem Vater: »Bitte keine Pfaffen an meinem Grab oder bei irgendeiner Trauerfeier.« Er war neunzehn, hatte das Theologiestudium drangegeben, und Margret galt damals fast als seine Braut. Wir sahen ihn nie wieder. Wir zuckten zusammen, ich mehr als Vater, Margret weniger, als hätte er uns zum Abschied gepeitscht, und ich habe natürlich, als die Nachricht von seinem Tod kam, Vater an Josefs letzten Wunsch erinnert, nicht indem ich seine

Worte wiederholte, dazu war ich zu bange, ich sagte nur: »Du weißt, worum er gebeten hat; was sein letzter Wunsch war.« Aber Vater hatte abgewinkt und natürlich seine Bitte nicht erfüllt. Sie hatten eben doch ihre Trauerfeier abgehalten, mit Weihrauch, Latein, Katafalk, sehr feierlich hatten sie exakt ihre Choreographie durchgeführt, mit ihren schwarzen, goldbestickten Brokatgewändern, und sie hatten sogar einen Theologiestudentenchor aufgetrieben, der irgendwas Griechisches sang. Ostkirche galt damals schon als schick. Seitdem hatte ich keine Kirche mehr betreten, nur noch als Ministrant und in meiner späteren Eigenschaft als Devotionalienhändler, und wenn ich mit Fränzchen Zerhoff bei feierlichen Requiems ministrierte, hatten sie mich mit ihren schweren Brokatgewändern, goldbestickt, manchmal an Sowjetmarschälle mit ihren plumpen goldenen Schulterstücken und mit von ungefähr hundertfünfzig Orden geschmückter Brust erinnert. Immer reichlich Latein, Männerchor in rotweißen Schärpen, die Zylinder bebten in ihren Händen, und die Luft bebte von der Vehemenz ihrer Brusttöne.

Margrets Mund war überraschend klein und immer noch nicht hart unter der strengen Nase, sie war schlank geworden; nur an ihren Handgelenken entdeckte ich noch Spuren von Molligkeit; dort stand sie, würdig, unbeweglich, schüttelte Hände, nickte und hatte doch dieses Rasche, Vorübergehende, dieses Federnde behalten. Das Grau um ihren Kopf erinnerte mich an den weißgrauen Staub in ihrem Haar, als wir aus dem brennenden Haus taumelten und uns im Garten ins Gras legten, in dieser Juninacht ineinander gingen, nach dem Abschied von Josef, als so viele Werte und so viel Wertvolles zerstört worden war; ich dachte auch an den Staub in ihren Küssen, in ihren Tränen, an unser frivoles Lachen, als auch Vater aus dem Haus taumelte und uns dort liegen sah, und wie unsere staubgepuderten Gesichter sich verzerrten vor Lachen, als er mit dem Geldschrankschlüssel in der Luft herumbohrte, als enthielte sie, die Luft, seine Wertpapiere und den ganzen notariell beglaubigten Kram; und natürlich hatte er nicht, hatte keiner von uns gewußt, daß sogar in diesem auf liebenswürdige Weise konventionellen Krieg Hitzegrade entwickelt wurden, denen altväterliche Geldschränke nicht standhielten, und schließlich, später, als sie die übriggebliebenen Klamotten durchsuchten, hatte er in seinem zerschmolzenen Geldschrank nur Asche gefunden, und es war Margret, nicht ich, dem diese Sprüche natürlich geläufig waren, sie, die ihm sagte: »Memento, Quia pulvis es et...«, aber den Rest sagte sie nicht. Eine Zeitlang waren wir unzertrennlich, kamen uns aber nie mehr nahe, nicht einmal mit einem Kuß, nicht einmal mit einem Händedruck.

Margret wandte sich mir zu, und ihr Frauengesicht wandelte sich in einer Art bitterer Freude zum Gesicht jenes Mädchens, das mit mir in dieser Juninacht Werte mißachtet hatte – oder hatte ich damals die Margret von heute umarmt, hatte ich sie, sie mich jetzt erst eingeholt? Hatte Josefs Fluch uns jetzt erst wirklich vereint; ich dachte an ihn, an seinen Peitschenhieb, der mich aus der Bahn geworfen hatte, und mir fiel hier, jetzt erst ein, daß er das sogar gewollt hatte: mich aus der Bahn werfen, weg von Goldbrokat, Männerchören, Erbbegräbnissen, wirklichen und potentiellen Ordensrittern; vielleicht war es das einzige, was er in diesem herrlich konventionellen Krieg gelernt hatte, und heute, hier, wo ich Margret gegenüberstand, hatte ich keinen Grund, ihm deswegen zu grollen; ich grollte niemandem, nicht einmal meinem Vater, der später still wurde, fast demütig, und mich immer so erwartungsvoll ansah, wenn Margret aus dem Nachbarhaus herüberkam; wir gingen ins Kino, ins Theater, spazieren, diskutierten – und nicht einmal ein Händedruck gelang uns, kein Wimpernzucken der Erinnerung; ich blieb Ministrant, betrieb es als Job (Trinkgelder und kostenlose Frühstücke); ich ging in den Schwarzhandel, absolvierte die Schule, ging von

zu Hause weg, kam über den Schwarz- in den Devotionalienhandel, als ich zu einer Moselwinzererstkommunion einen Leonardo-da-Vinci-Druck gegen Butter besorgen sollte und besorgte; ich hatte genug Liebschaften, wohl auch Margret.
Ich stand nah genug, um von Margrets Mund das Wort »Amsel« abzulesen. Ich nickte, zog mich zurück, machte mich auf den Weg zur »Amsel«, wo seit Urzeiten die Begräbnisfrühstücke stattfinden. Ich brauchte nur zum Ausgang zurück, die Straße zu überqueren, fünf Minuten durch Douglaskiefern zu gehen. In der »Amsel« waren sie schon eifrig dabei, schlappe Brötchen aufzuschneiden, mit Butter zu beschmieren, mit Wurst und Käse zu belegen und mit Mayonnaise zu dekorieren; ob Tante Marga noch lebte, die immer hartnäckig auf Blutwurst mit Zwiebelringen bestand und mit einer Gier, als wäre sie am Verhungern, wo doch jedermann wußte, daß nicht einmal sie selbst das Ausmaß ihres Vermögens kannte? Die Kaffeemaschine stand unter Dampf, Kognakschwenker wurden auf Tabletts gestellt, geöffnete Flaschen daneben (Margret hatte gewiß energisch auf einem »Flaschenpreis« bestanden), Mineralwasserflaschen wurden geköpft, Blumen in Väschen gestellt. Immer noch die alte, die altmodische Tour. Ich erkannte den Pfarrer, der ohne die Ministranten gekommen war, in einer Ecke saß, mit Feierabendgesicht eine Zigarre rauchte. Er nickte mir zu. Erkannt haben konnte er mich nicht, wir waren uns nie begegnet. Er sah nett aus, ich setzte mich zu ihm und fragte ihn nach dem Spezialkoffer mit dem zusammenlegbaren Kreuz: Wir hatten als Ministranten immer das ganze Kreuz schleppen müssen, und es war immer ein Problem gewesen, es im Auto unterzubringen, ohne daß Scheiben zersplitterten oder Zylinder von Köpfen durchstoßen wurden. Und ich wußte noch ein paar ländliche Gemeinden, in denen das alte Tragkreuz noch in Gebrauch war. Er nannte mir die Firma, ich notierte sie auf meiner Rückfahr-

karte, dann machten wir uns gemeinsam Gedanken darüber, warum man immer noch an diesen schlappen Brötchen festhielt. Ich sagte ihm, daß wir sie als Kinder schon »Amselpappe mit Mayonnaise« genannt hatten, ob wir nun als Trauernde oder Ministranten oder – was häufig vorkam – als trauernde Ministranten hergekommen waren. Es entspreche nicht mehr dem Stil der Zeit, es hätte »Toast Hawaii« oder so etwas sein müssen, und Sherry, nicht Kognak, und keine Persianermäntel, sondern Nerz, und anstelle des elenden Kaffees – warum mußte er eigentlich immer und überall so elend sein? – hätte man Mokka servieren lassen sollen, der ja manchmal wie ganz guter Kaffee ausfiel.

Ich blickte auf meine Rückfahrkarte, wo ich mir die Züge notiert hatte: 14.22 Uhr, 15.17 Uhr und dann erst 17.03 Uhr, es war gerade elf, und wenn ich Margret mitnehmen, abends nach vierunddreißig Jahren ihr Haar berühren wollte, mußte ich wohl noch eine Weile bleiben und riskieren, unter den Rotweißbeschärpten, vielleicht sogar unter den Ordensrittern, den einen oder anderen Schulkameraden wiederzufinden: Irgendeiner würde mir – auf griechisch, versteht sich – die Anfangsverse der Odyssee ins Ohr brüllen, um zu beweisen, daß seine humanistische Bildung nicht so ganz spurlos an ihm vorübergegangen war; ein anderer würde mir, obwohl das Abitur mehr als dreißig Jahre zurücklag und wir uns seitdem nicht mehr gesehen hatten, mein Einverständnis voraussetzend, Klagen über die moderne Zeit vorleiern, über seine verwöhnten Kinder, die Sozis, den Sittenverfall im allgemeinen und wie er sich in seiner Praxis kaputt schuftete, während sein drittes oder viertes Mietshaus wegen der verfluchten Inflation immer teurer wurde, ich war bereit, das hinzunehmen; ich kannte diese Gespräche von Beerdigungen, an denen ich nicht als Leidtragender, sondern von Berufs wegen teilnahm. Schließlich habe ich auch eine Agentur für Grabsteine, und mein Zylinder gilt als Berufskleidung, ist steuerabzugsfähig. Es konnte

ja so lange nicht dauern, wir würden, wenn nicht den 14.22er, dann wohl doch den 15.17er noch erwischen.
Ich hatte Glück, es war Bertholdi, der sich neben mich setzte; mir fiel ein, daß ich in acht Schuljahren keine vierzig Worte mit ihm gewechselt hatte; es hatte sich einfach nicht ergeben, und ich hatte Grund, das jetzt zu bedauern; er war sehr nett, hatte nicht diesen säuerlich-bitteren Gesichtsausdruck, der bei erfolgreichen wie erfolglosen Männern bei Beginn ihres letzten Lebensdrittels unvermeidlich zu sein scheint. Bertholdi fragte mich nach meinen Geschäften, und als ich ihm sagte, ich sei schon lange im Devotionalienhandel, meinte er, das müsse doch in der nachkonziliaren Ära schwierig sein; ich bestätigte den Rutsch in die Talsohle, berichtete aber auch von einem gewissen Aufschwung, und als er meinte »Lefebvre?«, nickte ich, schüttelte aber auch den Kopf; seine kluge Gegenfrage war nur teilweise zu bejahen; es gebe ja auch, sagte ich, unabhängig von dem genannten Herrn, eine Rückkehr zum Traditionellen, die sich in Zylinder, Schleppen, hochbürgerlichen Kommunions- und Konfirmationsfeiern und Hochzeiten ausdrücke und in ihrem Schleppnetz den Verkauf moderner Devotionalien fördere, etwa handwerklich gut gemachte Ikonenkopien, überhaupt Östliches aller Art.
Ich erzählte ihm, weil er so nett von seiner Frau und seinen Kindern sprach, unaufgefordert, daß ich mit einigen Kollegen dabei sei, einen neuen Absatzmarkt für gute Ikonenreproduktionen zu erschließen; die Sowjetunion, die wir – natürlich illegal – mit ausgezeichneten Reproduktionen versorgten, die dort auf altem, möglichst wurmstichigem Holz aufgezogen, von handwerklich gut ausgebildeten Malern übermalt würden und guten Absatz fanden; manche kamen, da Künstler, Handwerker und Händler natürlich Devisen bevorzugten, auf dem Touristenschwarzmarkt wieder zurück; nicht gerade am Gewinn beteiligt, aber behilflich dabei war eine Organisation, die sich

»Bilder für die Ostkirche« nannte; zu viele Sowjetbürger in allen Republiken hatten ihre Familienikonen verscheuert und saßen nun, von der religiösen Welle ergriffen, bilderlos da. Und nervös, weil Margret immer noch nicht Ruhe gefunden und sich gesetzt hatte, erzählte ich Bertholdi auch die branchenklassische Story von dem längst verstorbenen Kollegen, der seinerzeit, auf die religiösen Strömungen während des Ersten Weltkrieges vertrauend, auf ungefähr zehntausend Porträts von Benedikt XV. sitzengeblieben war und weder finanziell noch psychisch die Kraft gefunden hatte, sich in die langen Amtszeiten der beiden Piusse hinüberzuretten. Von Bertholdi gefragt, ob ich jetzt noch viel in Paul VI. investieren würde, sagte ich: »Als Zeitgenosse vielleicht, als Devotionalienhändler nicht«, und ich fügte hinzu, der einzige Papst, der je auch nach seinem Tode noch gegangen wäre, sei Johannes XXIII.

Bertholdi dankte mir für die Einsicht in die »Subtilitäten« meines Geschäfts und revanchierte sich durch Autobiographisches: Er war Oberregierungsrat im Schulwesen, klagte weder über seine Kinder noch über die heutige Jugend, sprach liebevoll von seiner Frau, rechnete mir lachend seine Pension mit allen wahrscheinlichen Progressionen und Abzügen vor; er hoffe, sagte er, hoffe zuversichtlich, vorzeitig pensioniert zu werden, um endlich in Ruhe Proust lesen zu können, auch Henry James. Endlich setzte sich Margret neben mich, winkte die Kellnerin mit einem Kännchen Mokka für mich herbei, legte mir die Hand auf den Arm und sagte: »Ich weiß ja noch, wie du schlechten Kaffee haßt, und« – sie nahm die Hand nicht weg – »eben, als ich dich da stehen sah, fiel mir ein, nach so viel Jahren fiel mir ein, daß er ja gar nicht Gott verflucht hat.«

»Nein«, sagte ich, »nur die Gottverfluchten hat er verflucht. Und dieser Fluch war der Segen, den er uns gab.«

Willi Offermann, der neben dem Pfarrer uns gegenübersaß,

versuchte mich zu provozieren, indem er über Jerusalem sprach, das Heilige Grab, und über Leute, die keine Religion hätten und doch gut davon lebten. Sollte er mich meinen oder die Devotionalienhändler in Jerusalem? Habe ich keine Religion und lebe gut davon? Beide Fragen erfüllten mich mit Zweifeln. Leben tat ich ja davon, aber nicht so gut, wie er zu glauben schien, nicht einmal meine Agentur für Grabsteine brachte viel, obwohl ich modernstes Design und gute afrikanische Steine zu bieten habe; und manchmal, wenn ich ein neues Sortiment Rosenkränze prüfte (die kein Geschäft mehr waren, jedenfalls im Augenblick nicht, trotz Lefebvre), hielt ich einen davon fest und betete ihn ganz herunter. Um nicht ständig auf Margret zu blicken, die wieder aufgestanden war, um einen Kellner mit Zwiebelringen und Blutwurstscheiben dorthin zu dirigieren, wo Tante Marga tatsächlich saß, sah ich auf Offermanns Frau, die neben dem Pfarrer saß und Offermann am Pfarrer vorbei zu beruhigen versuchte, als er plötzlich laut wurde und auf das »rote Gesindel« schimpfte, sinnlos, denn er hatte mich seit einunddreißig Jahren nicht gesehen und konnte gar nicht wissen, ob ich rot oder grün war, und außerdem hätte ihm ein Minimum an Logik sagen müssen, daß kein vernünftiger Devotionalienhändler – und ich war einer – je eine andere Partei wählen würde als eine mit C. Das lag doch so nahe, daß er sich seine unqualifizierten Provokationen hätte sparen können; ich tat so, als könne er mich gar nicht meinen, und lächelte seiner Frau zu, die so nett aussah, daß er sie gar nicht verdient haben konnte.
Dann wieder Margret neben mir, die mir Mokka einschenkte und noch wußte, daß ich Schlagsahne dazu nahm; sie hatte ein Tellerchen voll mitgebracht; sie roch nach Seife, Gesichtswasser und Schweiß, ein Geruch, den ich als vertraut wahrnahm – dabei konnte er mir gar nicht vertraut sein. Es war, als

hätten wir diese vierunddreißig Jahre zusammengelebt, ihre Jahre wurden zu meinen, gemeinsames Kerbholz der Zeit: einiges versäumt und nichts verpaßt. Ich fand sie viel schöner als in der Juninacht; sie war eigentlich nie eine Schönheit gewesen, wirkte immer wie ein Mädchen, das zu rasch geradelt und in Schweiß geraten ist, und doch hatte sie nie ein Rad bestiegen. Sie wurde, während ich sie ansah, immer jünger, bis ich sie Ball spielen sah auf dem Gehweg zwischen unseren Häusern, erhitzt, eifrig und doch still, und immerhin war sie die erste und einzige Frau, aus deren Mund ich das Wort »Fahnenflucht« gehört hatte. Sie ließ ihre Hand auf meinem Arm liegen, und Offermann wurde noch gereizter, prophezeite Unheil, schien mich, mich persönlich, für die Gleichzeitigkeit von Sitten- und Glaubensverfall verantwortlich zu machen, und nicht einmal, als er von meinem Bruder Josef sprach (»Ja, wenn dein Bruder Josef noch lebte, aber die besten fallen ja immer!«), ließ ich mich provozieren, indem ich etwa sagte: Du bist ja auch nicht gefallen; auch Margret nicht, die blaß wurde und deren Hand auf meinem Arm zitterte. Schließlich griff Offermann den Pfarrer an, den er als zu passiv bezeichnete, und ich war's, ich, der, um ihn zu beruhigen, ihm die Anfangsverse der Odyssee über den Tisch zuflüsterte. Das hatte tatsächlich Wirkung; sein Gesicht entspannte sich, und seine Frau lächelte mir dankbar zu; der Pfarrer war erleichtert; ich hatte vorher auf die Uhr gesehen und festgestellt, daß es gerade erst zwölf war und wir den 14.22er noch erwischen würden, und ich dachte während meiner Homer-Rezitation an den Nachmittagskaffee im Zug, dachte an den überfüllten Speisewagen, der jetzt loreleiwärts fuhr, und daß es wahrscheinlich immer noch nur diesen Baumkuchen gab, an dem man fast erstickte; aber ich war lange nicht mehr nachmittags im Speisewagen gefahren, nur wußte ich noch, daß Margret diesen verfluchten Kuchen

mochte. Im Zug nach Sinzig damals hatte sie mir erzählt, er erinnere sie an eine verstorbene Tante, die sie sehr gern gehabt hätte. Ich winkte die Kellnerin herbei und bat sie, mir ein Taxi auf 13.45 Uhr zu bestellen.
(1978)

Nostalgie oder Fettflecken

Am Abend vor Ericas Hochzeit fuhr ich dann doch ins Hotel, um mit Walter noch mal zu sprechen; ich kannte ihn schon lange, auch Erica, seine Braut; schließlich hatte ich vier Jahre lang mit Erica zusammengelebt, in Mainz, während ich am Bau arbeitete und gleichzeitig ins Abendgymnasium ging; auch Walter arbeitete damals am Bau und ging ins Abendgymnasium; es war keine angenehme Zeit, ich dachte ohne Nostalgie daran: Der Hochmut unserer Lehrer, die an unserer Aussprache mehr herummäkelten als an unseren Leistungen, war so leise, daß er mehr schmerzte als lautes Gepolter; offenbar war den meisten von ihnen die Vorstellung unerträglich, wir könnten mit unserem unverfälschten Dialekt »akademische Positionen« erklimmen; sie zwangen uns zu einem Deutsch, das wir Abend- und Abiturdeutsch nannten.

Wenn ich von der Arbeit kam – manchmal mit Walter zusammen –, immer erst das Umziehen, Duschen, Feinmachen, und doch hatten wir immer noch Kalk an den Fingernägeln, Zementspuren in den Wimpern, büffelten Mathematik, Geschichte, sogar Latein, und als wir dann tatsächlich die Prüfung bestanden, taten sie, als wäre es eine Art Heiligsprechung. Während des Studiums gab es noch für eine Weile Kalkspuren im Haar, Zementreste hinterm Ohr, manchmal in der Nase, auch wenn Erica mich prüfend gemustert hatte; sie flüsterte mir dann kopfschüttelnd ins Ohr: »Du kriegst ihn nicht weg, den Proleten.« Ich trauerte der Arbeit am Bau nicht nach, als ich ein Stipendium bekam und schließlich tatsächlich Akademiker wurde: Dipl.-Kaufmann, mit korrekter Aussprache, ganz guten Manieren, einer passablen Stelle in Koblenz und der Aussicht, für die Promotion beurlaubt zu werden.

Es war mir nie ganz klargeworden, ob Erica sich von mir getrennt hatte oder ich mich von ihr, ich wußte nicht einmal mehr, ob's vor oder nach dem Diplom gewesen war; ich erinnerte mich nur der bitteren Halbsätze, mit denen sie mir vorgeworfen hatte, ich wäre zu fein für sie geworden, und ich ihr vorwarf, sie wäre zu vulgär geblieben, ein Wort, das ich heute noch bereue; ihre Vulgarität hatte im Laufe der Jahre ihre Natürlichkeit verloren, sie war demonstrativ geworden, besonders wenn sie Details aus ihrer, der Miederbranche zum besten gab oder sie mich hänselte, wenn ich sie bat, mir bei der Suche nach Zementspuren hinter meinen Ohren zu helfen, auch als ich längst nicht mehr zum Bau ging. Heute noch, nachdem ich seit acht Jahren keine Baustelle mehr betreten habe (nicht einmal meine eigene – wir bauen, Franziska und ich), ertappe ich mich manchmal dabei, daß ich meine Wimpern und Brauen sorgfältig vor dem Spiegel prüfe; das trägt mir Franziskas sanftes Kopfschütteln ein; sie unterstellt mir übertriebene Eitelkeit, kennt die Ursachen meiner Sorgfalt nicht.

Walter war in Mainz oft zum Essen zu uns gekommen, wenn wir gemeinsam paukten: hastig aufgerissene Margarinepakete auf dem Tisch, fertig gekaufter Kartoffelsalat oder Fritten, Mayonnaise in einer Pappschale; wenn's hochkam zwei Spiegeleier, auf dieser Elektroplatte gebraten, die nie richtig funktionierte (Erica hatte regelrecht Angst vor dieser Kochplatte: Einmal hatte sie durch einen Eiweißfaden hindurch einen elektrischen Schlag bekommen); auf dem Tisch ein Laib Brot, von dem wüste Rammel abgeschnitten wurden – und meine ewige Angst vor Fettflecken an Büchern und Heften, die zwischen Mayonnaise und Margarine auf dem Tisch lagen; und ständig verwechselte ich Ovid und Horaz miteinander, und

natürlich gab's dann doch Fettflecken an den Büchern, und ich hasse nun einmal Fettflecken auf bedrucktem Papier, sogar auf Zeitungen; als Kind schon hatte ich mich geekelt, wenn ich Heringe oder Bücklinge, in Zeitungspapier gewikkelt, aus dem Laden mitbringen mußte; spöttisch sagte mein Vater dann zu meiner Mutter: »Wo hat er das Feine bloß her, von mir nicht und von euch schon gar nicht.«
Es war schon spät, fast zehn, als ich ins Hotel kam; auf dem siebten Stock, als ich auf der Suche nach Walters Zimmer über den Flur ging, schätzte ich an den Zimmerabständen ab, ob er ein Einzel- oder Doppelzimmer hatte: Einer Begegnung mit Erica war ich nicht gewachsen; in den sieben Jahren hatte ich nur einmal von ihr gehört, eine Ansichtskarte aus Marbella, auf der sie nichts weiter schrieb als »Lang, weilig, langweilig, langweilig – und nicht einmal Fettflecken!«
Es war ein Einzelzimmer; noch bevor ich Walter sah, sah ich seinen schwarzen Anzug auf einem Bügel außen auf dem Kleiderschrank, schwarze Schuhe darunter, eine silbergraue Krawatte an der Querleiste des Bügels; mein nächster Blick fiel durch die offene Badezimmertür auf eine nasse Zigarette in einer Badewasserpfütze; die Tabakfasern färbten die Pfütze gelb; offenbar hatte Walter die Größe von Hotelbadewannen falsch geschätzt und zuviel von dem Schaumzeug in die Wanne getan; ich sah das Glas Whisky-Soda auf dem Plastikschemel, bevor ich ihn selbst hinter großen Schaumflocken entdeckte.
»Ja, komm rein«, sagte er, »du bist wohl gekommen, mich zu warnen.« Er wischte die Schaumflocken von Gesicht und Hals und lachte mich an.
»Vergiß nur nicht die akademische Rangordnung – immerhin habe ich meinen Doktortitel, du noch nicht –, ich weiß nicht, ob du, falls es zum Duell kommt, satisfaktionsfähig bist – glaub nur nicht, daß du sie mir ausreden kannst –, nur eins mußt du wissen, nur eins: In Mainz haben wir nichts mitein-

ander gehabt, nichts.« Ich war froh, daß er dabei nicht lachte, schloß die Badezimmertür, setzte mich auf sein Bett und blickte auf den schwarzen Anzug: So hatte auch meiner am Abend vor unserer Hochzeit außen vor einem Hotelzimmerkleiderschrank in Koblenz gehangen, auch meine Krawatte war silbergrau gewesen.
Ich sah Walter zu, wie er aus dem Badezimmer kam, sich im Bademantel abrubbelte, den Schlafanzug anzog, den Bademantel auf den Boden warf und lachend die silbergraue Krawatte durch die Hand gleiten ließ. »Wirklich«, sagte er, »ich hab' sie erst vor einem Jahr wieder getroffen, zufällig, und – nun ja, jetzt heiraten wir. Kommst du morgen?«
Ich schüttelte den Kopf, fragte: »Kirchlich auch?«
»Ja, auch kirchlich, wegen ihrer Eltern, die so gern bei Hochzeiten weinen. Das Standesamt allein genügt den Tränendrüsen nicht – und sie ist immer noch vulgär, aber wir haben schon eine Butterdose.«
»Laß das doch«, sagte ich und nahm das Glas Whisky, das er mir hinhielt.
»Tut mir leid«, sagte er, »wirklich, besser keine Veteranengespräche, keine Erklärungen, keine Geständnisse – und keine Warnungen.«
Ich dachte an das, was ich ihm hatte sagen wollen: Was für eine Schlampe sie wirklich war; daß sie mit Geld nicht umgehen konnte; daß ich manchmal in der Margarine Haare gefunden hatte und immer diese verfluchten Fettflecken, auf Büchern, Zeitungen, sogar auf Fotos; wie schwer es gewesen war, sie morgens aus dem Bett zu kriegen, und ihre naiv-proletarischen Vorstellungen vom Frühstück im Bett als höchstem Luxus, und übrig blieben dann Marmeladekleckse auf den Bettüchern und bräunliche Kaffeespuren auf dem Plumeau; ja, und auch faul war sie und nicht einmal sauber, zum waschen hatte ich sie regelrecht zwingen müssen; manchmal hatte ich sie mir regelrecht geschnappt und in die Wanne ge-

steckt, sie gebadet, wie man ein Kind badet, und Geschrei und Prusten; ja, und daß sie manchmal wütend geworden war und doch nie schlechtgelaunt; schlechtgelaunt nie; dann fiel mir unser Bau ein, zu dem ich nie hinging; ich überließ das Franziska und dem Architekten.
»Und stell dir vor«, sagte Walter, »sie will nicht bauen, und ich habe doch immer eine Frau gesucht, die nicht bauen will – jetzt habe ich sie gefunden, endlich – sie haßt bauen und Bau.«
Ich war drauf und dran zu sagen: ich auch, sagte aber nur: »Grüß sie von mir, es ist wohl endgültig, wie?« »Endgültig«, sagte er, »nichts mehr dran zu rütteln, schon wegen der Elterntränen – das können wir ihnen nicht antun, können wir ihnen nicht nehmen.«
»Weinen«, sagte ich, »könnten sie ja auch, wenn's ausfällt.«
»Aber das wäre nicht die Art Tränen, die sie sich wünschen, sie wollen die echten, die richtigen, bei Orgelmusik und Kerzen und so – und sie wollen das hingehauchte Ja. Nein. Und die Hochzeitsreise, was denkst du wohl, wohin?«
»Venedig?«
»Genau – und Gondeln und Farbfotos –, weine ruhig ein bißchen, wenn du gleich im Aufzug runterfährst.«
Ich trank den Whisky aus, gab ihm die Hand und ging, und als ich im Aufzug runterfuhr, weinte ich, ein bißchen mehr als ein bißchen und trocknete mein Gesicht nicht ab, als ich am Portier vorbei nach draußen zu meinem Auto ging. Ich hatte Franziska gesagt, daß ich einen alten Freund begrüßen wollte, und mehr war ja auch nicht gewesen.
(1980)

HEINRICH BÖLL
FRAUEN VOR FLUSSLANDSCHAFT
Roman

Bonn ist der Schauplatz des letzten Romans von Heinrich Böll – ein Ort höchster politischer Aktualität. Was Böll jedoch interessiert, ist nicht die Tagespolitik, sondern das Netz der Beziehungen und Geschichten hinter den Kulissen der offiziellen Selbstdarstellung. Die Frauen der Politiker, sonst nur gesellschaftliches Beiwerk auf dem Bonner Parkett, rücken in den Vordergrund des Geschehens. Sie sind das heimliche soziale Korrektiv in einer Welt der Ränke und Skandale, die die Männer fast ausnahmslos umtreibt.

»Das hat es seit Thomas Mann nicht mehr gegeben: einen deutschen Schriftsteller, von der ganzen Welt als moralische Instanz gebilligt und geehrt.«
Marcel Reich-Ranicki, Frankfurter Allgemeine Zeitung

KIEPENHEUER&WITSCH

Heinrich Böll
Die verlorene Ehre der Katharina Blum

Mit Materialien und einem Nachwort des Autors
KiWi 62

Seit dem Erscheinen von Heinrichs Bölls Erzählung *Die verlorene Ehre der Katharina Blum* sind mehr als zehn Jahre vergangen, ihre Aktualität hat sie nicht eingebüßt. Eher ist es Zeit, ein Resümee der literarischen und politischen Wirkungen zu ziehen, die dieses denkwürdige Buch gehabt hat.
Aus diesem Grund enthält die vorliegende Ausgabe eine Reihe von mittlerweile historischen Zeitungsartikeln, Rezensionen und Interviewtexten, die besonders Schülern, Lehrern und Studenten einen großen Dienst erweisen werden. Der Band wird abgerundet durch ein Nachwort des Autors, in dem er die Geschichte seiner Erzählung reflektiert.

Heinrich Böll
Ansichten eines Clowns

Mit Materialien und einem aktuellen Nachwort des Autors
KiWi 86

Ansichten eines Clowns ist vielleicht der Roman, der die heftigste und kontroverseste gesellschaftspolitische Diskussion nach dem Krieg verursacht hat – ebenso wie eine regelrechte Spaltung der literarischen Kritik in zwei Lager. Heute füllen diese, nun schon fast historischen Debatten um die Rolle des Katholizismus in der Bundesrepublik viele Aktenordner.
So ist es an der Zeit, den Romantext einmal zusammen mit den repräsentativen Stimmen dieser Kontroversen zu präsentieren. Darüber hinaus enthält der Materialteil Heinrich Bölls 1961 veröffentlichten *Brief an einen jungen Katholiken,* der zum Verständnis des Romans unverzichtbar ist, und Ausschnitte aus Carl Amerys im gleichen Jahr wie der Roman erschienenen Studie über den deutschen Katholizismus *Die Kapitulation.*
Besonderes Interesse verdient ein aktuelles Nachwort des Autors am Ende des Bandes aus dem Jahr 1985, in dem er die denkwürdige Geschichte dieses großen Romans der neueren deutschen Literatur im Rückblick reflektiert.

KiWi Paperbackreihe bei Kiepenheuer&Witsch

Christian Linder
Heinrich Böll
Leben & Schreiben 1917-1985

KiWi 106

Mit diesem Buch Christian Linders über Heinrich Böll, das in der erweiterten Fassung Leben und Werk Bölls bis zu seinem Tod 1985 beschreibt, liegt die erste zusammenfassende Darstellung des Literaturnobelpreisträgers vor.

»Linders kluges, so gar nicht akademisch, sondern anschaulich argumentierendes Buch möchte ich allen empfehlen, die mit Böll oft zu bequem oder aber gar nicht zurechtkommen.«
Günther Schloz, Deutsche Zeitung

KiWi Paperbackreihe bei Kiepenheuer&Witsch